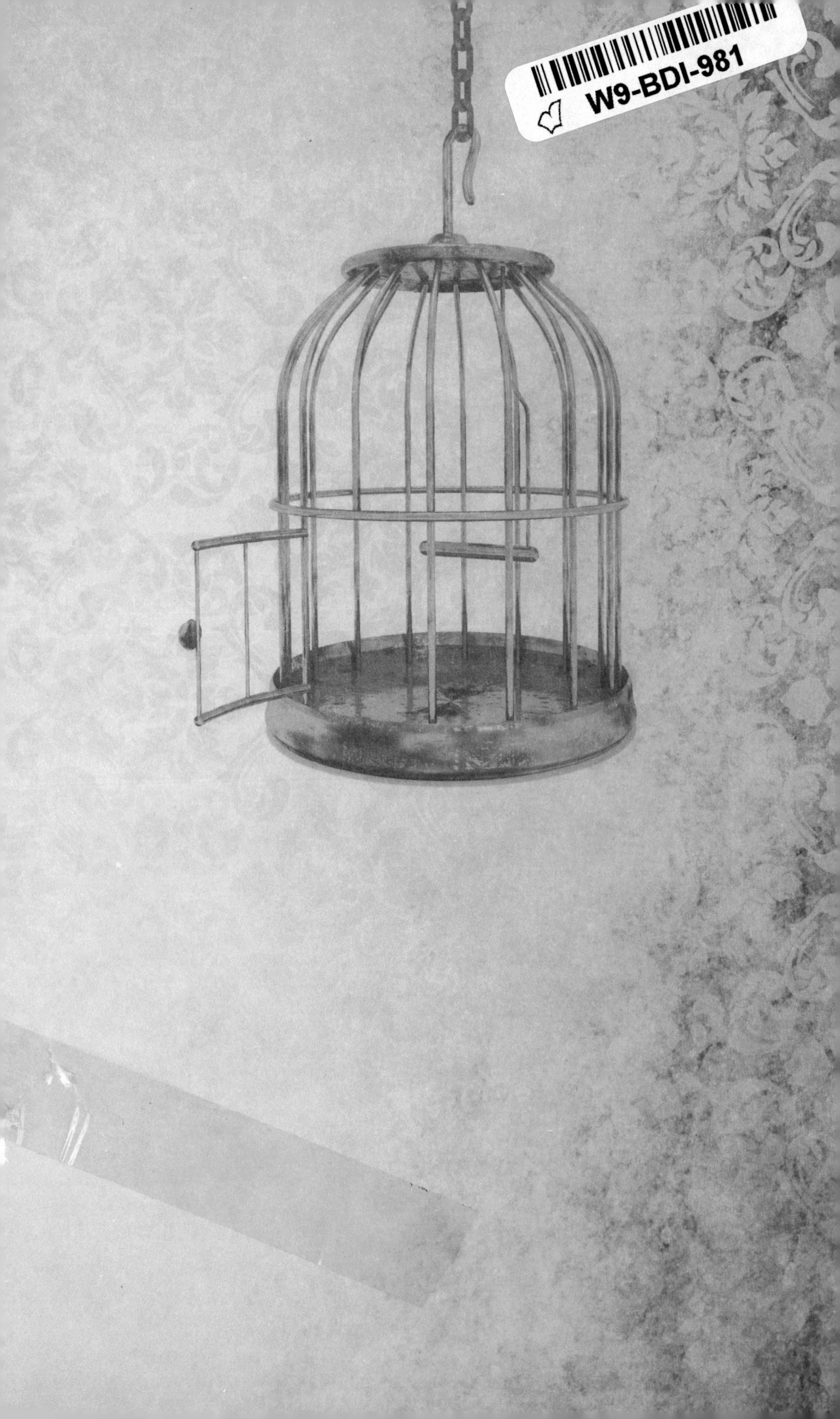

El color
de los sueños

RUTA SEPETYS

Autora de *Entre tonos de gris*

El color
de los sueños

Una joven alza el vuelo gracias
a la inspiración de los libros

Traducción:
ÁLVARO ABELLA

MAEVA

Título original:
OUT OF THE EASY

Diseño e imagen de cubierta:
VANESSA HAN / TREVILLION IMAGES

Fotografía de la autora:
MAGDA STAROWIEYSKA / FOTORZEPA

Adaptación de cubierta:
ROMI SANMARTÍ

© RUTA SEPETYS, 2013
© de la traducción: ÁLVARO ABELLA, 2013
© MAEVA EDICIONES, 2013
    Benito Castro, 6
    28028 MADRID
    emaeva@maeva.es
    www.maeva.es

ISBN: 978-84-15893-00-4
Depósito legal: M-27.172-2013

Fotomecánica: Gráficas 4, S. A.
Impresión y encuadernación: Huertas, S. A.
Impreso en España / Printed in Spain

Para mamá, para quien sus hijos
siempre fueron lo primero.

«No hay belleza perfecta que no tenga alguna
rareza en sus proporciones.»

—*Sir* Francis Bacon

1

Mi madre es una prostituta. No de esas rastreras que hacen la calle. La verdad es que es muy guapa, habla bastante bien y viste ropa bonita. Pero se acuesta con hombres a cambio de dinero o regalos, lo cual, de acuerdo al diccionario, la convierte en una prostituta.

Empezó a dedicarse a esto en 1940, cuando yo tenía siete años, el año que nos mudamos de Detroit a Nueva Orleans. Tomamos un taxi que nos llevó directamente desde la estación de tren a un lujoso hotel en St. Charles Avenue. Madre conoció a un tipo de Tuscaloosa en el vestíbulo mientras tomaban una copa. Me presentó como su sobrina y le contó al hombre que me estaba acompañando para llevarme de nuevo junto a su hermana. Me guiñaba el ojo todo el rato y me dijo en voz bajita que me compraría una muñeca si le seguía la corriente y la esperaba. Aquella noche dormí en el vestíbulo, soñando con mi muñeca nueva. A la mañana siguiente, Madre se instaló en una gran habitación en el hotel, con ventanas altas y jaboncitos redondos que olían a limón. Recibió una caja de terciopelo verde con un collar de perlas de parte del hombre de Tuscaloosa.

—Josie, esta ciudad nos va a tratar bien —dijo Madre, desnuda de cintura para arriba frente al espejo, admirando sus perlas nuevas.

Al día siguiente, un chofer de piel oscura llamado Cokie llegó al hotel. Madre había recibido una invitación para visitar a alguien importante en el Barrio Francés. Me obligó a darme un baño e insistió en que me pusiera un vestido bonito. Incluso me colocó un lazo en el pelo. Parecía una tonta, pero no le dije nada a Madre. Solo sonreí y asentí.

—Mira, Josie, tienes que quedarte calladita. Llevo tiempo esperando esta llamada de Willie, y no necesito que la líes con tu tozudez. No hables a menos que se dirijan a ti. Y, por lo que más quieras, no empieces con tu costumbre de tararear. Das miedo cuando haces eso. Si te portas bien, te compraré algo muy especial.

—¿Como una muñeca? —pregunté, con la esperanza de refrescarle la memoria.

—Claro, cariño, ¿te gustaría una muñeca? —dijo, terminando de extenderse el pintalabios y lanzando un beso al aire frente al espejo.

Cokie y yo nos caímos bien desde el principio. Conducía un antiguo taxi pintado de gris, como la niebla. Si mirabas con atención, podías ver el fantasma de las letras TAXI en la puerta. Me ofreció un par de caramelos Mary Jane y un guiño que decía: «Paciencia, pequeña». Cokie silbaba por los huecos que tenía entre los dientes mientras nos llevaba a ver a Willie en su coche. Yo tarareaba, deseando que el *toffee* del caramelo me arrancara un diente. Era la segunda noche que pasábamos en Nueva Orleans.

Nos detuvimos en Conti Street.

—¿Qué sitio es este? —pregunté, estirando el cuello para mirar el edificio amarillo claro con balcones de enrejado negro.

—Es la casa —dijo Cokie—. La casa de la señora Willie Woodley.

—¿La señora? ¡Pero si Willie es un nombre de chico! —dije.

—Ya basta, Josie. Willie es un nombre de mujer. Ahora, ¡cállate! —me ordenó Madre, dándome un golpe en el muslo. Se alisó el vestido y toqueteó su peinado mientras murmuraba—: No pensaba que iba a estar tan nerviosa.

—¿Y por qué estás tan nerviosa? —pregunté.

Me agarró de la mano y tiró de mí acera arriba. Cokie me saludó inclinando su gorra. Sonreí y me despedí agitando la mano. Las cortinas de la ventana delantera de la casa se corrieron, ocultando una figura misteriosa iluminada por un brillo ámbar tras el cristal. La puerta se abrió antes de que llegáramos.

–Tú debes de ser Louise –dijo una mujer a Madre.

Otra mujer morena con un vestido de noche de terciopelo permanecía apoyada en la puerta. Tenía un pelo hermoso, pero sus uñas estaban mordidas y desgastadas. Las mujeres baratas no se cuidan las uñas. Lo aprendí en Detroit.

–Te está esperando en la sala, Louise –dijo la morena.

Una larga alfombra roja se extendía desde la puerta hasta una alta escalera, trepando por encima de cada escalón. La casa era opulenta, llamativa, con paredes empapeladas de brocado verde oscuro y lámparas con cristales negros colgando de pantallas poco iluminadas. En las paredes del recibidor había cuadros de mujeres desnudas con pezones rosados. El humo de cigarrillos se mezclaba con Eau de Rose rancio. Pasamos junto a un grupo de chicas que me acariciaron la cabeza mientras me llamaban «cariño» y «muñequita». Recuerdo que, al verlas, me pareció como si alguien les hubiera restregado sangre en los labios. Entramos en la sala principal.

Lo primero que vi fue su mano, venosa y pálida, aferrada al brazo de un sillón orejero tapizado. Sus uñas, rojo brillante como semillas de granada, podrían explotar un globo de un zarpazo veloz. Racimos de oro y diamantes adornaban casi todos sus dedos. La respiración de Madre se aceleró.

Me acerqué a la mano, mirándola fijamente, avanzando por detrás del respaldo del sillón y dirigiéndome hacia la ventana. Unos tacones negros asomaban bajo una falda rígida y entallada. Sentí que el lacito de mi pelo se caía a un lado de la cabeza.

–Hola, Louise.

La voz era áspera y tenía mucho rodaje. Llevaba el pelo rubio platino recogido con un broche con las iniciales W.W. grabadas. Los ojos de la mujer, perfilados de negro oscuro, mostraban arrugas asomando por los ángulos. Sus labios eran de color escarlata, pero no rojo sangre. Debió de ser hermosa en el pasado.

La mujer me miró, y luego por fin habló:

–He dicho «Hola, Louise».

–Hola, Willie –dijo Madre, tirando de mí para ponerme frente al sillón–. Willie, esta es Josie.

Sonreí y doblé mis piernas llenas de postillas ofreciéndole mi mejor reverencia. La mano de las uñas rojas me despachó rápidamente indicando el sofá que tenía enfrente. Su pulsera sonó tocando una melodía discordante.

—Así que has vuelto.

Willie sacó un cigarrillo de una pitillera de nácar y le dio unos golpecitos sobre la tapa.

—Bueno, ha pasado mucho tiempo, Willie. Seguro que lo entiendes.

Willie no dijo nada. Un reloj en la pared balanceaba su péndulo al ritmo del tictac.

—Tienes buen aspecto —comentó finalmente Willie, todavía golpeando el cigarrillo contra la pitillera.

—Me cuido —dijo Madre, reclinando la espalda en el sofá.

—Te cuidas... sí. Me han dicho que anoche te hiciste a un pipiolo de Tuscaloosa.

La espalda de Madre se tensó.

—¿Te has enterado del de Tuscaloosa?

Willie la contempló, en silencio.

—Vamos, no era un cliente, Willie —dijo Madre, bajando la vista a su regazo—. Solo un tipo simpático.

—Un tipo simpático que te compró esas perlas, supongo —dijo Willie, golpeando cada vez más fuerte su cigarrillo contra la pitillera.

Madre se llevó la mano al cuello y palpó las perlas.

—Mira, el negocio va bien —dijo Willie—. Los hombres piensan que vamos a ir a la guerra. Si eso es cierto, todo el mundo querrá darse un último homenaje. Trabajaríamos bien juntas, Louise, pero... —señaló con la cabeza en mi dirección.

—Oh, es una buena chica, Willie, y es requetelista. Hasta ha aprendido a leer sola.

—No me gustan los niños —soltó Willie, clavándome sus ojos.

—A mí tampoco me gustan mucho —dije yo, encogiéndome de hombros.

Madre me pellizcó en el brazo, con fuerza. Sentí que se me abría la piel. Me mordí el labio e intenté no poner cara de dolor. Madre se enfadaba cuando me quejaba.

—¿En serio? —dijo Willie sin dejar de mirarme—. Entonces, ¿qué haces... si no te gustan los niños?

—Bueno, voy al colegio. Leo. Cocino, limpio y preparo martinis para Madre.

Sonreí a Madre mientras me frotaba el brazo.

—¿Limpias y preparas martinis? —Willie alzó una ceja puntiaguda. De pronto, su gesto de desprecio se desvaneció—. Llevas el lazo torcido, niña. ¿Siempre has sido tan flacucha?

—Durante unos años no me encontré muy bien —se apresuró a decir Madre—. Josie es muy ingeniosa, y...

—Ya lo veo —comentó Willie con poco entusiasmo, todavía golpeando su cigarrillo.

Me acerqué un poco más a Madre y dije:

—Me salté todo primero y empecé el colegio en segundo curso. A Madre se le pasó que tenía que ir a la escuela... —El pie de Madre me golpeó en el tobillo—. Pero no importó mucho. Dijo en el colegio que nos acabábamos de mudar a la ciudad, y empecé directamente en segundo.

—Así que te saltaste el primer curso —dijo Willie.

—Sí, señora, y no creo que me haya perdido nada importante.

—No me llames señora. Me llamo Willie, ¿entendido?

Se revolvió en la silla. Me fijé en algo que parecía la culata de un revólver encajado en el lateral del cojín del sillón.

—Sí, doña Willie —contesté.

—Doña Willie, no. Willie a secas.

—Pues ahora que lo comenta, Willie —dije, mirándola fijamente—, yo prefiero que me llamen Jo, y, sinceramente, no me gustan mucho los lazos.

Me quité el lazo de mi espesa melenita castaña y alcancé el mechero de la mesa.

—No he pedido fuego —dijo Willie.

—No, pero ha dado cincuenta y tres golpecitos a su cigarrillo... ahora cincuenta y cuatro, así que pensé que querría fumárselo.

Willie suspiró.

—Está bien, Jo, enciéndeme el cigarrillo y sírveme un escocés.

—¿Solo o con hielo? —pregunté.

Abrió la boca sorprendida, luego la volvió a cerrar.

—Solo.

Me observó mientras le prendía el cigarrillo.

—Bien, Louise —dijo Willie al tiempo que una larga bocanada de humo formaba una voluta sobre su cabeza—. Has conseguido liarla buena esta vez, ¿eh?

Madre suspiró.

—No puedes quedarte aquí, no con una niña. Tendrás que buscarte un sitio para vivir —añadió Willie.

—No tengo dinero —dijo Madre.

—Mañana por la mañana vende esas perlas en mi casa de empeños, así tendrás algo de dinero para gastos. Hay un pisito en Dauphine Street que alquilaba uno de mis corredores de apuestas. El muy idiota consiguió que le pegaran un tiro la semana pasada. Ha estirado la pata y no necesitará el piso. El alquiler está pagado hasta el día treinta. Haré algunas gestiones, y ya veremos dónde acabas a finales de mes.

—De acuerdo, Willie —dijo Madre.

Le di la bebida a Willie y volví a sentarme, colando el lazo bajo el sofá de una patadita.

Willie dio un sorbo y asintió.

—Sinceramente, Louise, ¿una camarera de siete años?

Madre se encogió de hombros.

Aquello fue hace diez años. Nunca me compró la muñeca.

2

Pensaban que no podía oír sus cuchicheos, sus risitas. Llevaba diez años oyéndolos. Crucé Conti Street en dirección a Chartres, con mi libro apretado bajo el brazo. La vibración de mi tarareo me aislaba del sonido. Cortesana, furcia, ramera, puta. Los había escuchado todos. De hecho, era capaz de mirar a alguien y predecir cuál iba a emplear.

«Hola, Josie», decían con una media sonrisa, seguida de un suspiro y a veces un meneo de cabeza. Actuaban como si sintieran lástima de mí, pero, en cuanto estaban a diez pasos de distancia, oía una de esas palabras, seguida del nombre de mi madre. Las mujeres adineradas hacían como si se les quemara la lengua al decir «puta». Susurraban la palabra alzando las cejas. Luego simulaban una expresión de conmoción, como si la palabra misma se hubiera deslizado hasta sus bragas para pegarles la gonorrea. No tenían por qué sentir lástima por mí. Yo no era como Madre para nada. A fin de cuentas, Madre solo era una mitad de la ecuación.

—¡Josie! Espérame, chica yanqui.

Frankie, uno de los informadores de Willie, estaba a mi lado, inclinando su cuerpo alto y sinuoso sobre mí.

—¿Qué prisa tienes? —me preguntó, chupándose los dedos y alisándose el cabello grasiento.

—Tengo que ir a la librería —dije—. Llego tarde al trabajo.

—¡Cristo! ¿Qué haría el viejo Marlowe sin ti? ¿Le das su papilla de frutas a cucharadas? Me han dicho que está para morirse.

—Está bien vivo, Frankie. Solo está... jubilado —contesté, lanzándole una mirada de reprobación.

—Ooh, te pones a la defensiva. ¿Tienes algo con Marlowe?

—¡Frankie!

¡Qué idea más horrible! Charlie Marlowe no solo era un anciano, era como de la familia.

—O quizá tengas algo con su hijo, ¿es eso? Le has echado el ojo a Junior para poder heredar ese antro polvoriento lleno de libros que tanto te gusta.

Me dio un codazo y se rio.

Yo me detuve y le pregunté:

—¿Quieres algo, Frankie?

Tiró de mí hacia delante, y bajó la voz.

—Pues la verdad es que sí. ¿Puedes decirle a Willie que me ha llegado el rumor de que Cincinnati viene a la ciudad?

Un escalofrío recorrió mi epidermis. Intenté mantener el paso firme.

—¿Cincinnati?

—¿Se lo dirás, Josie?

—No voy a ver a Willie hasta la mañana, ya lo sabes —dije.

—¿Sigues sin acercarte por su casa cuando cae la noche? ¡Chica lista! Bueno, cuéntale que Cincinnati está por aquí. Le gustará saberlo.

—Espero que no se me olvide —dije, abriendo la palma de mi mano.

—Oooh. ¡Serás pedigüeña!

—Negociante —le corregí—. Recuerda, a Willie no le gustan las sorpresas.

—No, no le gustan —dijo, rebuscando en su bolsillo—. ¿Qué haces con toda esta pasta, Josie? Sería mucho más fácil si te levantaras la falda.

—Solo me levantaría la falda para sacar mi pistola y volarte la cabeza.

Lo que hacía con mi dinero no era asunto de Frankie. Me iba a marchar de Nueva Orleans. Mi plan incluía el billete de autobús y reservas de dinero para cubrir un año entero de gastos, tiempo suficiente para salir adelante. Un libro de negocios que leí en la librería decía que siempre era mejor tener ahorros por lo menos para doce meses. En cuanto tuviese el dinero, decidiría adónde ir.

—Está bien, está bien —dijo—. Ya sabes que solo estoy de broma.

—Oye, Frankie, ¿por qué no me compras un libro en la tienda?

—Sabes que no me gusta leer, chica yanqui. No te pienses que a todo el mundo le gusta leer tanto como a ti. ¿Qué llevas bajo el brazo esta vez?

—E. M. Forster.

—Nunca he oído hablar de él. —Agarró mi mano y dejó unas monedas en la palma—. Toma, ahora no te olvides de decírselo. No me pagará si te olvidas.

—¿Sabes cuándo llegará a la ciudad o dónde se va a meter? —pregunté.

—No, aún no. Por lo que sé, podría estar ya aquí. —Frankie se movió nervioso y miró a sus espaldas—. Nos vemos, niña.

Me recogí la falda y aceleré el paso hacia la librería. Habían pasado dos años desde el incidente. Cincinnati no había vuelto al Barrio Francés, y nadie lo echaba en falta. Él siempre aseguraba que trabajaba al margen de la ley para Carlos Marcello, el padrino de la mafia de Nueva Orleans. Nadie lo creía, pero tampoco nadie se atrevía a cuestionárselo a la cara. Cincinnati vestía con orgullo trajes caros —que no eran precisamente de su talla—. Se rumoreaba que robaba la ropa de los cadáveres de la gente a la que había asesinado para Carlos Marcello. Cokie decía que daba mal fario ponerse la ropa de un muerto.

Carlos Marcello dirigía el sindicato local y era propietario de tierras a las afueras del municipio de Nueva Orleans. Los lugareños comentaban que Marcello llenaba sus manglares de caimanes y lanzaba allí sus cadáveres. Un cartero le contó una vez a Cokie que había visto zapatos flotando en las turbias ciénagas. Willie conocía a Carlos Marcello. Le enviaba chicas a su motel, el Town and Country, cuando las cosas estaban a tope en la casa de Conti. Allí fue donde Madre conoció a Cincinnati.

Cincinnati se encaprichó de Madre. Le compraba regalos caros y decía que era igualita que Jane Russell, la que salía en las revistas de Hollywood. Supongo que eso significaba que yo también me parecía a Jane Russell, pero a una Jane Russell sin maquillaje, sin ropas bonitas ni peinados de moda. Nuestros ojos marrones estaban bastante separados, teníamos frentes anchas, una revuelta mata de pelo oscuro y unos labios que siempre parecían carnosos.

Madre estaba loca por Cincinnati, incluso alguna vez llegó a decir que estaban enamorados. A veces Madre es tan estúpida que me da vergüenza. Ya era bastante malo que se lo hiciera con un criminal como Cincinnati, pero, ¿enamorarse de él? Patético. Willie odiaba a Cincinnati. Yo lo despreciaba.

Corté por la callejuela cerca del joyero, esquivando a un hombre que meaba en la pared. Usé a E. M. Forster para espantar el olor a roble mohoso de mi cara mientras pasaba apresurada sobre los adoquines mojados. Si el Barrio Francés olía así de mal cuando hacía frío, en primavera apestaría y para el verano, simplemente, estaría podrido. Subí por Toulouse hacia Royal y oí a Blind Otis cantando un blues; marcaba el ritmo con el pie y pasaba un cuchillo de untar por las cuerdas metálicas de su guitarra.

Los dueños de bares y restaurantes estaban subidos a escaleras, decorando sus puertas y escaparates para las festividades de esa noche. Cuando dieran las doce, por fin llegaría 1950. Una efervescencia de emoción flotaba en las calles. La gente estaba ansiosa por dejar la década, y la guerra, atrás. Una pareja de enamorados pasó frente a mí en busca de un taxi mientras un hombrecito de ropas andrajosas apoyado en un edificio exclamaba «aleluya» una y otra vez.

La última vez que Cincinnati estuvo en la ciudad, se emborrachó y pegó a Madre. Willie derribó la puerta de una patada y le disparó un tiro, que le rozó la pierna. Llevé a Madre al hospital en el taxi de Cokie. Cuando estuvo sobrio, Cincinnati tuvo las agallas de presentarse en el hospital. Le tiré una taza de café

16

ardiendo encima y le dije que iba a llamar a la poli. Se marchó de la ciudad cojeando, pero no sin prometer que volvería. «Tú espera», murmuró, pasándose la lengua por los dientes. «Ya te pillaré, Josie Moraine.»

Me sacudí de encima los escalofríos.

—¡Eh, tú, la de Motor City!*

Me giré hacia la voz. Jesse Thierry estaba sobre su moto, mirándome desde la otra acera. Jesse era muy callado y normalmente solo se comunicaba mediante un gesto o una sonrisa. A veces tenía la sensación de que me espiaba, lo cual era ridículo, porque a Jesse Thierry no le pegaba nada estar interesado en alguien como yo. Él podría ser una persona discreta, pero su aspecto denotaba todo lo contrario. Era llamativo y atrevido, de un modo que me hacía sentir incómoda. A los demás no les resultaban inquietantes las pintas de Jesse. Los turistas se quedaban mirándolo. Constantemente tenía chicas detrás de él.

—¿Quieres que te dé una vuelta? —preguntó.

Meneé la cabeza.

—¡Yo sí que quiero una vuelta, Jesse! —dijo una rubia a su lado. Jesse la ignoró.

—¿Estás segura, Jo?

—Segura. Gracias, Jesse.

Asintió, arrancó la moto y salió a toda pastilla, dejando a las chicas en la acera.

El ruido disminuyó cuando doblé la esquina de Royal. El cartel azul marino con letras doradas apareció ante mi vista, colgado de un garfio de hierro forjado sobre la puerta: LIBRERÍA MARLOWE. Por el escaparate, vi a Patrick sentado en el mostrador. La campanilla sonó encima de mi cabeza cuando entré en el local, y me rodeó el relajante olor a papel y polvo.

—¿Cómo está hoy? —pregunté.

—Hoy tiene un buen día. Se sabía mi nombre. Por un instante he creído que hasta recordaba que soy su hijo —dijo Patrick, reclinándose en su silla de siempre tras el mostrador.

---

* Apodo con el que se conoce a la ciudad de Detroit. *(N. del T.)*

—¡Genial!

Lo dije de todo corazón. Algunos días, el señor Marlowe no reconocía a Patrick. A veces lo insultaba, e incluso le tiraba cosas. Esos eran los días malos.

—Tu amigo Cokie se pasó por aquí —comentó Patrick—. Me pidió que te diera esto.

Deslizó un papel doblado sobre el mostrador.

Lo abrí.

CINCYNATTY

Estaba escrito con la letra temblorosa de Cokie.

—No lo he leído, pero creo que quiere decir Cincinnati —comentó Patrick.

—Así que no lo has leído, ¿eh?

Patrick acababa de cumplir los veintiuno, pero todavía vacilaba como un muchacho que tira a las chicas de las coletas en los recreos.

—No sabe cómo se escribre —dijo con una sonrisa—. ¿Se va a Cincinnati?

—Mmm... debe de ser eso. ¿Me has guardado un periódico?

Señaló un ejemplar del *Times-Picayune,* bien doblado sobre mi silla.

—Gracias, en un minuto me pongo a la faena —le dije.

—La verdad, Jo, el *Picayune* es muy aburrido. No ponen noticias del Barrio Francés adrede y además...

La voz de Patrick se fue apagando mientras me abría paso entre las altas estanterías llenas de libros hacia la inestable escalera al fondo de la tienda. Poseía mi propio apartamento desde los once años. A decir verdad, no era exactamente un apartamento, al menos no al principio. Era un despachito con un cuarto de baño anexo. Llevaba durmiendo en la librería desde los diez, cuando a Madre empezaron a darle sus ataques y me zurraba con un paraguas sin ningún motivo aparente. Pronto descubrí que ella era más feliz cuando yo no rondaba cerca. Así que me escondía en la librería justo antes de que cerrara y dormía bajo el gran escritorio del despacho.

El día que cumplí los once, subí por las escaleras después de que cerraran la tienda. Alguien había transformado el despacho. Habían limpiado las ventanas y las paredes. El escritorio seguía allí, pero se habían llevado todas las cajas y había una cama, un pequeño vestidor e incluso unas estanterías en la esquina. De una barra encima de la ventana abierta colgaban cortinas de flores, y entraba la música de Bourbon Street. De un clavo colgaba una llave solitaria. Habían instalado una cerradura en la puerta y vi un bate de béisbol apoyado en la cama. Jamás hablamos del arreglo. Simplemente, empecé a trabajar para el señor Marlowe en su tienda a cambio de alojamiento.

Abrí la puerta y me deslicé dentro, volviéndola a cerrar rápidamente. Me puse a cuatro patas y levanté un tablero del suelo, debajo de mi cama. Palpé con los dedos hasta tocar la caja de puros. Metí dentro las monedas de Frankie y volví a colocar el tablero en su sitio. Salí de debajo de la cama y cerré las cortinas. Luego, abrí la nota de Cokie.

CINCYNATTY

3

–Ahora mismo vuelvo –le dije a Patrick cuando bajé a la tienda.

–Oh, vamos. ¡Que es Nochevieja! –protestó.

–Solo es la una.

–Pero tengo cosas que hacer –dijo.

–Será solo un minuto –le dije, y salí por la puerta a toda prisa.

Crucé corriendo la calle hacia el restaurante de Sal. Willie era una buena clienta, y Sal me dejaba usar su teléfono cuando lo necesitaba. La verdad es que Willie era buena clienta en muchos sitios y, por fortuna, esos privilegios me incluían a mí.

–Hola, Maria –saludé a la camarera y señalé el teléfono del fondo. Ella asintió.

Descolgué el aparato y marqué HEmlock 4673.

Dora contestó tras un solo tono con su falsa voz sedosa.

–Soy Jo. Necesito hablar con Willie.

–Mira, cariño, ahora está descansando.

¿Descansando? Willie nunca se echaba la siesta.

–Despiértala.

Dora dejó el auricular y oí sus pasos resonar sobre los tablones del suelo y perderse mientras iba a buscar a Willie. Por el modo en que los tacones rebotaban contra sus tobillos, pude adivinar que llevaba las sandalias de plumas rojas que se compró por catálogo de Frederick's, en la Quinta Avenida. Retorcí el cable del teléfono, que se resbalaba entre mis dedos. Me sudaban las manos. Me sequé la humedad en la falda.

—«Buttons and Bows» —dijo Willie, sin molestarse en decir hola.

—¿Qué?

—La canción que estabas tarareando. Es «Buttons and Bows». Mira, necesito un poco de paz antes de que las paredes empiecen a temblar. ¿Qué demonios tienes que decirme que es tan importante?

—Cincinnati.

La línea se quedó en silencio en el lado de Willie. Oí el clic y el encendido de su mechero de plata y luego una larga respiración mientras inhalaba y exhalaba el humo.

—¿Quién te lo ha dicho?

—Frankie —respondí—. Lo encontré después de salir de tu casa. Iba de camino a la librería.

—¿Cuándo llega? —preguntó Willie.

—Dijo que no lo sabía, solo que Cincinnati estaba de camino y que podría estar ya aquí. ¿Dónde está Madre? —pregunté.

—Arriba. Lleva toda la mañana soltando risitas como una idiota —dijo Willie.

—¿Crees que lo sabe?

—¡Pues claro que lo sabe! Ya sabía yo que algo pasaba. Dora me dijo que tu madre recibió una llamada hace dos días. Se ha comportado como una auténtica imbécil desde entonces.

Oí la larga toma de aire, la retención, y luego el aleteo de la nariz de Willie mientras expulsaba las volutas de humo.

—Cokie lo sabe. Me ha dejado una nota —dije.

—Bien. Cokie tiene programadas unas cuantas entregas esta noche. Me mantendrá informada. ¿Estás en el restaurante de Sal?

—Sí. Cokie me dijo que los Dukes of Dixieland tocaban esta noche en el Paddock, así que pensé que...

—De ningún modo. No quiero que te dejes ver por el barrio —me ordenó Willie.

—Pero Willie, es Nochevieja —protesté.

—Me importa un comino. Te quedarás en casa, encerrada. ¿Lo entiendes? —dijo.

Vacilé, preguntándome hasta dónde podría llegar.

—He oído que Cincinnati está ahora con Carlos Marcello.

—No te metas en lo que no te llaman —me espetó Willie—. Pásate por aquí mañana por la mañana.

—Es solo... que me preocupa Madre —dije.

—Preocúpate por ti misma. Tu madre es una zorra estúpida.

Hubo un clic en la línea y la llamada se cortó.

4

–Lo siento –le dije a Patrick cuando volví a la librería.

–¿Estás bien? –me preguntó.

–Sí, ¿por qué?

–Tienes manchas rojas en el cuello. Toma, tu adorada página de sociedad está que revienta hoy. –Me lanzó el periódico mientras me sentaba a su lado tras el mostrador. Puso un tono repipi y nasal y se burló–: La señora Blanche Fournet, de Birmingham, Alabama, que está pasando parte de la temporada de invierno en Nueva Orleans, fue la invitada de honor en el banquete ofrecido por sus tíos el doctor y la señora de George C. Fournet. La mesa estaba decorada con hortensias de color azul claro, y todos los adorables invitados se aburrieron como Dios manda.

Me reí y le di un golpe en el hombro con el periódico.

–De verdad, Jo. Tu obsesión con la zona alta y la página de sociedad es ridícula. ¿Cuándo te vas a dar cuenta de que esas mujeres solo son una pandilla de viejas urracas pretenciosas?

Sonó la campanilla y un hombre alto y guapo con un traje hecho a medida entró en el local.

–Buenas tardes –dijo, sonriéndonos y haciéndonos un gesto con la cabeza–. ¿Qué tal?

El hombre hablaba con acento sureño, pero no de Nueva Orleans. Tenía la piel muy morena del sol, lo que hacía que sus dientes y su amplia sonrisa resultaran de un blanco resplandeciente, como Cary Grant.

–Bien, gracias. ¿Está en Nueva Orleans de vacaciones, señor? –le pregunté.

—¿Resulta tan obvio? —dijo el hombre, sonriendo.

—Lo siento, quería decir...

—No se disculpe, tiene razón. Acabo de llegar de Memphis para el Sugar Bowl.*

—¿Es usted futbolista? —preguntó Patrick, fijándose en la altura y las anchas espaldas del hombre.

—Lo fui. Jugaba de receptor en el equipo de la Universidad de Vanderbilt. Solía venir con el equipo, y acabábamos a tortas con los de Tulane. Siempre me encantó. Nueva Orleans era un gran sitio para meterse en líos, y me metí en unos cuantos, para qué negarlo. —Guiñó un ojo cómplice a Patrick, antes de preguntar—: ¿Vais a la Universidad de Tulane?

—Yo acabo de terminar mis estudios en Loyola —dijo Patrick.

—¿Y tú, preciosa? —preguntó el guapetón, mirándome.

¿La universidad? ¡Sí! Me entraron ganas de gritar. Me encantaría ir a la universidad. En su lugar, sonreí y bajé la vista.

—Está intentando aclararse —se apresuró a intervenir Patrick—. Ya sabe, es de esas chicas tan listas que todas las universidades se pelean por ella.

—¿Busca algo en particular? —pregunté, cambiando de tema.

Puse dos dedos discretamente sobre el mostrador, apuntando hacia Patrick. Era un pasatiempo al que jugábamos, intentando adivinar qué tipo de libro querría cada cliente. Mis dos dedos informaban a Patrick de que me apostaba diez centavos a que el señor Memphis estaba interesado por la historia. Patrick cerró su puño izquierdo. Eso quería decir que apostaba por algo relacionado con el deporte.

—Pues la verdad es que sí —contestó, quitándose el sombrero. Su cabello negro brillaba al sol de la tarde que se colaba por el escaparate—. Keats.

—¿Poesía? —dijo Patrick.

---

* Torneo de fútbol americano que se disputa anualmente en Nueva Orleans. (N. del T.)

24

–Ah, le sorprende, ¿verdad? Bueno, no hay que juzgar un libro por la portada, ya sabe. A los jugadores de fútbol también les puede gustar la poesía –dijo.

–Pues claro –repliqué–. La sección de poesía está por aquí.

–Tengo que irme corriendo –dijo Patrick–. Josie se queda a cargo a partir de ahora. Keats es uno de sus preferidos. Mucho gusto en conocerlo, señor.

–Forrest Hearne –dijo el caballero, tendiendo su mano a Patrick–. El gusto es mío.

Conduje al señor Hearne hacia el fondo de la tienda, donde estaba la alta estantería de libros de poesía.

–Se dice que Keats se enamoró de su vecina –comenté, sin volverme.

–Sí, pero he leído que fue un asunto convulso –dijo, retándome–. Keats solicitó que tras su muerte se quemara toda la correspondencia que habían mantenido. Así que supongo que nunca conoceremos la verdad.

Me detuve ante la pila de libros dando la espalda al señor Hearne y rápidamente ojeé los ejemplares ordenados alfabéticamente en busca de la letra «K».

–Aquí está, Keats.

Me giré. El señor Hearne estaba muy cerca, y me miraba fijamente.

–¿La... conozco de algo? –me preguntó, con tono serio–. Hay algo en usted que me resulta terriblemente familiar.

Sentí un hilo de sudor entre mis omoplatos.

–No lo creo. Nunca he estado en Tennessee.

–Pero yo vengo a menudo a Nueva Orleans –dijo, ajustándose el nudo de su corbata de seda.

–Debo de tener uno de esos rostros familiares, supongo –dije, apartándome de él y de la estantería–. Avíseme si necesita algo más.

Regresé al mostrador tarareando, consciente de su mirada, fija en mí mientras avanzaba esquivando las pilas de libros. ¿Cómo iba a resultar familiar a un exjugador de fútbol del equipo de Vanderbilt, en Tennessee, con aspecto de estrella de cine y al que le gustaba la poesía? Pero su gesto parecía sincero, no como esos hombres zalameros de ojos inyectados en sangre que veía en casa de Willie cuando limpiaba por las mañanas. A veces, si llegaba temprano, antes de las seis, me cruzaba con clientes que salían. La mayoría de los hombres no se quedaban a pasar la noche. Willie siempre decía que no pensaba organizar fiestas de pijamas a menos que estuvieran dispuestos a pagar una buena cantidad por ello. No, casi todos los hombres se marchaban con una sonrisita tras terminar sus cosas. Los hombres que se quedaban toda la noche tenían mucho dinero, pero también les faltaba algo, como si tuvieran un agujero en el alma demasiado grande para parchearlo. La mayoría de las veces, intentaban entablar conversación conmigo antes de irse por la mañana. La charla era incómoda, impregnada de culpa, y por lo general incluía la típica frase de que yo les resultaba familiar. Pero el modo en que lo preguntó el señor Hearne parecía sincero, como si realmente le sorprendiera.

Regresó al mostrador con dos libros.

—Sí señor, este es una buena elección —dije, examinando el volumen de Keats que había elegido.

—Para Marion, mi mujer —dijo.

—Oh, y *David Copperfield,* también.

—Ese es para mí. Debo de tener ya diez ejemplares.

Sonreí.

—Es mi favorito de toda la obra de Dickens —dije—. Es tan estimulante, teniendo en cuenta que *David Copperfield* está basado en la vida de Dickens, que alguien pueda sobreponerse a ese tipo de sufrimiento y pobreza para finalmente alcanzar la felicidad.

Había hablado más de la cuenta. El hombre ya estaba lanzándome esa mirada que yo tanto odiaba. La mirada de «Lo has pasado mal, ¿eh, niña?». Me hacía sentir patética.

Hearne habló en voz baja:

—Sé a qué te refieres. Yo tuve una infancia a lo Copperfield.

Lo miré fijamente, sorprendida por que el sofisticado hombre que tenía delante hubiera conocido alguna vez la pobreza o el sufrimiento. ¿Habría sido capaz de rehacerse? Mi asombro caló en él.

Asintió.

–Las decisiones son lo que moldea nuestro destino. –Sin abrir el libro, comenzó a recitar el principio de *David Copperfield*–: Si soy yo el héroe de mi propia vida o si otro cualquiera me reemplazará...

Asentí y terminé la cita con él:

–... lo dirán estas páginas.

Permanecimos en silencio, sin conocernos, pero entendiéndonos por completo. El claxon de un coche que sonó en la calle cortó nuestras miradas.

Terminé a toda prisa la factura y le enseñé el cuaderno.

–¿Se los envuelvo?

–No, no es necesario.

Sacó un fajo de billetes sujetos con una pinza del bolsillo interior de su traje. El hombre tenía lo que Willie llamaba «una lechuga». Había un montón de billetes que asomaban florecientes de la pinza plateada. Me fijé en su reluciente reloj Lord Elgin cuando me entregó un billete de cincuenta dólares.

–Lo siento –dije en un suspiro–. Me temo que no tengo cambio para un billete tan grande.

–Es culpa mía. Me olvidé de cambiar en el hotel. ¿Aceptáis cheques? –preguntó.

No aceptábamos cheques, a menos que fueran de clientes con cuenta en la librería. Ya nos habían devuelto unos cuantos cheques sin fondos de morosos del Barrio Francés. Un cartel delante de la caja registradora explicaba nuestra política de no aceptar cheques.

–Por supuesto –le dije–. Con cheque está bien.

Asintió agradecido y sacó su chequera junto a una elegante pluma estilográfica. Forrest Hearne nadaba en la abundancia, eso estaba claro.

–¿A qué se dedica en Memphis? –pregunté, intentando sonar relajada.

–Soy arquitecto y promotor –dijo. Firmó el cheque y me lo entregó–. Construyo cosas.

Asentí.

Avanzó hacia la puerta, sin dejar de mirarme con esa expresión perpleja.

—Bueno, gracias por su ayuda y la conversación. Se lo agradezco de corazón.

—Ha sido un placer.

—Y buena suerte en la universidad, elija la que elija. —Abrió la puerta para marcharse y se detuvo de repente—. Casi me olvido... Feliz año nuevo —dijo, alzando su sombrero—. ¡Este va a ser de los buenos!

—Feliz año nuevo —dije, sonriendo.

Y se marchó.

5

Me senté en la cama a contemplar el cheque.

Forrest L. Hearne, Jr.
73, East Parkway Avenue North, Memphis, Tennessee
Memphis Bank and Trust Co.

Parecía que sus palabras volvieran a susurrarme: «Las decisiones son lo que moldea nuestro destino».

Fui a mi mesa y saqué el folio amarillento de su escondite. Había empezado la lista a los trece años con el nombre de Tom Moraine, un periodista que pasó por la librería. Un día que estaba enfadada con Willie, le dije que había encontrado a mi padre y que me iba a marchar. Willie se rio. Me dijo que Moraine no era el apellido de mi padre, sino el de un ludópata con el que Madre se fugó a los diecisiete años. La felicidad marital les duró tres meses enteros, y luego Madre volvió, conservando solo el anillo y el apellido.

Willie decía que los padres estaban sobrevalorados, que mi padre podría ser uno de entre miles, probablemente un lameculos repugnante y asqueroso al que le gustaban las corbatas de quita y pon. Dijo que debería olvidarme del tema. Pero no me olvidé. No podía. Así que el juego continuó, y durante años añadí nombres a la lista, imaginando que el cincuenta por ciento de mí era en cierto modo respetable en lugar de repugnante. Y lo de asqueroso era algo relativo. A fin de cuentas, ¿qué daba más grima, un hombre al que le gustan las corbatas de quita y pon o una chica que tenía una lista de padres imaginarios escondida en el cajón de su escritorio?

El cartel de neón del restaurante de Sal, en la acera de enfrente, parpadeaba y zumbaba, bañando mis cortinas y mi mesa con un brillo rosado. El volumen de la calle iba en aumento a medida que se acercaba la medianoche. 1950, y con él las oportunidades prometidas de una nueva década, no tardaría en llegar. Añadí el nombre de Forrest L. Hearne Jr. a la lista, junto a unos pocos detalles sobre él. Calculé que tendría treinta y muchos o cuarenta y pocos.

«Futbolista. Memphis. Arquitecto. Le gustan Dickens y Keats», escribí.

Keats... La verdad es que no era el típico turista que se veía por el barrio.

Me había preguntado si iba a la universidad. Terminé el instituto el pasado junio, pero luego envolví la facultad en bolas de alcanfor y la guardé en el desván de mi mente, donde no tuviera que pensar en ella durante una buena temporada. El instituto ya me resultó bastante duro, pero no debido a las tareas y asignaturas. Eso era fácil para mí. Lo agotador era tener que estar constantemente intentando ser invisible. Cuando la gente me veía, hablaban de mí. Como aquella vez que Madre vino a una reunión del colegio en octavo. Solo vino porque una de las chicas de Willie había comentado que mi profesor de historia, el señor Devereaux, era guapo y un poco alocado.

Madre se presentó con unos pendientes de diamantes y un abrigo largo de piel de conejo del que comentó que «le había salido a precio de ganga». Por debajo iba completamente desnuda.

«No seas tan mojigata, Josie. Llegaba tarde y no he tenido tiempo de vestirme. Nadie se dará cuenta —me dijo—. Además, el forro es tan suave y sedoso... Bueno, ¿cuál es tu profe de historia?» Había estado bebiendo y le costó mantener el abrigo cerrado. Todos los padres la miraban mientras sus esposas los agarraban y tiraban del brazo. Los niños me observaban. Al día siguiente, varios alumnos contaron entre cuchicheos que sus mamás habían llamado a la mía «esa puta». Entonces, yo también me sentí desnuda y sucia.

Mi profesor de historia no le debió de parecer interesante, porque Madre no volvió a pisar la escuela, ni siquiera para mi fiesta de graduación. «Ah, ¿pero era hoy?», dijo, pintándose frente al espejo un lunar falso en la mejilla. «¿Te has puesto uno de esos horribles sombreros con borla?» Echó hacia atrás la cabeza y soltó una de esas risas que yo tanto odiaba. Empezaba con un toque de inocencia, pero luego se endurecía en su garganta, trepaba hasta su nariz y salía con un chisporroteo. Podía ver la fealdad brotando de su interior.

Willie sí que vino a mi graduación. Condujo su Cadillac negro hasta el aparcamiento y lo dejó en uno de los sitios reservados para el personal docente. La gente se apartaba a su paso cuando caminó hacia el salón de actos y se sentó en la primera fila. Llegó con un traje caro hecho a medida, a juego con su sombrero y sus guantes, junto con sus típicas gafas de sol oscuras –que no se quitó en toda la ceremonia–. Cokie también vino y se quedó al fondo con un gran ramo de flores y una sonrisa de oreja a oreja. La gente hacía comentarios sobre su piel de color café, pero no les hice caso. Cokie era el único hombre con el que me sentía segura de verdad.

Willie me regaló por mi graduación un precioso guardapelo de plata de Tiffany & Co., con mis iniciales grabadas. «Pon tu nombre en tus joyas, Jo, y siempre encontrarán el modo de volver a ti», decía Willie. Era la cosa más cara que poseía, y la llevaba todos los días debajo de la blusa. Sabía que si me la quitaba, Madre la robaría o la vendería.

Escribí «Me preguntó si iba a la universidad», al margen, cerca del nombre del señor Hearne, y volví a ocultar el papel en el cajón.

Oí barullo abajo en la calle, seguido de voces que contaban al unísono:

—Cinco... cuatro... tres... dos... uno... ¡FELIZ AÑO NUEVO!

Aullaron los cláxones y la gente gritó. Oí cómo se rompían cristales entre coros de risas.

Saqué mi espejo y me puse a trabajar con mis rulos. Enroscaba mi espeso pelo alrededor del dedo, lo apretaba con fuerza contra la cabeza y deslizaba un rulo en cada rizo. Nochevieja era un caos. No me estaba perdiendo nada, me decía a mí misma. El año pasado, un comercial de Atlanta decidió hacer muestra de su opulencia para las chicas en casa de Willie quemando billetes de un dólar en el salón. Ellas lo animaban y jaleaban hasta que uno de los sillones orientales de Willie se prendió. Al día siguiente tuve que arrastrar la carcasa quemada al callejón y me llené de hollín. Mi madre se reía y se metía conmigo. Su amargura aumentaba cada año. Madre estaba llevando mal lo de hacerse mayor, sobre todo al verse rodeada de tantas jovencitas en casa de Willie. Todavía parecía una veinteañera y mentía sobre su edad, pero ya no era lo que se dice «una preferida».

Acabé con mis rizos y decidí leer un poco hasta que se apagara el júbilo en la calle. Además de tararear, leer era lo único que conseguía hacerme olvidar a Madre y el barrio, y me permitía experimentar lo que era la vida fuera de Nueva Orleans. Saltaba ansiosa sobre los libros. Las vidas de sus personajes eran mucho más interesantes que el solitario discurrir de la mía.

Mi libro estaba abajo, en la tienda. Abrí la puerta y bajé con sigilo por la diminuta escalera, en camisón y descalza, permaneciendo entre las sombras que producían las estanterías para que no se me viera por el escaparate. Estaba en la otra punta del local cuando oí un ruido. Me puse en tensión. Hubo un golpe en la puerta. De repente, se oyó un clic y sonó la campanilla. Había alguien en la tienda.

Miré al fondo del local, a la escalera, preguntándome si debería salir corriendo hacia mi habitación en busca de mi pistola. Me hice a un lado y me detuve. Pasos. Se acercaban. Me agaché tras una pila de libros y oí la risa profunda de una voz masculina.

Busqué algo, cualquier cosa con la que defenderme. Saqué un libro grande de la estantería que tenía delante.

—Te hemos viiiiistoooo —se burló la voz profunda.

Mi corazón se sacudió. ¿Hemos? ¡Cincinnati estaba acompañado! Una sombra surgió ante mí. Le lancé el libro a la cara con todas mis fuerzas y salí corriendo hacia las escaleras.

—¡Ay! ¡Josie! ¿Qué demonios...?

Era la voz de Patrick.

—¿Patrick?

Me detuve y me asomé desde detrás de una estantería.

—¿Quién más iba a estar en la tienda? —dijo Patrick, frotándose un lado de la cara—. ¡Jesús! Me has acertado de pleno.

Una segunda figura apareció tras él.

—¿Qué hacéis aquí? —pregunté, acercándome. Me llegó el olor a bourbon rancio.

—Hemos venido a por un libro —respondió Patrick.

—Jean Cocteau —dijo el hombre de la voz profunda, riéndose y alcanzando un libro—. *Le Livre...*

—Shhh —le dijo Patrick.

Su amigo contestó con algo que sonaba a una risita.

—¿Quién eres tú? —pregunté al hombre.

—Josie, este es James. Trabaja en Doubleday.

—¿La librera Doubleday? ¿No tienes ya bastantes libros allí? —pregunté.

—Este no —dijo, mirándome de arriba abajo—. Bonito camisón.

—Es tarde, y mañana tengo que trabajar temprano —dije, indicándoles dónde estaba la puerta.

—¿Trabajas en Año Nuevo? Si todo está cerrado. ¿Qué haces? —preguntó James.

—Un negocio familiar —dijo Patrick—. Venga, vámonos.

—Asegúrate de cerrar con llave —grité a sus espaldas.

Patrick se volvió y se acercó a mí.

—¿Crees que dejaría la tienda de mi padre abierta? Jo, ¿qué te pasa? —susurró.

—Nada, me habéis asustado, eso es todo. Feliz año nuevo.

—Feliz año nuevo —dijo Patrick, lanzándome un puñetazo amistoso en el brazo. Ladeó la cabeza y me miró, y luego me empujó hacia una zona iluminada por la luz que entraba por el escaparate.

—¿Qué haces? —le pregunté, apretando mi libro contra el camisón.

—Jo, deberías peinarte con raya a un lado, en vez de al medio.

—¿Qué? —dije.

Su amigo se rio.

—Nada —contestó Patrick.

6

Como era de esperar, la casa estaba hecha un desastre. Me anudé el delantal y me puse los gruesos guantes de goma que Willie insistía en que llevara. Ceniceros a rebosar de colillas en el salón y botellas de alcohol vacías llenaban las mesas. Vi un zapato de tacón plateado colgando de un tiesto al tropezar con un pendiente de diamantes de imitación en un pegajoso charco de champán. Algo olía a manzanas podridas. Habría que fregar los suelos y sacudir las alfombras. Me entró dentera solo de imaginar cómo estarían los cuartos de baño. Feliz año nuevo... Abrí las ventanas y me puse manos a la obra.

Comencé con la habitación de Sweety, que vivía con su abuela y raras veces pasaba la noche allí. Sweety era una hermosa cuarterona, con un cuarto de sangre negra, igual que Cokie. Tenía un cuello largo y fino, pelo negro azabache y ojos de cervatillo. Los hombres la adoraban. Era una mina y muy leal a Willie. Pero iba a lo suyo y no se relacionaba con las demás chicas fuera de la casa. Siempre me pregunté qué hacía con su dinero. Sweety era la única que me daba propinas. A veces se llevaba las sábanas a su casa por la noche y las lavaba ella misma.

Dora era una pelirroja pechugona de caderas anchas que solo vestía de verde. Tenía ropa de todos los verdes imaginables –jade, oliva, menta, manzana–, absolutamente todo era verde. Dora era de armas tomar. A veces me la encontraba roncando en una cama hundida con una bolsa de hielo derretido entre las piernas. Le encantaba dormir y podía quedarse frita en cualquier circunstancia. El doctor Sully venía todos los miércoles por la mañana a pasar consulta a las chicas, y a veces Dora se dormía mientras la examinaba, desnuda sin nada más que una boa de plumas verdes alrededor del cuello.

Evangeline no levantaba más de metro y medio del suelo y parecía una colegiala. Representaba ese papel, pero era mala como una culebra. Evangeline era una cleptómana reformada. No confiaba en nadie y dormía con el bolso al hombro –ni siquiera se quitaba los zapatos–. Pero no robaba a los clientes. Willie tenía sus reglas. Nada de robos, nada de drogas, nada de servicios gratuitos y nada de besos en las habitaciones. Si un hombre bajaba con marcas de pintalabios en la boca, Willie echaba a la chica. «¿Te crees que estás pelando la pava bajo un manzano? ¡Aquí se vende sexo!», gritaba. El cuarto de Evangeline siempre estaba asqueroso. Ese día había pañuelos sucios tirados por toda la habitación. Tuve que recogerlos uno a uno.

–Cállate y deja de tararear. Estoy intentando dormir, ¡pendeja! –me chilló Evangeline.

Esquivé el zapato que me tiró desde debajo de las sábanas. Evangeline no tenía familia. Estaba claro que no había tenido un padre como Forrest Hearne. Suspiré, pensando en el señor Hearne. Se había pensado que yo iba a la universidad. ¿Y por qué no? Nadie decía que una chica como yo no pudiera estudiar en la universidad. Entonces me reí. ¿Cuántas universitarias limpiaban burdeles?

–¡He dicho QUE TE CALLES! –gritó Evangeline.

Recorrí el vestíbulo hasta el cuarto de Madre y giré el picaporte con suavidad, intentando no hacer ruido. Cokie lo había engrasado para mí. Madre odiaba que chirriara. Me deslicé en silencio dentro de la habitación y cerré la puerta, con una sonrisa. El cuarto de Madre olía al maquillaje Silk'N'Satin que se había comprado en los grandes almacenes Maison Blanche. Como de costumbre, sus medias colgaban de una silla, pero su liguero negro no estaba a la vista. Miré su cama alta con dosel rojo. Madre no estaba allí.

Abajo sonó la campanilla. Willie estaba despierta. Recogí mi cubo, salí del cuarto de Madre y bajé a la cocina.

Sadie, la cocinera y lavandera, trajinaba apurada en el fregadero.

—Feliz año nuevo, Sadie —dije.

Asintió, sonriendo con la boca cerrada. Sadie era muda y nunca decía ni pío. Ni siquiera sabíamos cómo se llamaba de verdad. Willie le puso ese nombre porque una vez conoció a un caballo cojo muy dulce llamado *Sadie*. Al caballo acabaron pegándole un tiro. Willie decía que ojalá fuéramos todas mudas como Sadie.

Me puse a preparar el café con achicoria de Willie. Como mucha gente en Nueva Orleans, Willie era muy especial con su café. A los doce años me convertí en una experta en su mezcla, y desde entonces insistía en que se lo hiciera yo. En realidad no había ningún secreto. Compraba el café de la cafetería Morning Call y le añadía un poco de miel y canela. Con el cubo en una mano y la bandeja del café en la otra, atravesé el salón hacia la puerta de su habitación. Di una patadita en la parte de abajo.

—Abre —dijo la voz ronca.

Empujé la puerta con la cadera, luego la retuve y la cerré con el pie. Los aposentos de Willie no se parecían en nada al resto de la casa. Tiestos con palmeras a lo largo del recibidor y el dormitorio le daban un toque tropical. El escritorio con tapa descansaba sobre un antiguo tapiz de Aubusson junto a una chimenea de mármol color crema. Una jaula decorativa colgaba vacía del techo en una esquina. Como de costumbre, Willie estaba sentada en medio de su cama alta, recostada sobre las almohadas con su quimono de seda negra, su cabello rubio platino peinado y el pintalabios rojo recién puesto.

—Feliz año nuevo, Willie.

—Hmm... ¿lo es? —dijo, mientras se pasaba una lima por sus largas uñas.

Posé el cubo y coloqué la bandeja del café sobre su cama.

Dio un sorbo a la bebida e hizo un gesto de aprobación con la cabeza.

—¿El diario?

Saqué el periódico de detrás de mi delantal y se lo entregué.

—¿La casa está muy mal? —preguntó, apoyada en sus gruesas almohadas.

—He visto cosas peores —le contesté.

Era cierto. Había visto cosas mucho peores, como cuando aquel vendedor de seguros de Florida se emborrachó tanto que se cayó y se abrió la cabeza. Había sangre por todas partes. Parecía como si hubieran degollado a un cerdo en el suelo. Me pasé días frotando y no podía sacar las manchas. Al final, Willie compró una gran alfombra oriental para poner encima de la sangre. Incluso cambió los muebles de sitio. Pero la mancha seguía allí. Algunas cosas no se van, no importa lo mucho que frotes.

—Bueno, ¿qué me traes? —me preguntó.

Levanté el cubo.

—Bueno, primero esta cosa enorme —dije, y saqué un gigantesco zapato rojo del cubo.

Willie asintió.

—Del tipo de Kansas City. Pagó el doble por vestirse con unas medias y bailar con las chicas.

—¿Y se dejó un zapato? —pregunté.

—No, el otro está debajo del sofá del salón. Los guardo en el ático para tipos como él. Límpialos y vuelve a dejarlos arriba. ¿Qué más?

Saqué un billete de veinte dólares del cubo.

—Estaba en la cisterna del retrete de Dora.

Willie entornó los ojos.

A continuación, saqué del cubo un mechero de plata.

—En la mesita de noche de Sweety.

—Bien hecho. Es de un abogado de la zona alta. Menudo tonto de remate. Se cree que es muy listo y no sabe distinguir el pis de la colonia. Me echaré unas risas cuando se lo devuelva. Igual me presento en su casa a la hora de la cena.

—Y esto —dije—. Lo encontré en el vestíbulo de arriba.

Le mostré una bala.

Willie estiró la mano para alcanzarla.

—¿Tuvisteis a uno de esos banqueros anoche? —pregunté.

—Esto no es de la pistola de un banquero —dijo Willie—. Esto es de un 38 milímetros.

—¿Cómo lo sabes?

Willie metió la mano bajo su almohada y sacó un revólver. Con un giro de muñeca abrió el tambor, deslizó la bala en la cámara y volvió a colocar el tambor en su lugar.

—Así lo sé. Trae a tu madre.

—No está —contesté—. Su cama está vacía y su liguero no está en la silla.

—¡Maldita mentirosa! Dijo que no se sentía bien. Ha metido a ese saco de basura en mi casa. No me han llegado noticias de Frankie. ¿Alguien vio a Cincinnati anoche? —preguntó Willie.

—No lo sé. Por un minuto pensé que había entrado en la librería, pero resultó que era Patrick. Me dio un susto de muerte.

—Patrick, ¿eh? No ha salido en nada a su padre, eso está claro. ¿Cómo está Charlie?

—Dice cosas sin sentido, como un loco. Me da pena Patrick. Hoy me pasaré por su casa —le dije.

—Charlie no está loco. Se le ha reblandecido un pelín el cerebro... Hay gente a la que le pasa eso. A su padre también le sucedió. —Willie suspiró—. Pero no vayas por ahí diciendo que está loco, o acabarán metiéndolo en el psiquiátrico de Charity. No permitiré que eso suceda. No a un buen hombre como Charlie. Te acogió cuando ninguna de nosotras podía ocuparse de ti. Ten —dijo, y me lanzó el billete de veinte dólares del retrete de Dora—. Cómprale comida o lo que le haga falta. Avísame si quiere que le mande a una chica.

Asentí. Charlie se había portado bien conmigo. Un día, cuando tenía catorce años, le conté que odiaba a Madre. «No la odies, Jo», me dijo. «Debes sentir lástima de ella. No es tan lista como tú. No nació con tu brújula, por eso vaga perdida, chocándose con todo tipo de muros. Eso da pena.» Comprendí lo que quería decir, y me hizo ver a Madre de un modo distinto. Pero ¿no había una regla que decía que los padres tenían que ser más inteligentes que sus hijos? No me parecía justo.

—Y ¿qué más me falta por saber? —preguntó Willie.

—Evangeline está con bandera roja, y el vestido de terciopelo de Dora se ha vuelto a rasgar por el pecho. Todavía me quedan habitaciones por limpiar, así que eso es todo lo que sé por ahora.

—¿Se le ha roto otra vez el vestido? Las tiene como sandías. Bien, Evangeline estará cinco días de baja. Dile que se instale en el ático. Y que Sadie remiende el vestido. Ahora, sal. Quiero leer el periódico.

Asentí y recogí el cubo para marcharme.

—Esto... Willie, ayer pasó por la tienda un hombre de Memphis. Un tipo alto, dijo que era arquitecto y que había jugado en el equipo de fútbol de la Universidad de Vanderbilt.

—¿Un tipo atractivo con un traje y un reloj caros? —preguntó, sin mirarme, mientras daba un sorbo de su café y abría el periódico.

Mi corazón dio un vuelco.

—Sí, ese mismo. ¿Pasó por aquí? —pregunté.

—No, no estuvo aquí.

¡Gracias a Dios! Forrest Hearne no parecía de ese estilo.

—Pero ¿has oído hablar de él?

—Sí, he oído hablar de él —dijo Willie—. Está muerto.

7

—Nadie habla del tema —dijo Cokie—, ni siquiera Frankie. Así que ya sabes que hay algo que huele mal.

—Willie dijo que no conocía los detalles, solo que había muerto —le conté a Cokie en la acera—. No quería hablar de ello. Dijo que no era asunto suyo. —Miré al suelo. No podía creer que Forrest Hearne, ese hombre tan encantador de Tennessee, estuviera muerto—. ¿A ti quién te lo contó?

—Anoche me encontré a Eddie Bones. Parecía que hubiera visto un fantasma. Le pregunté qué pasaba y me dijo que un tipo adinerado acababa de palmarla, allí mismo, en una mesa del club, a eso de las cuatro de la madrugada.

Eddie Bones era el líder de una banda del Sans Souci, un club de Bourbon Street.

—Entonces, ¿le pegaron un tiro en el club? —pregunté.

—Bones no comentó nada de disparos —dijo Cokie.

—Bueno, no creo que le diera un síncope. Tú no viste a ese tipo, Cokie. Era todo un caballero, sano y fuerte. No parecía un bebedor ni un drogata. Había venido a la ciudad para el Bowl. Pero tenía pasta, un montón, y... ¿de repente se muere? ¿Dónde está Eddie Bones?

—De camino a Baton Rouge —respondió Cokie—. Dijo que tenía un bolo allí.

—¿Se ha ido de la ciudad? Entonces, ¿cómo vamos a descubrir qué ha pasado?

—¿Por qué tienes tanta curiosidad? No es la primera vez que muere alguien en el Barrio Francés.

41

—Yo... solo quiero saber. ¿Dónde piensas que estará ahora el señor Hearne?

—Supongo que en el forense.

Un estruendo resonó en la calle. Alcé la vista y vi a Jesse Thierry en su moto. Me saludó con un gesto. Se lo devolví. Cokie lo saludó con la mano.

—Venga, ya basta. No es forma de pasar el día de Año Nuevo. Sube al coche antes de que se presente tu mamá con ese mal bicho de Cincinnati y se arme la de San Quintín.

—Cokie, necesito que vayas al forense. Entérate de qué ha pasado —le pedí.

—Pero bueno, ¿por qué piensas que va a hablarme sobre el fiambre de un ricachón?

—Podrías decirle que Willie quiere saberlo.

—Mira, Josie, estás loca. Te vas a meter en un lío de los gordos. Monta, anda. Te llevaré a ver a Marlowe. Ese pobre viejo necesita unos frijoles para recibir el año nuevo.

Mientras Cokie me llevaba a casa de Patrick, yo miraba por la ventanilla. El Sans Souci no era precisamente un local elegante. El dueño era un estafador y tenía «mujeres-anzuelo» en su club. Chicas de barra, como la hermana de Dora, que actuaban como clientes normales pero en el fondo cobraban una comisión del club. Daban palique a los clientes, animándolos a pedir copas caras o botellas de champán. Cuanto más gastaba el cliente, más dinero hacían las chicas.

Una línea de Keats resonó en mi cabeza: «Una cosa bella es alegría para siempre... ya nunca se perderá en la nada». No. Algo olía mal.

Cokie me dejó frente a la casa señorial de color verde claro de Marlowe, rodeada por su valla negra rematada con pinchos en forma de flor de lis. Me parecía preciosa. Patrick no podía soportarla. Decía que era tan anticuada que le daba vergüenza. Últimamente olía un poco a viejo en su interior, pero nunca se lo comenté a Patrick.

Al acercarme a la puerta, oí el piano. Me detuve y me apoyé en la barandilla a escuchar. Patrick tocaba con tanta expresividad que con frecuencia descubría más cosas sobre él por su música que por lo que me contaba. A pesar de nuestra amistad, siempre hubo una pequeña barrera entre nosotros. No sabría decir si fui yo quien la puso, o Patrick. Esa mañana estaba tocando la *Rapsodia sobre un tema de Paganini* de Rajmáninov. Estaba feliz, en paz. Me maravillaba cómo algunas personas podían tocar un instrumento y crear algo tan hermoso, y cuando otras lo intentaban, como yo, sonaba como ruido aporreado. Llamé a la puerta, y el piano se detuvo de golpe.

—¡Feliz año nuevo! —dije, enseñándole una bolsa con comida que había envuelto en la cocina de Willie.

Patrick tenía su lustroso pelo rubio despeinado, y todavía se veían restos de pintalabios pegajoso en su mejilla.

—Vaya, ahora entiendo por qué estabas tocando una pieza romántica de Rajmáninov. Te dieron unos cuantos arrumacos a medianoche, ¿eh? —comenté, apartándolo de un empujón y entrando en la casa. Algo del pintalabios me molestaba.

—No, fue después de medianoche. Creo que les di pena a las chicas por esto.

Patrick me mostró el lado izquierdo de su cara. Un gran cardenal, de color ciruela, se extendía desde la sien hasta el nacimiento del pelo.

—¡Patrick! ¿Qué te pasó?

—¿Qué me pasó? Me zurraste con un libro, ¿no te acuerdas? Contuve el aliento.

—Oh, Patrick, cuánto lo siento.

—No pasa nada. Les conté a todos que me había pegado con un ladrón que intentaba robar a una ancianita en Bourbon —dijo Patrick—. Soy un héroe.

Patrick era un héroe. Al menos, para mí. Cuando tenía seis años, su madre abandonó a Charlie y se escapó a las Indias Occidentales para casarse con un magnate del azúcar. Charlie estaba destrozado, pero nunca lo pagó con Patrick y le dio una buena educación. Al contrario que yo, Patrick no guardaba rencor a su madre, solo se encogía de hombros y decía que lo comprendía. Siempre ansiaba viajar a las Indias Occidentales para verla.

Charlie trataba a Patrick más como a un colega que como a un hijo. Levantaron juntos su negocio y, hasta hacía poco, trabajaban codo con codo todos los días.

El señor Marlowe estaba sentado en el salón en una silla junto a la ventana, agarrando una caja raída con forma de corazón que en el pasado contuvo bombones de San Valentín.

—Eso es nuevo —le susurré a Patrick.

—No sé de dónde la ha sacado. No la suelta. Hasta duerme con ella. Pero no me importa. Al menos se queda quieto.

Unos meses antes, el padre de Patrick pasó por una etapa en la que se levantaba en mitad de la noche e intentaba salir de casa en pijama. Patrick instaló cerraduras en la puerta que solo se podían abrir con llave, pero entonces el señor Marlowe intentó saltar por la ventana. Willie consiguió del doctor Sully un medicamento que ayudaba, pero ahora el señor Marlowe casi no hablaba.

—¡Feliz año nuevo, Charlie! —dije, me agaché y posé una mano en su rodilla.

Sus lechosos ojos azules se desplazaron lentamente hacia mi rostro. Me contempló con una expresión tan vacía que me pregunté si me veía. Apretó la caja de satén rosa contra su pecho y apartó la cabeza.

—¿Sabes qué hay dentro de la caja? —pregunté a Patrick.

—No tengo ni idea. Como te dije, no me deja acercarme. Hoy no he podido ni siquiera peinarlo. Míralo. Parece Albert Einstein.

—No te preocupes. Yo lo peinaré.

Pasé el gran arco que separaba el salón de la cocina. Agité el billete de veinte dólares para que lo viera Patrick y lo dejé bajo la caja de galletas en la balda que había sobre el fregadero.

—De parte de Willie, sacado de la cisterna del retrete de Dora.

—¿Te lo has encontrado todo muy mal esta mañana?

—Podía haber sido peor —dije. Me serví una taza de café y desenvolví la bolsa—. Suelos pegajosos. Evangeline estaba cabreada y me tiró un zapato. Se va a pasar cinco días en el ático.

—Por tu aspecto, pensé que había pasado algo malo de verdad —afirmó Patrick, balanceándose en la silla de la cocina.

—Hay algo malo —dije en voz baja sin volverme, desde el fogón—. Muy malo.

—¿Qué?

—¿Te acuerdas de ese hombre de Memphis tan simpático que vino ayer a la tienda?

—Pues claro. El ricachón poeta y futbolista —dijo Patrick.

—Sí, ese. —Me giré desde el fregadero—. Ha muerto.

La silla de Patrick golpeó el suelo.

—¿Qué?

Llevé mi café a la mesa y me senté.

—Murió anoche en el Sans Souci.

—¿Cómo te has enterado? No he oído nada.

—Willie me lo contó, pero dijo que no sabía los detalles. No me lo puedo creer. Cokie habló con el líder de la banda, y le dijo que el señor Hearne se derrumbó y se murió en la mesa.

Patrick cruzó los brazos y alzó una ceja, incrédulo.

—Eso mismo pensé yo. ¿Verdad que ese hombre parecía sano como un roble?

—Yo diría que sí —respondió Patrick—. De hecho, lo habría tomado por un jugador del Vandy. ¿Al final compró algo ayer?

—Keats y Dickens. Tenía un fajo bastante gordo de billetes, además de un reloj Lord Elgin y una pluma de las caras.

—Así que Keats y Dickens, ¿eh? —dijo Patrick—. No me suena a hombre que se meta en líos. —Patrick se apartó de mí—. Es una vergüenza. Parecía un hombre bastante simpático.

Asentí.

—Gracias por cubrirme con el tema de la universidad. Me habría dado vergüenza decirle la verdad después de que se pensara que iba a la Universidad de Newcomb.

—Pero es cierto, Jo. Podrías elegir la que quisieras. Hasta Newcomb.

Bajé la vista a mis manos, entrelazadas alrededor de la taza de café caliente. Patrick ya me había comentado antes que cualquier facultad local me daría una beca. Pero yo odiaba la idea de volver a ver a la gente del instituto, puesto que era la chica cuya madre era una prostituta y se paseaba desnuda con un abrigo de pieles. Nunca tendría una oportunidad de ser normal.

Willie decía que lo normal era aburrido y que debería dar gracias por tener un toque picante. Decía que a nadie le interesaba la gente aburrida, y que cuando morían, se les olvidaba, como algo que se te cae tras el tocador. A veces me gustaría colarme detrás del tocador. Ser normal sonaba perfectamente maravilloso.

—El señor Vitrone ha muerto —dijo Patrick, señalando el periódico abierto por la página de las esquelas sobre la mesa de la cocina. Patrick rastreaba los obituarios a diario, buscando pistas de libros o volúmenes raros que pudieran estar a la venta—. Tenía una buena colección de Proust. Creo que pasaré a dar el pésame a su esposa y ver si puedo comprárselos.

Asentí.

—Dime, ¿qué hacías con uno de Doubleday? —pregunté.

—Me lo encontré en la fiesta de Fabert. Empezamos a picarnos sobre cuál de las dos librerías tenía una selección más variada —dijo Patrick.

—¿Discutiendo sobre el fondo? Doubleday tiene muchos más libros —dije.

—Lo sé —se rio Patrick—. La osadía etílica, supongo.

—Sí, olías como una destilería. Y no me gustó que me pusieras en ridículo delante de él.

—Bueno, ¿y tú qué hacías rondando por la tienda en camisón? —dijo Patrick—. Además, actuaste de un modo muy raro, como si te diéramos miedo.

—Me había olvidado el libro en la tienda y bajé a por él. Tuviste suerte de que no llevara mi pistola encima, sobre todo después de ese comentario sobre mi pelo.

—Para una chica a la que le gusta tanto leer las páginas de sociedad, me sorprende que no te hubieras fijado en que todas las niñatas de la zona alta se peinan ahora con raya a un lado. Te quedaría bien, resaltaría la forma de tu cara. Venga, es Año

46

Nuevo. Momento de reinventarse –dijo Patrick–. Ey, he visto a tu madre esta mañana, a eso de las seis, yendo hacia el hotel Roosevelt del brazo de un tipo alto. Con un traje negro... que no le quedaba muy bien.

—¿Ella te vio?

—No –dijo Patrick–. El tipo parecía duro, pero me sonaba de algo. ¿Sabes quién podría ser?

—No tengo ni idea –dije, con la mirada fija en mi taza de café.

8

El dos de enero siempre era un día sosegado en la librería. La gente estaba muy cansada para salir o se había gastado demasiado dinero en los regalos de las fiestas como para pensar en comprar libros. Patrick y yo nos entreteníamos con uno de nuestros juegos. Uno elegía dos personajes literarios, y el otro tenía que decidir con cuál estaría dispuesto a casarse. Jugábamos durante horas, a veces soltando risotadas cuando las elecciones eran poco agradables.

—Darcy o Gatsby —dijo Patrick.

—Oh, venga. ¿No puedes buscar algo mejor? —me burlé—. Está claro, Darcy.

—No comprendo por qué a las mujeres os gusta tanto. Es tan convencional... Gatsby, por el contrario, tiene estilo.

—No es convencional. ¡Es tímido! —insistí.

—Mira, ahí viene alguien. —Patrick señaló con los ojos hacia el escaparate.

Estaban empezando a caer gotitas de lluvia sobre la acera. Una chica atractiva con pelo castaño rojizo bien peinado y un jersey con un monograma bordado miraba los libros del escaparate.

—Romántica —dijo Patrick.

Meneé la cabeza y propuse:

—Suspense.

La campanilla sonó, y la chica entró en la tienda.

—Feliz año nuevo —saludó Patrick.

—Vaya, gracias. Feliz año nuevo —contestó. Hablaba con brío y una cadencia elocuente.

—¿Podemos ayudarte a encontrar algo? —pregunté.

—Sí, busco un libro para mi padre. —Abrió su bolso y rebuscó en su interior—. Estoy segura de que metí aquí el papelito.

Se puso a vaciar el contenido de su bolso en el mostrador.

—Ay, qué apuro.

—Bueno, seguro que podemos encontrar algo de tu gusto —dijo Patrick, soltando el anzuelo—. ¿Igual una novela romántica, como *Lo que el viento se llevó?*

La muchacha hizo una mueca de disgusto.

—No, gracias. No es lo que me va. No tengo nada contra *Lo que el viento se llevó,* eso que quede claro. De hecho, la autora estudió en mi facultad, sería un sacrilegio si no me cayera bien.

—¿Margaret Mitchell? —dije—. ¿Dónde estudias?

—Estoy en mi primer año en Smith. ¡Oh! Aquí está. —Desdobló un trocito de papel—. *Fabulosa Nueva Orleans.*

—De Lyle Saxon —asintió Patrick—. Ahora te lo traigo. La sección sobre Luisiana está ahí delante.

El Smith College, en Northampton, Massachusetts. Había leído sobre ese sitio en la biblioteca. Formaba parte de las universidades llamadas «Siete Hermanas» y, junto con Vassar y Radcliffe, se consideraba uno de los centros para mujeres más prestigiosos del país. Y, al contrario que en Luisiana, en Massachusetts no había segregación.

La muchacha observó la librería y aspiró hondo.

—Este olor, me encanta. ¿A ti no?

—Sí —convine.

—Qué suerte tenéis de trabajar aquí. Yo podría vivir en un sitio así.

—De hecho, yo vivo aquí —dije.

—¿En serio? ¿Dónde? —preguntó.

—En un apartamento que hay encima.

—¿Tienes tu propio apartamento? —La chica me miró con una mezcla de asombro e intriga—. Perdonadme, estoy siendo muy maleducada. —Ofreció su mano a Patrick—. Charlotte Gates.

Patrick sonrió ante su presentación fría y formal.

—Patrick Marlowe.

—Marlowe. Sí, claro. El dueño de la librería.

La muchacha llevaba perlas cultivadas bajo el cuello blanco y redondo de su blusa. Era sofisticada, aunque poseía un puntito de descaro por lo general ausente en los recién llegados a Nueva Orleans.

—Charlotte Gates —dijo, ofreciéndome su mano.

Tras pensármelo, contesté:

—Josephine Moraine.

Patrick soltó una tosecita y lo fulminé con la mirada.

—Josephine, qué nombre más bonito. Siempre me encantó ese nombre, desde que leí *Mujercitas*. Adoraba a Josephine March. Oh, pero no te cortes ese pelo tan bonito que tienes como hizo Jo March. El tuyo es precioso. Ojalá me quedara el pelo así de estiloso, peinado con raya a un lado. Es lo que se lleva ahora, ya sabes.

—Jo... quiero decir, Josephine siempre se ha peinado con raya a un lado —dijo Patrick, conteniendo una sonrisa.

Charlotte asintió mirando a Patrick.

—Hay personas que nacen con estilo. Está claro que Josephine es una de ellas.

Esta mujer con pedigrí de la zona alta y que iba a una universidad de élite acababa de soltarme un cumplido sincero. Abrí la boca para decir algo, pero la volví a cerrar. No sabía qué decir ni cómo reaccionar. Por fortuna, Charlotte Gates siguió divagando:

—Estudio Literatura Inglesa, pero aun así no me canso de leer. Trabajar en un sitio como este sería el paraíso.

—Por supuesto, esto es el paraíso —comentó burlón Patrick.

Charlotte sonrió.

—Josephine, los hombres no lo entienden, ¿verdad?

—Para nada —corroboré—. Por ejemplo, Patrick acaba de preguntarme si me casaría con Gatsby o con el señor Darcy.

—¡No! ¿En serio? ¿Quién se quedaría con Gatsby pudiendo elegir a Darcy? —Charlotte comprendió el juego y me preguntó—: Josephine, ¿Ethan Frome o Gilbert Blythe de *Ana, la de Tejas Verdes?*

—Oh, Ethan Frome —respondí sin dudarlo.

—Por lástima —dijo Charlotte, con un gesto de comprensión.

—Un poco —acepté—. Pero Ethan Frome poseía una intensidad oculta, algo latente que esperaba ser descubierto. Y ese escenario frío y oscuro del invierno en Nueva Inglaterra. Me parecía hermoso.

Charlotte se iba animando.

—La novela transcurría en Massachusetts, ya sabes. Y ahora mismo está igual de frío y nevado.

—Suena encantador —comenté, y lo decía de verdad.

Patrick entornó los ojos.

—Entonces, quizá Josephine debería pensar en ir a estudiar a Smith —dijo con una risita—. Parece que no le interesan mucho las universidades de Luisiana.

—Déjalo —murmuré.

—¿Estás buscando universidad? —preguntó Charlotte, apoyándose en el mostrador—. Oh, Josephine, piensa en serio lo de ir a Smith. Tiene un pasado literario maravilloso. Además de Margaret Mitchell, hay un talento prometedor, Madeleine L'Engle, que se licenció en Smith.

—¿Smith? Bueno, no sé —dije.

—¿Por qué no? Se ve que eres una mujer dotada, prácticamente llevas un negocio de libros y vives sola en una ciudad única y decadente como Nueva Orleans. Con tantos personajes excéntricos, no me puedo imaginar lo que habrás vivido aquí —dijo, guiñando el ojo, y continuó—: En Smith también tenemos gente interesante. Yo estoy en un grupo nuevo en el campus, los Estudiantes Progresistas. Promovemos oportunidades para las minorías y para la mujer. Igual has oído hablar de esa fraternidad de Amherst que fue disuelta por admitir a un negro. Escribimos a nuestro congresista y organizamos manifestaciones de protesta.

Había oído hablar del tema. Cokie me enseñó el artículo en el periódico. Varias universidades del Este apoyaron la decisión de la dirección de Fi-Psi de invitar a un negro en su fraternidad. Smith fue una de ellas. Me alegré muchísimo, pero no podía hablar de esas cosas con la mayoría de las mujeres del Sur.

Charlotte se acercó a mí por encima del mostrador y me dijo en un susurro:

—Deja que te confiese una cosa, no tengo ningún interés en dedicarme a hacer patrones. ¿Todos esos libritos sobre servidumbre doméstica? ¡A la basura con ellos!

Patrick estalló en risas y me señaló:

—Ella intentó convencer a mi padre para que no vendiera esos panfletos en la tienda.

—Pues por supuesto —dijo Charlotte—. ¡Es una mujer moderna! Josephine, deberías considerar en serio lo de venirte a Smith. Deja que te mande información.

Charlotte anotó la dirección de la librería y habló sin parar sobre Smith, el campus, los profesores y sobre cómo estaba segura de que seríamos uña y carne si yo fuese a Northampton. Charlotte era miembro de los clubes de esgrima y de vuelo de Smith, e incluso tenía su licencia de piloto. Charlamos durante una hora hasta que tuvo que regresar al hotel con sus padres.

—Sé que es un poco precipitado —dijo—, pero mis tíos organizan una recepción esta noche en honor a mis padres. Viven en la zona alta. Me encantaría que vinierais los dos.

—¿En la zona alta? —solté.

—Oh, sí. Ya sé, son ridículamente estirados. Pero venid, nos echaremos unas buenas risas a su costa. ¡Venid, anda!

¿Yo? ¿En una fiesta del barrio rico? Me quedé boquiabierta.

—Seguro, nos encantaría —afirmó Patrick, entregando a Charlotte el libro que había comprado para su padre—. Danos la dirección.

Mientras Charlotte la garabateaba en un papel, Patrick me hizo un gesto para que cerrara la boca.

—¡Nos vemos esta noche!

Charlotte salió apresurada de la tienda, y nos sonrió saludándonos desde la calle mojada.

—¿Estás loco? ¿Una fiesta en la zona alta? —dije.

—¿Por qué no? Creo que tú eres la loca aquí, *Jooosephine* —se burló Patrick—. ¿Desde cuándo?

—Bueno, Josie es casi un diminutivo de Josephine, y Josephine suena mucho más... no sé.

Josie sonaba como un apodo barato. ¿Por qué Madre no me puso Josephine?

—Parece que te has echado una nueva amiga —dijo Patrick—. Me gusta. Es lista.

Charlotte era lista. Sabía incluso pilotar un avión. También era ingeniosa y divertida. Y se diría que yo le caía bien de verdad. De hecho, parecía impresionada conmigo. Una punzada de felicidad rebotó en mi pecho. Charlotte vivía en la otra punta del país. No conocía a mi madre, ni a Willie, no sabía quién era yo ni de dónde venía.

—Seguro que te ha puesto los dientes largos con Smith.

—Sí. Suena maravilloso, ¿verdad? Quién sabe, igual me gustaría ir a Smith —le dije a Patrick.

—Sí, bueno, a mí me gustaría ir a la Juilliard School, pero no creo que eso vaya a suceder. Pero, mientras tanto, qué buena idea tuviste al peinarte con raya al lado.

Hice una bola con un papel y se la tiré.

9

Patrick se marchó para dar el pésame a la viuda de Vitrone y de paso llegar a un acuerdo sobre Proust. Empujé el carrito de los libros por los pasillos, colocando en las estanterías las nuevas adquisiciones que habían llegado la semana pasada. Patrick se encargaba de las compras y de fijar los precios. Yo me ocupaba de la organización. Era el sistema con el que funcionábamos desde hacía años. Dejé en su sitio la nueva novela romántica de Candace Kinkaid, *Deseo desatado*. ¿De dónde sacaría la mujer unos títulos tan horribles? Inventar títulos malos podría ser otro divertido pasatiempo al que jugar con Patrick... o incluso con Charlotte.

¿Por qué no podía yo estudiar en Smith? Saqué casi todo sobresalientes en el instituto, e hice los exámenes de acceso a la universidad porque me pareció divertido. Es cierto que mis actividades extraescolares se limitaban a limpiar un burdel y a pasar el rato con Cokie, lo cual no era precisamente algo que incluir en una solicitud para la universidad. Pero el trabajo en la librería me había proporcionado mucha experiencia y me leía, de media, más de ciento cincuenta libros al año. Tenía mucho conocimiento sobre una gran variedad de temas.

¿Qué dirían las chicas del instituto —esas que tenían madre, padre y una cuenta en el banco— cuando me las cruzara en los almacenes Holmes? «Oh, lo siento, tengo mucha prisa», les diría. «Verás, es que me voy a estudiar al Smith College después del verano y he venido a recoger mis jerseys con las iniciales de la universidad. ¡Sí, Smith está en el Este! Es que los programas de las universidades del Sur no me convencían en absoluto.»

Me moría de ganas por recibir la información de Charlotte. Se me ocurrió empezar una lista con todas mis preguntas y volver a la biblioteca para leer más sobre Smith.

La campanilla sonó mientras alcanzaba la balda superior de una estantería.

—¡Ahora mismo le atiendo! —grité.

Me sacudí el polvo de las manos, alisé el remolino que se me había formado en el flequillo y bajé para atender al cliente.

—Discúlpeme, estaba...

Me detuve abruptamente. Cincinnati estaba apoyado en la estantería que tenía delante, con un cigarrillo colgando de la boca. La chaqueta negra del traje quedaba demasiado grande sobre sus hombros escuálidos. Su hermosura se había podrido, como la fruta pasada. Sus ojos grises seguían siendo unas rajitas finas y ahora iban a juego con una cicatriz de tono plateado que cruzaba el caballete de su nariz. Me observó durante un rato, y luego se acercó a mí.

—Vaya, vaya, mira esto. Casi no te reconozco. Has crecido bastante, ¿eh? —Fijó la mirada en mi blusa, moviendo el cigarrillo entre los labios—. ¿Ya te abres de piernas para Willie?

—No —me apresuré a responder.

—Una pena —dijo, aplastando el cigarrillo contra el borde de la estantería y acercándose más—. Porque yo pediría turno contigo —añadió, inclinándose hacia mi cara—, dado que tenemos un asunto pendiente.

—No sé de qué estás hablando.

Podía sentir el tacto de mi pistola, sujeta a mi pierna derecha por debajo de la falda. Solo necesitaba encontrar la oportunidad adecuada para sacarla. Pero levantarse la falda no parecía lo más inteligente, dadas las circunstancias.

—¿No sabes de qué te estoy hablando? —se burló Cincinnati. Levantó la mano izquierda, mostrando una marca roja brillante—. Una brujita me quemó... Una quemadura bastante profunda. Y una vieja bruja me disparó en la pierna. ¿Sabes lo que se siente cuando te queman, nena? —Avanzó un paso hacia mí—. ¿Te gustaría sentirlo? Apuesto a que sí. Apuesto a que eres igual que tu mamá.

55

—No me parezco en nada a mi madre —le dije, apartándome de las pilas de libros y acercándome al centro de la tienda para que se me viera desde el escaparate.

—¿Adónde vas? ¿Me tienes miedo, Josie Moraine? ¿Te da miedo que te corte en trocitos y te arroje a las ciénagas de Marcello? —Se rio, mostrando manchas marrones de tabaco en sus dientes inferiores. Me agarró de la muñeca, atrayéndome hacia él—. A esos caimanes les resultarías muy sabrosa.

La puerta de la tienda se abrió de golpe.

—¡Suéltala ahora mismo! —ordenó Cokie, que llevaba una llave de cruceta en la mano.

—Ocúpate de tus asuntos y no te metas en esto, viejo —dijo Cincinnati, sin dignarse a mirarlo.

—De lo que voy a ocuparme es de meterte esta llave en la cabeza —dijo Cokie, alzando la herramienta—. ¡He dicho que la sueltes!

Cincinnati liberó mi muñeca.

—Vaya, ya veo de qué va esto. Es tuya. La tienes encerrada en esta librería y te pasas a echarle un polvo cuando te entran ganas.

—No, así no son las cosas —dijo Cokie.

—¿No? Entonces, ¿cómo son? —siguió Cincinnati, acercándose a Cokie y burlándose de él—. Mírate. No se sabe si eres café o leche. A ver, espera, deja que adivine. Tu abuelita era una criada muy mona, y el amo se la tiraba, ¿eh?

Clic, clic.

Cincinnati se volvió hacia mí.

—Bueno, bueno —dijo, alzando las manos con indiferencia—. No te comportes como una loca, Josie.

—Josie la loca... Me gusta cómo suena. —Sostuve mi pistola con ambas manos como me había enseñado Willie—. ¿Por qué no te marchas antes de que cometa una locura?

Cincinnati se rio.

—Tranquila, nena. Solo he venido a traerte un mensaje de tu mamá.

—¿Eso era lo que estabas haciendo? ¿Darme un mensaje? —pregunté, sin soltar el arma y acompañándolo hacia la puerta.

—Sí. Tu mamita quiere quedar contigo a las tres en punto en el Meal-a-Minit. Tiene algo que contarte.

Cincinnati sacó un cigarrillo y lo encendió muy despacio, solo para demostrarme que mi pistola no le importunaba lo más mínimo.

Los ojos de Cokie estaban abiertos como monedas de medio dólar. La llave temblaba ligeramente en su mano. Le tenía pánico a las pistolas.

—Se te ve bien, Josie —dijo Cincinnati, apuntándome con su cigarrillo—. Espero volver a verte pronto.

Apartó a Cokie de un empujón y salió de la tienda.

—Santo Dios, baja esa cosa antes de que te vea alguien desde la calle —exclamó Cokie.

Bajé los brazos, incapaz de soltar el arma.

—¿Estás bien? —preguntó Cokie—. No te ha hecho daño, ¿verdad?

Meneé la cabeza, respirando por fin aliviada.

—Gracias, Cokie. ¿Estabas siguiéndolo?

—Tengo varios informadores por ahí. Frankie me dijo que lo vio viniendo hacia aquí desde el hotel Roosevelt. No sé por qué tu mamá se junta con ese tipo. Es malvado, lo veo en sus ojos.

Tenía razón. Había algo gélido, funesto en Cincinnati. Solté un suspiro y comencé a aflojar mis manos rígidas.

—Cokie, ¿al final te pasaste por el forense? —pregunté.

—Jo, ¿qué demonios te pasa, chica? ¿Hace treinta segundos estabas apuntando a un criminal con una pistola, y ahora me preguntas por ese hombre muerto de Memphis? ¿De qué va esto?

¿De qué iba esto? Forrest Hearne era un misterio, como mirar al fondo de un pozo oscuro. Pero en lo más profundo de mi estómago sabía que algo olía mal.

—No va de nada. El hombre entró en la tienda en Nochevieja, lo conocí, eso es todo. Era un hombre muy simpático, y ahora está muerto. Dime, ¿hablaste con el forense?

—Sí. Fui en persona a ver al doctor Moore. Y tuve que esperarlo fuera hasta que salió a comer. No iba a entrar en esa morgue llena de fiambres. No le hizo mucha gracia verme. Dijo que era un hombre muy ocupado...

—¿Y?

—El doctor Moore dice que el hombre rico de Memphis murió de un ataque al corazón.

—No —dije, meneando la cabeza.

—Bueno, Josie, es lo que me dijo el hombre. El forense es él.

La puerta se abrió de golpe y alguien soltó un grito. Levanté mi pistola, y Cokie se giró blandiendo la llave de cruceta.

Patrick retrocedió de un salto y sus ojos miraron la llave y la pistola alternativamente.

—¿Qué pasa? ¡Solo es Proust! —dijo, enseñándonos una caja grande llena de libros.

10

Me senté en una de las mesas con sillones de escay del
Meal-a-Minit, de cara a la puerta. El restaurante tenía sistema
de refrigeración en verano, pero ahora el ambiente estaba cargado y el sudor que se formaba detrás de mis rodillas corría por
mis pantorrillas, haciendo que se pegaran al asiento. Metí el
dedo en un agujero de cigarrillo que había en el escay rojo y
contemplé cómo giraba el ventilador del techo, dejando que mi
vista se desenfocara con el giro de las aspas. Willie había enviado
a uno de sus matones llamado Sonny, que estaba sentado en una
mesa frente a mí, leyendo un periódico. Dudaba mucho que
Cincinnati acompañase a Madre, pero no podía estar segura. Llegué con diez minutos de antelación a la cita. Madre se presentó
veinte minutos tarde. Lo habitual.

Jesse Thierry estaba en una mesa de enfrente. Dejó unas
monedas en la mesa.

—Gracias, guapo —respondió la camarera—. Dale recuerdos a
tu abuela de mi parte.

Jesse asintió. Por el rabillo del ojo, observé cómo se ponía
su chaqueta de cuero para marcharse. Se dio cuenta de que lo
estaba mirando y sonrió.

—Feliz año nuevo, Motor City —dijo Jesse, y salió del local.

Un tipo rechoncho con la cara sonrosada pasó al lado de mi
mesa y se detuvo.

—¡Vaya! ¿Qué tal, Josie? ¿Te acuerdas de mí?

Walter Sutherland. Era contable en una fábrica de cerillas y
uno de esos hombres que a veces pasaban la noche en casa de

Willie. Me lo había cruzado un par de veces por las mañanas. Tenía una forma de mirarme que hacía que me entraran ganas de llevar puesto un abrigo.

—Hola —dije, evitando mirarlo directamente a los ojos.

—¿Estás sola? —me preguntó.

—He quedado con mi madre —le contesté.

—Vaya. ¿Ya estás... —bajó la voz— trabajando?

—No —le dije, volviéndome para mirarlo directamente.

Me miró, ajustándose el cinturón mientras se mordía el labio inferior.

—Avísame si empiezas, ¿vale? Quiero ser el primero —me susurró.

—No pienso trabajar para Willie.

—Bueno, no tiene que ser para Willie. Sé que las cosas deben de ser difíciles para ti, Josie. Si alguna vez necesitas dinero, dímelo. Podríamos llegar a un buen acuerdo. Te pagaría muy bien por ser el primero. —Se secó su frente sudorosa—. Y no se lo contaría a nadie. Sería nuestro secreto, Josie.

—Piérdete, gordinflón —dijo Sonny desde la mesa de detrás.

Walter salió disparado como una ardilla asustada, cruzándose con Madre, que entraba en el local.

Madre llevaba un vestido rojo nuevo con pedrería que no le había visto antes. Se sentó en mi mesa, riéndose.

—Walter Sutherland. Menudo cerdo patético. Se lo hace lento como una tortuga y luego quiere que lo abraces toda la noche mientras llora. Me alegro de que nunca me haya elegido. Eso sí, está forrado. Por lo general se lo monta con Sweety. Ha sacado una pasta con él.

Asentí.

Madre se miró la muñeca, admirando su nuevo brazalete de diamantes.

—Has cambiado de peinado, niña. Te queda muy bien.

—Gracias. Tú también estás guapa. ¿Vestido nuevo?

—Sí. Cinci va a llevarme a cenar a Antoine's esta noche. Ya sabes cuánto me gusta Antoine's. Llevo años sin poder ir.

La saliva se me amargó en la boca. La idea de que Madre tuviera una cena de lujo con Cincinnati en Antoine's me daba asco. ¿Y si alguno de los clientes se fijaba en que Madre llevaba las joyas que le habían robado?

—Esta Nochevieja ha sido toda una fiesta. ¿Te divertiste?

Madre le había dicho a Willie que no se sentía bien en Nochevieja. Ahora me decía que fue toda una fiesta.

—Sí —contesté—. Me quedé en casa y terminé un libro.

Madre puso los ojos en blanco.

—Más te valdría dejar de esconderte detrás de esos libros y vivir un poco, Jo. En un par de años, se te habrá pasado la flor de la vida. Si te pusieras algo más de maquillaje y un sujetador mejor, la gente se volvería para mirarte. A tu edad, yo era todo un bombón... hasta que te tuve.

La camarera se acercó a nuestra mesa. Madre pidió un té helado. Desde mi asiento podía ver a Sonny detrás de Madre; seguía enfrascado en su periódico. Su cenicero ya estaba a rebosar de colillas.

—Madre, me estaba preguntando... ¿por qué me pusiste Josie en lugar de Josephine?

—Pero ¿qué dices? Ella no se llamaba Josephine.

—¿Quién? —pregunté.

Madre sacó una polvera del bolso para comprobar su pintalabios en el espejito.

—Además, ¿no te alegra que no te pusiera Josephine? Suena a nombre de lavandera vieja y gorda. Josie es mucho más *sexy*.

Mucho más *sexy*. Lancé una mirada a mi alrededor y vi a una madre sentada junto a su hija en una mesa, ayudándola a leer el menú. Acariciaba el pelo de la pequeña y le puso una servilleta en el regazo.

—¿Quién se llamaba Josie? —pregunté.

—Josie Arlington. Era la *madame* con más clase de Storyville hace años. Tenía una casa en Basin. Willie hablaba todo el rato de ella, decía que murió el día de San Valentín. Por eso, cuando naciste, que era el día de San Valentín, me acordé de Josie Arlington y decidí ponerte Josie en su honor.

—¿Me pusiste el nombre de una *madame?*

—No de una *madame* cualquiera, la *madame* con más clase que ha existido jamás. Era una mujer inteligente. Lista como tú, Jo. Tú podrías ser una buena *madame.*

—No tengo ningún interés, Madre.

La humillación bullía en mi interior. Pensé en explicarle a Charlotte Gates que no me habían puesto mi nombre por un personaje virtuoso de *Mujercitas,* sino por una mujer que vendía rameras de a cinco dólares en Basin Street. Y mi madre pensaba que debía sentirme orgullosa por ello.

—No empieces con tus humos, Jo. ¿Qué te piensas, que eres como la Cenicienta? —Echó la cabeza hacia atrás y se rio de forma desagradable—. ¿Crees que tu vida va a ser un cuento de hadas, cariño, como esos que cuentan en tus libros?

La camarera trajo el té helado de Madre. Sabía lo que tenía que hacer. Tendría que haber puesto fin a la conversación allí mismo. Tendría que haberme marchado. Sin embargo, me quedé sentada en la mesa, mirándola, deseando que pudiera ser como las demás madres, deseando que fuera distinta. Madre nunca se redimiría. Lo sabía.

—Bueno, ¿qué querías contarme? —pregunté.

—Nos marchamos —contestó Madre.

—¿Qué quieres decir?

—Cincinnati y yo. —Madre se apoyó sobre la mesa para acercarse a mí—. Nos vamos a California. Necesito que se lo digas a Willie de mi parte, pero espera a mañana, que ya nos habremos ido.

—Os vais a California.

Por algún motivo, no me sorprendía.

—Ya es hora de pirarse de aquí —dijo Madre, revolviéndose el pelo—. Esta podría ser mi oportunidad, ahora que me voy a Hollywood.

Mi madre era patética.

—Madre, no creo que sea inteligente irse a ningún sitio con Cincinnati. Es un tipo peligroso. Te pegará. No quiero que eso vuelva a pasar.

—Oh, mi niña, ya no es el mismo. Mira qué pulsera más elegante me ha comprado —dijo, extendiendo el brazo.

—¿A quién le importa, Madre? Probablemente será robada.

—No sabes lo que dices.

—Puede que no, pero sé que eres demasiado mayor para triunfar en Hollywood.

El golpe tuvo su efecto. Había levantado el pie del freno e íbamos disparadas hacia la oscuridad. No tardaríamos en montar un cisco espantoso. Madre se estiró encima de la mesa y me agarró de la muñeca.

—No soy demasiado mayor —dijo entre dientes—. Solo estás celosa, y lo sabes. Tienes suerte de que no te tiré a un cubo de basura, pequeña ingrata. Lo sacrifiqué todo por ti, así que no me digas lo que soy.

Respiré hondo e intenté hablar sin levantar la voz.

—No lo dices en serio, Madre. ¡Para! Estás montando un numerito. —Intenté soltar mi brazo—. Me estás haciendo daño.

—¿Que te hago daño? Vaya, qué pena. Tú arruinaste mi cuerpo y me tuviste atada de manos durante los mejores años de mi vida. Podría haber sido famosa. ¿Y ahora dices que te estoy haciendo daño? —Madre soltó mi brazo, apartándolo de ella. Reclinó la espalda en el sillón y comenzó a hurgar en su bolso. Sacó una petaca y dio un trago—. Por fin ha llegado mi oportunidad, Jo, y pienso aprovecharla.

—De acuerdo, aprovéchala.

—Creo que no lo entiendes. No esperes que vuelva.

—Lo entiendo. Solo querría que hubieras encontrado a alguien distinto a Cincinnati. Es un inútil y un criminal. No querrás verte envuelta en esos asuntos.

—No sabes nada de él —dijo, sacando un enorme fajo de billetes del bolso y tirando uno sobre la mesa—. Toma. Esta la pago yo.

¡Qué generosa! Yo no había pedido nada.

Madre se levantó y se alisó el vestido.

—No te olvides de decírselo a Willie. Intentaré escribir, pero seguramente estaré muy ocupada. —Se puso una mano bajo los rizos y los movió ligeramente—. ¡Igual dentro de poco lees sobre mí en los periódicos!

Soltó un beso al aire en mi dirección y luego se marchó.

Cerré los ojos y apreté los dientes, con la esperanza de detener cualquier lágrima que pudiera estar formándose. Tarareé la melodía de Rajmáninov de Patrick y sentí que se relajaban los músculos de mi espalda. Me lo imaginé, balanceando el torso sobre las teclas de marfil, con su padre sano como antes, en pie y escuchando desde el umbral. Vi en mi mente a Charlotte sonriéndome y saludándome desde la calle y, de repente, la imagen de Forrest Hearne, frenético, pronunciando mi nombre y agitando el ejemplar de Keats que se había comprado. Solté un grito ahogado ante el recuerdo de Hearne y abrí los ojos. Sonny me estaba mirando. Las luces fluorescentes zumbaban y el ventilador del techo crujía por encima de nuestras cabezas.

11

Entré en casa de Willie a hurtadillas por la puerta de atrás, vestida para la fiesta de Charlotte. El eco de la risa escandalosa de Dora resonó proveniente de la cocina mientras yo recorría apresurada el vestíbulo trasero. Solo me costaría cinco minutos planchar mi blusa de lino color crema. No podía llevarla a la fiesta acartonada y llena de arrugas. Como no tenía plancha, normalmente planchaba mi ropa en casa de Willie por las mañanas. Me dije que me daría tiempo a entrar y salir antes de que me viera alguien.

Abrí la puerta del cuarto de la lavadora, y asusté a Sweety, que llevaba un vestido de noche de gasa color melocotón y charlaba con Sadie. Sweety se calló en mitad de la frase. Las dos se volvieron hacia mí, con los ojos abiertos como platos.

—Jo, ¿qué estás haciendo aquí? —preguntó Sweety, con la voz titubeante y turbada. Sadie me miraba con la boca abierta.

—Yo... esto... voy a una fiesta, y necesito planchar mi blusa —balbucí.

—¿Qué clase de fiesta, cariño? —preguntó Sweety, que seguía mirándome fijamente.

—En la zona alta —dije—. De una chica que he conocido en la librería. Tengo prisa.

La espalda de Sadie se relajó.

—¿La zona alta? Vaya, qué divertido, Jo. Corre, quítate la blusa, que la plancha está caliente. Sadie, bonita, deja mi faja a un lado. Planchemos la blusa de Jo para que pueda irse —dijo Sweety, gesticulando con sus brazos delgados.

Incluso los movimientos de Sweety resultaban suaves y adorables, como los de una bailarina. La fina tela de color melocotón onduló alrededor de su cuerpo cuando se apartó para dejarme paso. No me la podía imaginar con el gordo y sudoroso Walter Sutherland. Aparté esa idea de mi cabeza.

Me desabroché la blusa y me acerqué a la tabla de planchar. Sadie estiró la mano y me quitó la blusa.

—Gracias, Sadie.

—Bueno, ¿con quién vas a la fiesta? —preguntó Sweety.

—¿Una fiesta? —bramó Dora, que apareció por la puerta con una bata de satén verde y zapatillas de plumas a juego. En una mano llevaba una taza de café y en la otra agitaba un cigarrillo. Se acababa de poner el maquillaje, y su cabello pelirrojo estaba enroscado en rulos—. A ver, ¿quién va a una fies...? Jo, ¿qué haces tú aquí?

Los ojos de Dora recorrieron mi cuerpo de arriba abajo, fijándose en mi camisola, mi peinado y mi pintalabios.

—Vaya, bonita, quién te ha visto y quién te ve. Te has puesto de punta en blanco. Mira ese peinado nuevo. ¿Te vas a unir a nosotras...?

—Jo se va a una fiesta —le interrumpió Sweety—. Tiene prisa.

Sadie asintió.

—Oh, qué bien —dijo Dora—. Bueno, ¿con quién vas, muñequita?

—Patrick Marlowe —contesté.

—Vaya, vaya, qué cosita más linda —dijo Dora—. ¿Por qué nunca se pasa por la casa para que pueda darle un buen meneo?

Dora sacudió sus enormes pechos entre carcajadas. Yo meneé la cabeza.

—Es un chico adorable, por eso no viene por aquí —intervino Sweety—. Se moriría de miedo contigo, Dora.

—Bueno, Jo, dile a ese muchacho guapito de los libros que tendrá que llevar alguna vez a una fiesta a la vieja Dora. Me encantaría atusarle ese pelito rubio brillante que tiene mientras me lee algo de poesía de su librería. —Carraspeó y recitó—:

Las rosas son rojas, Dora es verde. Dale unos dólares y verás cómo te muerde.

Estallamos en carcajadas. Me abroché la blusa calentita y le di las gracias a Sadie.

—Verde y muerde no riman del todo —dijo Sweety.

—¡Pues claro que riman! No empieces a criticar. Yo podría ser una poetisa —vociferó Dora, sosteniendo su café y su pitillo con su mejor pose de literata hasta que todas nos echamos a reír de nuevo.

Willie entró por la puerta y se cruzó de brazos. Su pelo rubio platino estaba recogido por detrás y su semblante pálido mostraba un gesto serio en contraste con el pintalabios rojo y el vestido negro que llevaba.

Las risas se terminaron rápidamente.

—Al contrario de lo que puedas pensar, Dora, no dirijo un rodeo. ¡Vístete ahora mismo! —gruñó Willie. Volviéndose hacia mí, preguntó—: ¿Qué demonios haces tú aquí?

—Tenía que plancharme la blusa.

—Se supone que eso lo haces por la mañana. Tengo citas a punto de llegar. —Willie reparó en mi blusa recién planchada—. ¿Adónde vas?

—A una fiesta —contesté, alisándome la falda.

—¿Se supone que tengo que leerte la mente? ¿Qué fiesta? ¿Dónde? ¿Con quién?

Dora hizo una mueca y se escabulló de la habitación.

—En la zona alta. En Prytania Street. Con Patrick.

Di algunos datos escasos sobre Charlotte Gates y su invitación.

—No conozco a ninguna familia Gates en la zona alta —dijo Willie, mirándome fijamente.

—No, Charlotte es de Massachusetts. La fiesta es en casa de sus tíos.

—¿Y sus tíos no tienen apellido? —insistió Willie.

—No se lo pregunté. Charlotte dio la información a Patrick. No estaremos mucho tiempo.

Willie asintió.

—Iréis con *Mariah*.

—No, gracias, Willie. Tomaremos el tranvía.

Yo odiaba a *Mariah*, el enorme Cadillac negro de Willie. Por dentro estaba tapizado de rojo, tenía neumáticos de banda blanca y daba más la nota que un payaso en un funeral. En el Barrio Francés todo el mundo sabía que *Mariah* era el coche de Willie. No me gustaba que me viesen montada en él. Cokie lo adoraba.

—¿Has visto a tu madre? —preguntó Willie.

Asentí, y me preguntó:

—Bien, ¿qué quería?

Dudé, preguntándome qué partes de nuestra conversación habría escuchado Sonny y le habría transmitido a Willie. Madre me había pedido que no le contara a Willie que se marchaba hasta el día siguiente, cuando ya se hubiera ido.

—Quería dinero —mentí, sintiendo un tic cerca del ojo—, para ir a cenar en Antoine's con Cincinnati. Quería que yo te pidiera un adelanto. Ya sabes, está todo el día hablando de Antoine's.

—Como si fuera a darle un penique para gastárselo con ese pájaro de mal agüero, después de la que montó la otra noche.

—¿Cincinnati fue el que lo hizo? —preguntó Sweety.

—El que hizo, ¿qué? —pregunté.

—¡Fuera de aquí! —dijo Willie, meneando sus dedos enjoyados en mi dirección—. Tengo un asunto que atender.

Se marchó de la habitación enojada.

—A tu mami siempre le encantó Antoine's —dijo Sweety, mirándome.

Asentí y fingí que jugueteaba con mi bolso.

—¿Qué es lo que ha hecho Cincinnati esta vez? —pregunté.

Sweety retocó la gasa de su vestido con sus largos dedos.

—Mira, ¿sabes lo que te hace falta para esa fiesta, Jo? Te hace falta este collar de perlas. —Se quitó el collar que llevaba—. Mete ese guardapelo en el bolso y ponte esto esta noche. A todas las chicas finas les gustan las perlas.

—Oh, no quiero quitarte las perlas, Sweety. Quedan muy bien con tu vestido —le dije.

—Jo, cariño —dijo Sweety, ofreciéndome una sonrisa plácida—, tú y yo sabemos que a los tipos que vienen por aquí les importan poco las perlas.

Sweety se puso de puntillas, cara a cara conmigo mientras me abrochaba la hebilla en la nuca. Su piel olía a madreselva recién cortada. Era tan amable y generosa que me hacía pensar en esa frase de *David Copperfield,* que un corazón que ama era más valioso y más fuerte que toda la sabiduría del mundo. Me quedé mirando a Sweety y me pregunté cómo habría acabado en casa de Willie; deseaba que hubiera podido cambiar el rumbo de su vida por algo mejor, como Forrest Hearne.

—Te quedan perfectas —dijo Sweety—. Ahora, vete y pásalo bien.

Llegué a mi cita con Patrick en St. Charles Avenue, justo a tiempo para tomar el tranvía.

—Estás muy guapa —dijo—. ¿De dónde has sacado las perlas?

—Sweety —contesté.

Patrick también estaba guapo. El moratón casi no se veía. Llevaba unos pantalones almidonados color caqui con americana y corbata. El tranvía avanzaba renqueante por St. Charles. Cuanto más nos acercábamos, más se apretaba el nudo de mi estómago. No iba a conocer a nadie en la fiesta. O peor, ¿qué pasaría si conocía a alguien? Las dos situaciones serían desastrosas. De repente sentí que el ambiente estaba cargado, que me costaba respirar.

—¿Y si esto es un terrible error? —dije con voz ronca.

—Oh, estará terriblemente bien, solo son una panda de gente rica y pretenciosa, con estanterías llenas de libros caros que jamás han leído.

—Igual deberíamos volver.

—Venga ya, Jo, estas son las cosas que tanto te gusta leer en las páginas de sociedad. Por fin podrás leer sobre una fiesta a la que has asistido.

—Ni siquiera sé cómo se apellidan —susurré—. ¿Qué estoy haciendo?

Miré por la ventanilla, contemplando las calles que se volvían más limpias y menos atestadas a medida que nos acercábamos a la zona alta.

—John y Lillian Lockwell —leyó Patrick en el papelito que le había dado Charlotte—. Esta es nuestra parada. ¿Lista?

12

Nos bajamos en St. Charles y caminamos una manzana hasta Prytania. Lo primero que noté fue la tranquilidad que reinaba por allí. La calle parecía muy ancha. No había nadie empujándote, gritando o vendiendo cosas en la acera. Me entraron ganas de abrir los brazos y echar a correr por la calzada. Los pájaros trinaban y el perfume a jazmín de invierno flotaba hasta la acera, suspendido de los arbustos. Altos robles bordeaban esa calle en la que vivían acaudalados armadores, petroleros y otros hombres de negocios. Contemplé las enormes casas, de inmaculados jardines y parterres con flores. Era como si de las ramas de los árboles colgaran billetes de un dólar en lugar de hojas. Pronto empezaría el Carnaval y me imaginaba esas casas con banderas de color púrpura, dorado y verde como símbolo de las anteriores reinas y nobleza carnavalesca. Nos cruzamos con una pareja que nos saludó. Me fijé en la pose de la mujer e intenté mantener la espalda recta.

Nunca había estado entre tanta opulencia. La semana anterior, me había pasado por el funeral de un amigo de Cokie, un trompetista negro llamado Bix que vivía en el Barrio Francés. Su familia era tan pobre que habían dejado una bandeja sobre el pecho del cadáver, y la gente echaba monedas para pagar al enterrador y a la banda de metales que acompañaría la procesión fúnebre. En la zona alta, las familias contrataban a media docena de mayordomos solo para servir las bebidas en sus funerales. Las tragedias eran grandes eventos sociales, y todos querían participar de ellas. Cierto es que había visto a gente y turistas

71

ricos en el barrio, pero nunca había ido a sus casas. Me pregunté si Forrest Hearne habría vivido en un barrio como ese.

Patrick se detuvo frente a una enorme mansión neoclásica con doble galería y un gran jardín con un largo paseo de acceso bordeado por setos perfectamente podados. La casa resplandecía de luz y rebosaba de invitados y júbilo.

—Aquí es —dijo Patrick.

Sin detenerse, avanzó hacia las escaleras de entrada, dejándome correr tras él como un patito que persigue a su madre.

El espeso aroma a habanos se mezclaba con el de los magnolios del jardín delantero. Cubitos de hielo se removían y resonaban al chocar contra las copas de cristal. Patrick saludó a un grupo de hombres sentados en el porche. Oí el *pop* de un corcho de champán y risas en el interior.

Atravesamos la puerta abierta y entramos en un enorme recibidor que bullía de actividad. Me agarré al brazo de Patrick, deseando tener algo mejor que mi blusa descolorida de lino. Se oía el tintineo de un piano procedente de una alcoba cercana, y Patrick se dirigió hacia él como atraído por un imán.

Entramos en un hermoso salón con paredes de papel pintado de terciopelo y sofás y sillones de felpa. La gente se reunía en corros por la estancia mientras un hombre con traje negro tocaba «It's Only a Paper Moon» al piano. Los muebles eran caros, pero distintos de los de Willie. El mobiliario de casa de Willie tenía un toque exótico, con colores y curvas sensuales. Este era elegante, refinado, y tan limpio que prácticamente podía ver mi reflejo en todas las superficies.

—Ni una sola mancha de sangre o de humo —le susurré a Patrick.

—Al menos, no que se vea —masculló Patrick entre dientes.

Había una mesa redonda de caoba llena de marcos de plata de todas las formas y tamaños, mostrando orgullosos el legado que componía la familia Lockwell. Había fotos de bebés, adolescentes, abuelos, un golden retriever dorado, la familia en la playa, en la Torre Eiffel, todos con caras sonrientes que mostraban lo felices y valiosas que eran sus vidas. Incluso había una foto de Charlotte en un pequeño marco ovalado.

Contemplé las fotografías. Si alguien significaba algo para ti, ponías su foto en un marco de plata y lo enseñabas, como estas. Nunca había visto algo así. Willie no tenía fotos enmarcadas. Madre, tampoco.

—¡Josephine! —Charlotte, radiante con un jersey de cachemir verde menta y su cabello cobrizo bien recogido con una cinta de terciopelo negro, me agarró de repente del brazo—. ¡Cuánto me alegro de que hayas venido!

—Gracias por invitarnos.

—Bueno, no te preocupes. No me separaré de ti. Ya sé lo terriblemente incómodo que es estar en un evento en el que no conoces a nadie.

Asentí. Charlotte me comprendía. Era como si hubiera leído mi pensamiento en el camino. O quizá mi cara estaba de nuevo llena de manchas.

—Hola, Patrick. ¿Os ha costado encontrar la casa? —preguntó Charlotte.

—Para nada. Además, es difícil pasar de largo de un sitio como este, ¿no te parece? —dijo Patrick.

—Sí, una cualidad de la que mi tía está muy orgullosa —susurró Charlotte—. No son precisamente lo que se dice discretos, no sé si me entendéis.

—Esa foto tuya es preciosa —dije, señalando el marco.

—Oh, es de hace un par de años. Me acaban de sacar una foto nueva en Smith. Venid, que os presente.

Charlotte tiró de Patrick y de mí hacia una pareja atractiva de mediana edad al otro lado de la sala.

—Tía Lilly, tío John, estos son mis amigos Josephine Moraine y Patrick Marlowe.

—¿Cómo estáis? —dijo la señora Lockwell—. Marlowe, me suena ese apellido, John —comentó, apretando el brazo de su marido—. ¿De qué conocemos el apellido Marlowe? ¿Tu madre está en la Junior League,* jovencito?

---

* Organización femenina caritativa formada principalmente por damas de la alta sociedad. (N. del T.)

—No, señora —respondió Patrick—. Mi madre vive en las Indias Occidentales.

—¿Tu padre es abogado? —preguntó el señor Lockwell.

—No, señor. Mi padre es escritor y librero. Tenemos una librería en el Barrio Francés.

—¡Vaya, qué curioso! A nosotros nos encantan los libros, ¿verdad, John?

El señor Lockwell no prestaba mucha atención a su esposa, y en su lugar miraba a su alrededor, ojeando al resto de mujeres de la estancia.

—¿A qué universidad vas, Patrick? —preguntó la señora Lockwell.

—Acabo de licenciarme en Loyola —respondió Patrick, aceptando agradecido una bebida de uno de los camareros que circulaban por la sala.

—¿Y tú, Josephine? ¿Te he visto en el Sagrado Corazón con nuestra Elizabeth? —preguntó la señora Lockwell.

—Josephine vive en el Barrio Francés, tía Lilly. ¿A que es emocionante? —dijo Charlotte.

—El Barrio Francés. Ay, señor... —dijo Lilly Lockwell, llevándose una mano afectada al pecho—. Sí que lo es. ¿Cómo has dicho que te apellidabas, querida?

—Moraine.

—John —dijo, y tiró del brazo de su marido—, ¿conocemos a los Moraine del Barrio Francés?

—Creo que no. ¿A qué rama de negocio se dedica tu familia, Josephine?

El señor Lockwell me miró. La señora Lockwell me miró. Charlotte me miró. Sentí sus rostros a un palmo del mío.

—A las ventas —dije en voz baja.

—¡Qué piano tan bonito! —exclamó Patrick, cambiando rápidamente de tema—. Un Steinway de cuarto de cola, ¿me equivoco?

—Pues sí. ¿Sabes tocar? —preguntó Lilly, dirigiéndose a Patrick, pero con los ojos todavía fijos en mí.

Patrick asintió.

—En ese caso, sabrás apreciar un buen piano —dijo la señora Lockwell con una sonrisa y alzando su copa en un brindis privado a su Steinway.

—Sí, yo tengo un Bösendorfer de cola —comentó Patrick.

Los ojos de tía Lilly se alejaron de mí y se centraron en Patrick.

—¿Un Bösendorfer? Vaya, vaya, vaya... ¡Eso sí que es un piano! —exclamó el señor Lockwell.

—Pues sí. Deberías tocarnos algo, Patrick. Venga, no seas tímido —le animó Lilly.

—Oh, tía Lilly, no me quites a mis amigos. Iba a enseñarles tu magnífica casa —dijo Charlotte, y nos apartó a empujones de sus tíos, que se quedaron con las cabezas ladeadas mirándonos a Patrick y a mí.

Charlotte no nos enseñó la casa. Agarró una bandeja de canapés de un criado, la llevó a una biblioteca en el primer piso, cerró las puertas y se derrumbó en un sofá.

—Es agotador, en serio. E incómodo. «¿Cómo has dicho que te apellidabas?» —imitó Charlotte a su tía—. Os ruego que me perdonéis. ¡Beben como cosacos y luego se ponen a hacer preguntas inquisitorias!

—¡Bienvenida al Sur! —exclamó Patrick entre risas.

Nos pasamos más de una hora conversando con Charlotte en la biblioteca. Yo intentaba mantener la espalda recta en el sillón de cuero grueso y de cuando en cuando me llevaba la mano al cuello para asegurarme de que no había perdido el collar de perlas de Sweety. Charlotte se puso cómoda y se quitó los zapatos, doblando sus calcetines tobilleros y recogiendo los pies bajo su falda sobre el sofá. Patrick se centró en inspeccionar la colección de libros de los Lockwell, deteniéndose solo para comentar algo sobre determinado título o volumen. Nos carcajeamos y aullamos cuando Patrick vio *Deseo desatado,* de Candace Kinkaid, apartado en una de las estanterías superiores.

Un hombre asomó la cabeza en la biblioteca.

—¿Puedo esconderme con vosotros? Esto parece mucho más divertido.

—¡Papá! Ven a conocer a Josephine y Patrick —dijo Charlotte.

Un hombre elegante con traje azul entró en la biblioteca.

—Vaya, tú debes de ser Patrick, el del Bösendorfer de cola.

—Ugh... ¿Todavía están hablando de eso? —dijo Charlotte.

—Pues sí. Y, Patrick, me temo que vas a tener que tocar. Mi hermana no parará hasta que escuche cómo suenan unos dedos de Bösendorfer en un Steinway. Soy George Gates —dijo, ofreciendo la mano a Patrick. Volviéndose hacia mí, añadió—: Y tú debes de ser Josephine. Charlotte no para de hablar de ti.

—Casi todos llamamos Jo a Josephine —dijo Patrick con una sonrisa. Lo fulminé con la mirada.

El señor Gates se puso a hablar de libros con Patrick, preguntando por unos volúmenes raros que no podía encontrar en el Este. Luego, lo convenció para que se quitara de encima el recital cuanto antes, y salieron de la biblioteca.

—Tu padre es muy agradable. Y divertido, también —le dije a Charlotte.

—Sí. ¿Tu padre también es simpático? —me preguntó.

La miré, preguntándome si mi expresión me delataría, y dije:

—Mi padre... mis padres no están juntos.

Charlotte se incorporó al momento y puso una mano sobre mi rodilla.

—No te preocupes, Jo. La mitad de los matrimonios que están aquí esta noche, no están juntos. Al menos, no de verdad. Pero nunca serían capaces de reconocerlo como tú. Justo antes de que llegaras, la señora Lefevre nos estaba contando que anoche apuntó a su marido con una pistola en la cabeza porque olía a Tabu. —Charlotte meneó la cabeza, susurrando—: La señora Lefevre no se pone Tabu. Pero ¿una pistola? ¿Te lo puedes creer? ¡Qué locura!

Meneé la cabeza, sintiendo en la pierna el frío acero de mi revólver bajo la falda. Por desgracia, conocía muy bien esa locura.

—Nadie tiene una vida perfecta —dijo Charlotte—. Me parece mucho más interesante cuando la gente es sincera con ello.

Sincera. Pero ¿qué pensaría Charlotte si le contase la verdad? Que mi madre era una prostituta, que no sabía quién era mi padre, que la mayoría de los hombres me daban miedo, así que me inventaba padres imaginarios como Forrest Hearne.

—¡Charlotte! —dijo una chica alta y larguirucha con los dientes salidos que entró en la biblioteca—. Madre dice que eres amiga de ese chico, Patrick Marlowe. ¡Tienes que presentármelo!

—Elizabeth, Patrick es demasiado mayor para ti. Todavía estás en el instituto. No creo que la tía Lilly lo apruebe.

—No me importa lo que piense Madre —protestó Elizabeth—. Es muy guapo. Y, ¿has oído cómo toca el piano?

—Jo, esta es mi prima Elizabeth Lockwell.

Elizabeth ni siquiera me miró. Enroscó un mechón de su pelo entre los dedos y lanzó la cadera a un lado.

—Madre dice que Patrick ha venido con una pordiosera de aspecto triste del Barrio Francés. ¿Es su novia?

Me marché a toda prisa de la habitación.

13

Encontré a Patrick al piano, rodeado de mujeres con vestidos caros. Patrick me vio y se abrió paso entre la gente.

—¿Estás lista, Jo? —me preguntó, después me agarró de la cintura, y me susurró—: Sálvame.

—Sí, es una pena, pero tengo que volver a casa —dije en voz alta.

Elizabeth apareció, todavía enroscándose el pelo entre los dedos.

—Hola, Patrick. Soy Elizabeth Lockwell. Puedes llamarme Betty. Esta casa es mía, y ese es mi piano.

—Pues sí, amorcito, pero todavía no has aprendido a tocarlo —comentó entre risas el señor Lockwell.

La señora Lockwell seguía mirándonos fijamente.

—Es una pena que tengas que irte ya, Patrick. John y yo tendremos que pasarnos por tu tienda en el Barrio Francés. Nos encantan los libros y tenemos una biblioteca bastante grande.

—Sí, ya me he fijado. Candace Kinkaid también se vende mucho en nuestra tienda —dijo Patrick con toda sinceridad.

—Gracias por su hospitalidad —dije.

—Ha sido un placer, Joanne —dijo la señora Lockwell.

Patrick me condujo hacia la puerta, con Elizabeth siguiéndonos de cerca como un perrito faldero.

Charlotte me agarró del brazo cuando llegamos al recibidor.

—Jo, lo siento mucho —susurró, con el rostro descompuesto—. Mis parientes son odiosos.

—No, no hay nada que sentir, de verdad —dije, viendo cómo Elizabeth daba saltitos de puntillas mientras hablaba con Patrick.

—Pero si todavía no os he presentado a mi madre —dijo Charlotte—. Está en el patio de atrás.

Una mujer cerca de la puerta empezó a sollozar y exclamó:

—¡Son todos unos cerdos vestidos de traje! Ahí lo tienes, fingiendo que es un buen marido y anoche mismo encontré pintalabios barato en su pecho. Ahora sé dónde acabaron mis joyas.

La mujer siguió llorando, mientras su bebida se derramaba en el vestido.

Me volví a mirar a Charlotte, que meneó la cabeza.

—Parece claro que se ha tomado un julepe de más.

—¡Esta ciudad es asquerosa! —aulló la mujer borracha—. Pobre Forrest Hearne. Le dijeron a su dulce esposa que fue un ataque al corazón. ¡Fue un crimen! Deberían reducir a cenizas el Barrio Francés.

Me volví y miré a la mujer.

—¡Jo! —me llamó Patrick desde el otro extremo del vestíbulo.

—Te escribiré en cuanto vuelva —dijo Charlotte—. Te mandaré la información de Smith.

Asentí. Patrick me agarró del brazo y tiró de mí por la puerta y el jardín delantero, intentando escapar de Elizabeth Lockwell, que nos seguía lo bastante cerca como para ser la sombra de Patrick. Había grupitos de gente fumando y bebiendo bajo los robles cubiertos de musgo del patio. Un muchacho fornido que tendría más o menos la edad de Patrick estaba solo al final del seto.

—Patrick, este es mi hermano, Richard —lo presentó Elizabeth.

Richard miró fijamente a Patrick, entrecerrando los ojos, y dijo:

—Te vi en Nochevieja con tu amigo.

—Una noche divertida, ¿verdad? —dijo Patrick, sin pararse a darle la mano.

—¿Eso es lo que tú consideras divertido? —preguntó Richard, girándose para ver cómo se marchaba Patrick. Agarró a su hermana del brazo y le dijo—: Aléjate de él, Betty.

Caminamos unos pasos en silencio. Richard Lockwell tenía todo el aspecto de ser un bruto. El alboroto de la fiesta se fue disipando, reemplazado por el canturreo de las cigarras. ¿De qué conocería la mujer de la fiesta a Forrest Hearne?

—¿Estás bien, Joanne? —preguntó Patrick.

Solté una carcajada.

—En serio, Jo. Así son los ricos. ¿Qué esperas de unos idiotas semejantes?

—Charlotte no es una idiota —dije.

—De acuerdo. Es genial, y su padre también es fantástico. Venga, salgamos de aquí —dijo Patrick.

Bajamos a la calzada para cruzar la calle. Los faros de un coche se encendieron de repente y se acercaron, cegándonos.

—¿Quién es? —dije, agarrando a Patrick del brazo.

—No lo veo. ¡Muévete, Jo!

Patrick tiró de mí hacia la acera mientras el vehículo negro se acercaba. Reconocí el auto. *Mariah*.

La cabeza de Cokie se asomó desde la ventanilla del conductor.

—Venga, montad —dijo.

Miré a mi alrededor y me subí de un salto al asiento trasero.

—Cokie, ¿qué haces tú aquí?

—Willie me envió, dijo que no quería que tuvieses que volver andando o en tranvía.

Me acurruqué en el asiento trasero mientras el coche pasaba frente a la casa de los Lockwell, rezando para que Richard y Elizabeth Lockwell no estuvieran en el jardín.

—Vamos, Josie, mi niña, ¿cómo puedes sentir vergüenza de un coche tan bueno como este? —dijo Cokie con una sonrisa—. Yujuuuu... Nadie puede alcanzarme en mi Cadillac negro.

—Sí. Esa gente es la que tendría que sentir vergüenza, Jo.

—¿Mucha tontería ahí dentro? —preguntó Cokie.

—No lo sé —respondí.

—¿No lo sabes? —dijo Patrick, volviéndose desde el asiento delantero—. Jo, tenían un piano de cuarto de cola, pero nadie en la familia sabe tocarlo. Tienen estanterías llenas de libros que nunca se han leído, y la tensión entre las parejas era tan agobiante que casi nos ahogamos.

—Dejadme que os cuente algo sobre esos ricos de la zona alta —dijo Cokie—. Tienen todo lo que el dinero puede comprar, sus cuentas en el banco están infladas, pero no son felices. Nunca lo serán. ¿Sabéis por qué? Porque son pobres de espíritu. Y el dinero no sirve para curar eso, no señor. Mi amigo Bix era pobre. Dios, tenía que tocar diez horas al día esa trompeta solo para conseguir algo que echar a la cazuela. Murió pobre, también. Tú lo viste, Jo, con la bandeja encima del pecho. Pero ese hombre no era pobre de espíritu.

—Pobre de espíritu. Eso es —asintió Patrick.

—Tenían fotografías de familia con marcos bonitos —dije, hundiéndome más en el interior del cuero almizclado.

Ojalá Willie no hubiera enviado a *Mariah*. ¿Estaría intentando espiarme?

—Y tú ten cuidado con ese Richard Lockwell —dijo Cokie—. Es un mata-gatitos.

—¿Quieres decir que es un mujeriego? —se rio Patrick.

—Ay, no, no me refería a eso. Cuando era joven, colgó a cuatro gatitos en el Barrio Francés. Dios, tenías que haber visto cómo lo perseguía la gente. No está bien de la cabeza.

Miré por la ventanilla, tarareando «It's Only a Paper Moon» mientras el Cadillac bajaba por St. Charles en dirección a Canal. Las mujeres de la zona alta recelaban del barrio y todo lo que tenía que ver con él. Pensaban que tenía la culpa de toda la corrupción. Querían creer que sus esposos eran virtuosos hombres de la alta sociedad —hombres buenos, como Forrest Hearne— y que el Barrio Francés los atraía en contra de su voluntad, agarrándolos de los tobillos y tirando de ellos hacia abajo.

Ahora mismo, seguramente Madre estaría disfrutando de unas ostras Rockefeller en Antoine's, regándolas con whiskey y tabaco. Podía imaginármela. Se llevaría la mano al pecho para que todos admiraran sus joyas robadas y luego deslizaría el pie en la entrepierna de Cincinnati por debajo de la mesa. Madre era más guapa que todas las mujeres de la fiesta de los Lockwell, pero no demostraba el mismo porte y seguridad en sí misma de las otras mujeres. No estaba de acuerdo con Cokie. No eran solo los ricos.

Madre también era pobre de espíritu.

14

Recorrí con prisas las bulliciosas calles a primera hora de la mañana para llegar a tiempo a casa de Willie. Había escrito varias notas para Sweety y finalmente me decidí por «Gracias por las perlas. Jo».

Vi a Jesse en la esquina de Conti con Bourbon. El carrito de flores de su abuelo rebosaba chispazos de color. Me detuve a comprar dos lilas rosas.

—Eh, Motor City, estás guapa esta mañana.

—Oh, venga ya, Jesse —dije, señalando mis ropas de limpiar y me reí.

—Mejor que yo, con este delantal de flores —comentó él, sonriendo.

Jesse y yo fuimos juntos a algunos cursos en el colegio y el instituto. Vivía con sus abuelos en Dauphine pero pasó unos años con parientes en Alabama. Cuando estaba en Nueva Orleans, ayudaba a su abuelo, que vendía flores en el Barrio Francés. Una vez, cuando tenía once años, Madre estaba de mal humor y me dio una bofetada en la calle. Jesse se acercó a ella, le tiró un cubo de agua encima y se marchó. Me pregunté si se acordaría de aquello.

A veces se pasaba por la tienda para echar un vistazo a libros de ingeniería, pero raramente compraba algo. Se pasaba casi todo el tiempo arreglando coches.

—¿Qué tal están las sobrinas de Willie? —preguntó, tomando las dos flores que había elegido.

«Sobrinas» era el término que empleaba Willie para referirse a sus chicas.

—Todas están bien. —Sonreí—. ¿Y tú?

—Acabo de empezar mi primer semestre en la universidad pública de Delgado. No es Tulane, pero estoy emocionado.

¿Jesse Thierry iba a la universidad?

—Oh, Jesse, eso es genial.

—Gracias —dijo, y asintió—. Y tú, ¿qué vas a hacer? No finjas que no eres la chica más lista de Nueva Orleans. —Un mechón solitario color canela oscura cayó por detrás de su oreja. Bajó la voz y, mirándome fijamente, añadió—: Y ahora que tu madre se ha marchado, igual dispones de más tiempo para tus cosas.

Levanté la vista de mi monedero. ¿Cómo se había enterado de lo de Madre? Pagué las flores, procurando evitar su mirada, y le di las gracias ya alejándome.

Madre y Cincinnati tenían planeado hacerse a la carretera después de su cena en Antoine's. Antes de acostarme, hojeé un atlas en la librería, preguntándome cuánto les llevaría el viaje hasta California. Si no se paraban a ver nada en el camino, calculé que tardarían cuatro días en llegar. Cincinnati, por su parte, tardaría menos de cuatro días en empezar a pegarle.

Entré en la cocina de la casa. Sadie ya había preparado la bandeja con el café y el periódico de Willie. La señaló con urgencia en cuanto entré.

—¿Willie está ya despierta?

Sadie asintió. Le entregué una de las lilas.

—Gracias por plancharme la blusa, Sadie. Y por preparar la bandeja de Willie.

Sadie miró la flor y luego a mí, sonriendo, casi avergonzada. Su sonrisa se rompió y apuntó con énfasis hacia la habitación de Willie.

Me puse el delantal, tomé la bandeja y recorrí el salón, esquivando una corbata que colgaba de la lámpara de araña del techo. Mientras me acercaba a la puerta de Willie, eché un vistazo al periódico.

EL TURISTA DE MEMPHIS FALLECIÓ
DE UN ATAQUE AL CORAZÓN

Me detuve justo ante los aposentos de Willie para leer el artículo, pero no tuve oportunidad.

—¿Piensas quedarte ahí fuera, o vas a traerme mi café? —gruñó la voz de Willie al otro lado de la puerta.

—Buenos días, Willie —dije, y entré a su cuarto.

Willie llevaba un peinado y maquillaje perfectos. Vestía un elegante traje color beis y estaba sentada en su mesa, escribiendo.

—Quiero mi café.

—Hoy te has levantado pronto. ¿Todo va bien?

—¿Es que no puedo madrugar? —me espetó.

—Pues claro que sí, es solo que... no sueles estar en pie, y mucho menos vestida, a estas horas. ¿Adónde vas?

—No es asunto tuyo, pero tengo una cita con mi abogado.

—¿Un abogado, tan temprano? ¿Todo va bien?

—¿Por qué vuelves a hacer esa pregunta? —Willie siguió escribiendo sin levantar la cabeza—. En lugar de hacerme preguntas estúpidas, ¿por qué no me cuentas cuándo se marchó tu madre a California?

Posé la bandeja en la mesa de Willie.

—¿La has visto?

—No, no la he visto. Pero un montón de gente me contó que la habían oído jactándose por ahí de que se iba a Hollywood con ese zopenco. De hecho, todo el mundo me lo ha contado —Willie se giró y me miró fijamente—, menos tú.

—Me pidió que esperara hasta la mañana para contártelo... —dije, jugueteando con mi delantal—, para que no afectara al negocio de anoche.

—¿Sabes qué? —aulló Willie, tirando su bolígrafo—. ¡Tu madre es una puta muy estúpida! No te atrevas a seguir sus pasos de mentirosa, y jamás se te ocurra pensar que soy tan idiota como para no saber cuándo me estás mintiendo. Conozco a tu mamita mucho mejor de lo que crees, y de ningún modo podrá burlarse de mí.

Willie estaba gritando a viva voz. Su barbilla sobresalía y su rostro se encendió, todo colorado.

—Willie, ¿qué ha pasado? ¿Madre te ha robado?

—¿Qué? Tu madre me importa una mierda, ¡eso es todo! ¡La única persona a la que ha robado en su vida es a ti! Y, Dios mediante, se ha marchado para siempre. Por mí, puede juntarse con el resto de perdedoras fracasadas y mentirosas en Hollywood. Y tú tienes que dejarla ir, Jo. No se te ocurra ir a buscarla o permitirle que vuelva. Ya no eres una niña. Ella ahora está sola. Deja que Cincinnati la acribille a balazos.

—Willie, para ya.

—Mira esta habitación. ¡Llegas tarde y está todo hecho un desastre! Llevo tres días pidiéndote que limpies mis pistolas y, ¿lo has hecho? ¡No! Te dedicas a salir y pavonearte por ahí, dejando que la gente se ría de ti en fiestas en la zona alta.

Willie agarró su bolso de la cama, volcando la taza de café, que se cayó de la bandeja y se rompió con estruendo en el suelo. Salió dando un portazo tan fuerte que pensé que la puerta se rompía. Sweety y Evangeline estaban fuera con sus batas, escuchando a hurtadillas con ojos legañosos.

—¿Qué estáis mirando? —vociferó Willie—. ¡A la cama!

Evangeline se apartó para dejarle paso.

—¡Las peores putas que he tenido! —bramó Willie desde el vestíbulo trasero.

Dio un portazo a la puerta de atrás, y en unos segundos oímos el motor de *Mariah* al arrancar.

Me agaché para recoger los trocitos de la taza rota.

—Ey, pendeja —dijo Evangeline apoyándose en el marco de la puerta—. Lleva mis cosas al cuarto de tu mami. Y asegúrate de fregarlo bien primero. No quiero que se me pegue su peste.

—Para —dijo Sweety, tiró de Evangeline y cerró la puerta.

Me senté en la cama de Willie, con los trozos de porcelana en la mano, todavía con restos de café. Willie había dicho que la gente se reía de mí. ¿Sería cierto?

Tenía que salir de Nueva Orleans. Tenía que entrar en Smith.

15

La luz del sol se filtraba por la ventana, formando un cuadrado de claridad en un extremo de la cama. Evangeline estaba en lo cierto. La habitación olía a Madre, sin duda. Abrí la ventana y me senté en la repisa por un instante, contemplando su cama alta con baldaquín. Había visto a Madre practicando sus artimañas con hombres en público, pero nunca la había visto «trabajar» en su habitación. El papel color verde oscuro de las paredes se desconchaba en las esquinas, mostrando el yeso desnudo por debajo. Bajo la luz inerte se evidenciaba lo vieja que era la ropa de cama, y el cortinaje que caía del baldaquín aparecía rajado y deshilachado en los bordes. Contemplé el agujero de bala en el cabecero de la cama. Todavía no sabía la historia de ese disparo.

La habitación de Madre estaba casi vacía. Abrí un cajón de su cómoda. Un frasco de esmalte de uñas rojo rodó por encima de unos ejemplares del *Hollywood Digest*. Los recogí para tirarlos a la basura, y un papelito cayó revoloteando. Era la denuncia de cuando Cincinnati pegó a Madre. Después de que le dieran el alta en el hospital, Willie insistió en que lo denunciara. Llevamos a Madre a comisaría, y tras unos minutos rellenando formularios, dijo que no se sentía bien y que ya terminaría la denuncia en casa. Observé el documento. No había puesto su apellido y hasta había mentido sobre su edad.

Nombre: Louise.
Dirección: 1026 de Conti, Nueva Orleans.
Edad: 28.

Estado Civil: Soltera.

Hijos: Ninguno.

Ninguno.

Me quedé mirando la palabra.

—Ey, muñeca.

Alcé la mirada y encontré a Dora apoyada en el marco de la puerta. Llevaba una camisa de hombre, verde, por supuesto, con una minúscula ropa interior también verde.

—Me han dicho que has tenido una buena bronca con Willie esta mañana. No me enteré, estaba dormida. ¿Te encuentras bien?

—Estoy bien.

Era mi respuesta habitual.

—No hagas caso a Willie. Últimamente está de un humor de perros. ¿Qué tienes ahí?

—Una vieja denuncia —dije, y le enseñé el papel—, de cuando Cincinnati pegó a Madre.

—¿Louise puso una denuncia? —preguntó Dora.

—No, claro que no —dije, riéndome.

—Ya me parecía a mí. Está enamorada de ese Cincinnati.

—No lo entiendo. Es un criminal, Dora. Es un tipo malo de verdad.

—Cariño, a algunas chicas les gustan los hombres malos. Las mujeres adoran a Cincinnati. Les hace sentir que son *sexys*. Y, de cuando en cuando, tiene pasta. Puede que no entiendas que Cinci resulte atractivo a las chicas, pero entiendes que a tu mami le guste la pasta, ¿no?

Asentí y saqué un monedero rosa vacío del cajón de Madre.

—Esto era mío. Guardaba en él mis ahorros, escondido debajo de la cama. Ella me lo quitó.

—Ay, cariño —dijo Dora, meneando la cabeza. Se acercó a mí y ojeó la denuncia. Poniendo las manos sobre mis hombros, añadió—: Jo, escucha, tú no eres como nosotras. Tú eres distinta. Willie lo sabe.

Mirándome las manos, dije:

—Dora, quiero ir a la universidad.

—¿A la universidad? Bueno, no está mal soñar, Jo, pero eso de la universidad... no sé. Eso es harina de otro costal. Pero estoy segura de que podrías trabajar en unos buenos grandes almacenes o incluso ser guardarropa. Cariño, sé que quieres a Louise, pero tienes que preguntarte... ¿qué clase de mujer roba dinero de una niña? Evangeline es una enferma, pero incluso con su cleptomanía, no le robaría a un pequeñín. ¿Entiendes lo que te digo? No es mi intención ser mala, cariño, pero te aconsejo que hagas tu vida —Dora me mostró la denuncia—, y si Louise va por ahí diciendo que no es tu mamá, pues casi que mejor para ti.

Me quedé pensando en la pregunta de Dora. ¿Qué clase de mujer roba dinero a su hija?

—Ahora, mira —siguió Dora, poniéndose las manos en la cadera—, ayúdame con un asunto. En vez de tirar las cosas, mete todo lo que encuentres en una caja y dile a Evangeline que no lo toque, que ya volverás a recogerlo. Déjala que robe algunas cosillas, igual así deja de colarse en mi cuarto unos días.

Cuando Dora se marchó, quité la ropa de la cama y barrí el suelo del cuarto de Madre. Saqué la escoba de debajo de los faldones de la cama y oí un ruido. Había un calcetín de varón atrapado en las cerdas del cepillo. Me agaché para quitarlo y noté que pesaba. Tenía algo dentro. Sacudí el calcetín sobre la cama y un reloj de oro cayó sobre el colchón. Me dio un vuelco el estómago cuando mis dedos tocaron ese reloj que me resultaba familiar. Le di la vuelta y vi las iniciales grabadas.

F. L. Hearne.

16

Tic, tac, tic, tac, tic, tac. Lo escuchaba todo el día, latiendo en mi cabeza, bombeando por mis fibras nerviosas. Tenía el reloj de un muerto. Era la primera vez que no informaba a Willie de algo que había encontrado. Todavía estaba en su reunión con el abogado cuando terminé de limpiar, así que me lo llevé, una bomba de relojería robada haciendo tictac en mi bolsillo. Cuando llegué a la librería, lo estudié. Contemplé cómo giraba el segundero alrededor de la valiosa esfera de oro, flotando por encima de las palabras *Lord Elgin* una y otra vez. ¿Llevaba Forrest Hearne el reloj puesto cuando murió? ¿Seguiría avanzando en su muñeca cuando su corazón dejó de latir? O igual se lo quitó antes de morir, lo perdió en algún lugar del Barrio Francés, y Madre tuvo la suerte de encontrarlo. Sí, quizá todo sea una simple coincidencia, me dije.

Afilé una cuchilla de encuadernar y corté un cuadrado profundo en las páginas centrales de un ejemplar de *Pasaje a la India* estropeado por la humedad. Introduje el reloj en el hueco vaciado y dejé el libro en la vitrina que teníamos al fondo de la tienda donde guardábamos los ejemplares para reparar. Patrick había perdido su llave hacía siglos.

Me di un paseo por el barrio, tirando los recortes de *Pasaje a la India* en las papeleras que me iba encontrando. Vi a Frankie en la otra acera y le silbé. Cruzó la calle a paso tranquilo con sus piernas delgaduchas y se puso a caminar a mi lado.

—¿Qué hay, Josie? ¿Qué tienes para mí?

—Nada. En realidad, me estaba preguntando si tú tendrías algo para mí. ¿Sabes dónde pasó mi madre la Nochevieja?

Frankie se detuvo. Sacó un paquete de cigarrillos del bolsillo de la camisa y lo agitó hasta que asomó un cilindro blanco de tabaco. Lo agarró con los labios.

—¿Esta información es para ti? —preguntó, prendiendo el pitillo.

—Vaya, ya veo. ¿Has estado hablando con Willie? —pregunté.

—Yo no he dicho eso.

—Bueno, pues sí, es para mí. Y no voy a contar nada. Esto es entre nosotros.

Frankie me miró fijamente, con el cigarrillo colgando de la comisura de la boca. Un grupo de turistas se acercó con una cámara, apuntando a un edificio cercano. Frankie me agarró del brazo y me llevó hasta el borde de la acera.

—Tu madre se ha fugado con Cincinnati, Jo.

—Eso ya lo sé, Frankie. No te he preguntado eso. ¿Dónde pasó mi madre la Nochevieja?

Miró a un lado y otro de la calle, soltando humo por la comisura de sus finos labios.

—Estuvo en el Roosevelt, tomándose un par de *sazeracs.**

—¿Y después?

—Estuvo bebiendo con unos turistas.

—¿Con qué turistas? ¿Dónde? ¿Estuvo en el Sans Souci? —pregunté.

—Eh, eh, eh —dijo Frankie levantando las manos—. Yo no he dicho eso. Mira, tengo que irme. Y, Jo, yo me dedico a vender información —inclinó su cuerpo sobre mí—, pero no soy un soplón.

Abrí mi bolso y saqué la cartera.

—Guárdatelo. Dicen por ahí que estás ahorrando para ir a la universidad.

—¿Quién te ha dicho eso? —pregunté.

—Yo me entero de todo, chica yanqui —dijo Frankie sonriendo, y tras hacer una exagerada reverencia, se marchó dando grandes zancadas.

---

* Cóctel a base de coñac y anís típico de Nueva Orleans. *(N. del T.)*

Regresé a la librería, deteniéndome para mirar el escaparate de Gedrick's. Tenían vestidos de rebajas por 9,98 dólares. Ojalá pudiera haberme puesto algo nuevo y de moda para la fiesta de los Lockwell, en lugar de parecer una triste pordiosera. La señora Gedrick salió de la tienda para vaciar un recogedor en la calle. Alzó los hombros a modo de saludo, pero entonces vio que era yo y tiró la basura en la alcantarilla con un gruñido. Cuando tenía doce años, tuve una gripe tan fuerte que me entraron delirios. Intenté llegar yo sola hasta la clínica del doctor Sully pero solo aguanté hasta la tienda de Gedrick. Allí me derrumbé y vomité arroz y judías rojas por toda la acera. La señora Gedrick insistió en llamar a mi madre. Yo sabía que Madre se enfadaría si la molestábamos, así que le dije que llamara a Charlie, el padre de Patrick. Cuando se presentó Charlie, la señora Gedrick le apuntó con un dedo y dijo: «Debería darles vergüenza a sus padres, sean quienes sean». Recuerdo que cuando nos alejamos, contemplé desde el asiento trasero del coche de Charlie el desastre que era mi vida en forma de arroz y judías rojas sobre la acera. La culpa no era de mis padres. La culpa era toda mía.

Giré por Royal Street y vi a Cokie de pie junto a su coche, aparcado sobre el bordillo.

—¿Qué tal, Cokie?

—Willie me ha mandado a recogerte —dijo.

Una ola de temor me invadió. Willie se había enterado de lo del reloj.

—No había vuelto cuando me marché esta mañana —le dije—. Tenía una cita.

—Lo sé, pero ahora ha vuelto, y ha cargado *Mariah* de maletas. Está lista para irse.

—Irse, ¿adónde?

—Me dijo que viniera a buscarte, dice que os vais las dos a pasar un par de días a Shady Grove.

—Pero... ¿y la casa? —pregunté.

—Dice que Dora y Sadie se ocuparán de la casa.

Shady Grove era la casa de campo de Willie, a tres horas de Nueva Orleans, pasado Yellow Bayou.

—Vaya, no sé, Cokie —le dije—. Tengo que trabajar en la tienda.

—Me pidió que viniera a buscarte y dijo que estaría lista para salir dentro de una hora. Me alegro de haberte encontrado. Tengo algo que creo que te interesa. —Cokie metió la mano por la ventanilla de su coche y me entregó un periódico. Era un número del *Commercial Appeal*—. Mi amigo Mazorca, el camionero, todavía hace la ruta con Tennessee. Cuando estuvo en Memphis, compró este periódico.

Un enorme titular destacaba en la portada:

FALLECE EL ARQUITECTO
F. L. HEARNE, JR., ATACADO DURANTE
UN VIAJE A NUEVA ORLEANS

—Hay un montón de información sobre tu ricachón de Memphis en ese artículo.

—¡Gracias! Muchísimas gracias, Cokie.

—De nada —dijo Cokie con una amplia sonrisa—. Pero no le cuentes a Willie que te lo di yo. Venga, date prisa, nos está esperando.

Corrí hacia la tienda, preguntándome qué le iba a decir a Patrick. Lo vi por el escaparate, en el mostrador con un cliente. Doblé el periódico y me lo puse bajo el brazo.

—Hola, Jo —dijo Patrick en cuanto entré por la puerta. El hombre del mostrador, alto, moreno y atractivo, se giró.

—¿Qué tal, Josie? —dijo.

Me quedé mirando a aquel hombre tan guapo.

—Vaya, ¿no te acuerdas de mí? Bueno, estaba oscuro, y tú ibas en camisón.

Sentí que me ardían las mejillas.

—Ah, sí, eres el que trabaja en Doubleday.

—Eso es —dijo, y me ofreció la mano para saludarme—. Me llamo James Marshall.

Estreché su mano, deseando poder estar más arreglada, avergonzada al pensar que este hombre tan estupendo me hubiera visto en camisón.

—Cokie ha venido a buscarte —dijo Patrick.

—Lo sé. Willie está empeñada en que vaya con ella a pasar unos días en Shady Grove. Podría negarme, pero ya sabes cómo se pone cuando quiere ir a Shady Grove.

—No pasa nada —dijo Patrick rápidamente, con una extraña sonrisa.

—¿En serio? ¿Seguro que te las puedes arreglar?

—Vamos, Jo, creo que sé cómo manejar esto. No pasa nada.

No me esperaba que aceptara con tanta facilidad.

—¿Y qué pasa con Charlie? ¿Vais a estar bien?

—¿Quién es Charlie? —preguntó James.

—Mi padre —dijo Patrick—. Estaremos bien, Jo. Anda, vete.

—Shady Grove... Suena bien —dijo James.

—Está en el campo, un sitio tranquilo —explicó Patrick—. Oye, Jo, ¿has terminado ya de hacer la caja de diciembre? Quiero acabar con la contabilidad de fin de año.

—Y el inventario —añadió James.

—Ah, sí. ¿Cuándo fue la última vez que hiciste inventario? —preguntó Patrick.

Miré a James y a Patrick.

—Sí, la caja de diciembre ya está lista. ¿Para qué quieres un inventario?

—Solo intento estar al día con el año nuevo. ¿Ese que está ahí fuera esperándote es Cokie? —preguntó Patrick.

Asentí y me retiré hacia la escalera del fondo, deteniéndome con calma para mirar el libro de E. M. Forster, con su tictac tras la vitrina cerrada.

17

Willie estaría echando humo. Llevaba casi dos horas esperando. Pero yo no tenía planeado salir de la ciudad y debía preparar cosas. También pasé un buen rato leyendo el artículo de periódico sobre Forrest Hearne. La historia decía que el señor Hearne era un exjugador del equipo de fútbol de la Universidad de Vanderbilt, que vino a Nueva Orleans con otros tres hombres, que los tres tenían pensado asistir al Sugar Bowl, pero que ninguno de sus amigos estaba con él cuando murió. Era miembro del Club de Campo Lakeview y formaba parte del consejo de administración de varias organizaciones caritativas. También informaba de que la esposa de Forrest Hearne se encontraba en estado de *shock* tras conocer la noticia de la muerte de su marido. Esa misma noche, su esposo había telefoneado desde Nueva Orleans y estaba en perfecto estado. Marion. Recordé que el señor Hearne había mencionado el nombre de su mujer al comprar el libro de Keats. Escondí el artículo de periódico bajo el tablero del suelo, junto a la caja de puros con el dinero.

El taxi de Cokie redujo la velocidad hasta detenerse.

—Tengo que encontrar un sitio para aparcar. A Willie no le gusta que deje el coche en el jardín. Llevaré tu maleta al Cadillac.

Me bajé del coche.

—¿Quieres que te ayude con ese montón de libros? —preguntó Cokie.

—No, ya los llevo yo.

—Jo, ¿de verdad te vas a leer todos esos libros en Shady Grove? —preguntó Cokie.

–Todos y cada uno –respondí con una sonrisa mientras cerraba la puerta del taxi.

Recorrí el estrecho jardín en dirección al garaje que había detrás de la casa de Willie. Al acercarme, oí las risitas de Evangeline en la puerta trasera.

–Siento haber venido tan pronto esta vez –decía una voz de hombre–. Pero necesitaba verte.

–Vuelve pronto, papito –dijo Evangeline con una voz infantil.

Doblé con sigilo la esquina de la casa justo cuando Evangeline con sus trencitas volvía a entrar por la puerta con mosquitera. Me detuve para equilibrar la pila de libros.

–Oh, claro que volveré pronto, mi pequeña –dijo el hombre, poniéndose el sombrero y ajustándose el nudo de la corbata. Me quedé boquiabierta. Era el señor Lockwell, el tío de Charlotte.

Salió al jardín, tan atolondrado que casi se choca conmigo.

–Señor Lockwell –susurré.

Me miró a mí, y luego a la puerta de atrás.

–Esto... hola. –Le costaba ubicarme. Arrugó la frente–. Te conozco de algo, ¿verdad?

–Soy Jo..., Josephine, una amiga de su sobrina, Charlotte.

–¿Qué haces aquí? –preguntó, cambiando incómodo el pie de apoyo.

Se me quedó el aire atrapado en la garganta. Miré la pila de libros que llevaba en los brazos.

–Traigo un pedido de libros para Willie Woodley... Es una apasionada de la lectura. Trabajo con Patrick en la librería. ¿Viene usted a menudo por aquí?

La pregunta me salió sin pensármelo dos veces.

–No... no. Mira, tengo prisa –dijo con un tono enojado y de superioridad, como si de repente yo estuviera ensuciando su espacio, como la acera de la señora Gedrick.

Noté el cambio de actitud. Yo no era más que una triste pordiosera del Barrio Francés, alguien a quien él podía apartar con su pañuelo como a un olor nauseabundo. La rabia empezó a encenderse en mi interior. Entrecerré los ojos.

—Ah, vale —lo reté—, es que escuché cómo esa chica lo llamaba papito, y luego usted dijo que volvería pronto, por eso pensé que igual venía por aquí a menudo.

El señor Lockwell me miró fijamente, con una mezcla de pánico y enfado en el rostro.

—Tengo que irme. Adiós, Josephine. Le diré a Charlotte que te he visto en la calle.

Sonrió ante su pulla y echó a andar por el jardín.

Debería haberle dejado marchar, pero lo llamé:

—Señor Lockwell.

Se volvió al oír su nombre y se llevó un dedo a los labios.

—¡Chist!

—Pensé que le gustaría saber —dije, siguiéndolo hacia la calle— que voy a solicitar una plaza en el Smith College.

—Qué bien —dijo, sin dejar de andar.

—Esperaba que usted me escribiera una carta de recomendación.

—¿Qué? —dijo.

—Una carta de recomendación, para incluirla en mi solicitud de ingreso en Smith. El aval de uno de los hombres más exitosos del Sur me sería de gran ayuda. ¿Podría pasarme por su casa la semana que viene y lo hablamos?

—No —dijo. Rebuscó en su americana y me lanzó una tarjeta de visita—. Llámame a mi despacho. No llames a mi casa. Yo... no suelo venir mucho por aquí.

Y dicho eso, salió apresurado del jardín a la calle.

—Pero ¿qué te pasa? —dijo Willie—. Agarras el maldito volante como si quisieras arrancarlo. Te pedí que condujeses tú para poder descansar, pero ¿cómo voy a cerrar los ojos si estás encima del volante como una loca?

Eché hacia atrás la espalda y apreté con menos fuerza el volante, contemplando cómo pasaba el asfalto gris entre la niebla bajo las luces de los faros. Me dolían los dedos. El interior del coche estaba oscuro, a excepción del brillo de la luz del dial de la radio, que sintonizaba un canal de música country en el que sonaba una canción de Hank Williams. ¿En qué estaría pensando? ¿Y si me hubiera visto alguien? Me había enfrentado al tío de Charlotte ventilando con descaro su infidelidad delante de sus narices. Había sido por orgullo. Mi orgullo se adueñó de mí cuando me miró como si fuera una basura. Pero ¿y si volvía y se lo contaba a Evangeline? ¿Y si Evangeline le decía: «Oh, no te preocupes, esa no es más que la hija de una fulana», y luego él se lo contaba a la señora Lockwell, y la señora Lockwell se lo contaba a Charlotte?

Odiaba Nueva Orleans.

No, Nueva Orleans me odiaba.

—Dora me ha contado que quieres ir a la universidad —dijo Willie.

—¿Qué?

—Ya me has oído. Y me parece una buena idea.

Eché un vistazo a la oscura silueta de Willie en el asiento del copiloto.

—¿En serio?

—Eres lista, Jo. Sabes cómo sacar el mejor partido a una situación. Te irá bien en Loyola. ¡Qué demonios! Igual hasta puedes entrar en Newcomb.

Mis manos volvieron a aferrar con fuerza el volante.

—Pero, Willie, yo no quiero ir a la universidad en Nueva Orleans. No quiero estudiar en Luisiana. Quiero irme al Este.

—Pero ¿qué dices? ¿Al Este, adónde?

—A Massachusetts.

—¿Qué demonios vas a hacer allí? —preguntó Willie.

—Recibir una educación —le contesté.

—En Loyola o Newcomb también te darán una buena educación. Te quedarás en Nueva Orleans.

No, no iba a quedarme en Nueva Orleans. No iba a pasarme el resto de mi vida limpiando un burdel para que la gente me mirara con maldad por ser la hija de una prostituta del Barrio Francés. Iba a tener buenas amigas como Charlotte y a relacionarme con gente como Forrest Hearne..., gente que no pensaría de mí que era una rata de alcantarilla.

—Eres un cacahuete salado —dijo Willie.

—¿Qué? ¿Qué quieres decir con eso?

—Tú eres un cacahuete salado, y esa gente del Este son canapés. No me vengas con clichés y pienses que vas a ser como la huerfanita Annie, que termina en una especie de castillo. Eres un cacahuete salado, Jo, y eso no tiene nada de malo. Pero los cacahuetes salados no se sirven junto a los canapés.

Willie pensaba como Madre. Pensaba que yo quería vivir un cuento de hadas, cuando el destino solo me tenía reservada una existencia de pacotilla merodeando por los bajos fondos de Nueva Orleans.

—Yo te pagaré la matrícula de Loyola o de Newcomb —dijo Willie—. Ese era tu plan, ¿no es cierto? ¿Amenazarme con marcharte para que te pagara la maldita universidad aquí?

No hablamos durante el resto del viaje.

18

Los días transcurrían muy lentos en Shady Grove. La casa de campo de Willie estaba en un terreno de veinte acres de pura tranquilidad. Podías respirar hondo sin temor a que algún olor putrefacto, como a orina o vómitos, se colara en tus narices. En verano, me pasaba días enteros descalza. Me quitaba de una patada los zapatos lanzándolos sobre el césped nada más llegar, y se quedaban allí, en el porche, hasta que nos íbamos. Ese año el invierno era suave, más húmedo que frío. Habría que prender la chimenea, pero no para dar calor, solo para secar un poco la casa. Shady Grove se lo regaló a Willie un viejo amigo. Nunca me contó quién era, ni qué sucedió entre ambos, solo que ella salió ganando con el trato.

En Nueva Orleans había un montón de ruido a cualquier hora del día o de la noche. En el campo, sin embargo, reinaba el silencio. En Shady Grove podías oír sonidos que el bullicio de Nueva Orleans se tragaba enteros. La casa de campo no estaba aislada, pero los vecinos más cercanos, Ray y Frieda Kole, vivían a un kilómetro de distancia más o menos, y nunca los veíamos. Ray y Frieda le tenían pánico a la oscuridad. Dormían por el día y se pasaban las noches encerrados en un viejo Buick herrumbroso, con el motor y las luces encendidas, listos para salir pitando si se presentaba el hombre del saco. A Willie no le interesaban los vecinos ni la vida social. Decía que iba a Shady Grove en busca de paz y tranquilidad, para alejarse de la gente. Cuando estaba en su casa de campo, se ponía un vestido de algodón e incluso se pintaba los labios con un tono rosado, en lugar del rojo habitual en ella.

Yo me daba largos paseos por las tardes, y recorría los tres kilómetros del camino que conducía al cruce de Possum Trot leyendo. Willie llevaba casi tres días sin apenas hablar conmigo. El silencio me proporcionó más tiempo para pensar en el señor Lockwell, el reloj de Forrest Hearne, el Smith College y Madre. Esas cuatro cosas me ponían nerviosa. Sentí un gran alivio cuando finalmente Willie empezó a dirigirme la palabra.

—Trae mis pistolas. Vamos a pegar unos tiros —dijo.

Saqué la bolsa de golf del maletero del Cadillac. Hacía seis años, un cliente había perdido un juego de palos de golf en una apuesta de póquer con Willie. Me hizo empeñar los palos y metió sus rifles y escopetas en la bolsa de cuero verde. Frankie y yo a veces comentábamos en broma que Willie se había convertido en una golfista excelente. Coloqué las latas sobre la valla.

—¿Quieres usar la escopeta? —preguntó Willie.

—No, prefiero mi pistola —le dije.

—Como quieras. Dame la escopeta.

Willie me enseñó a tirar cuando tenía diez años. Una vez me olvidé de poner el seguro y se me disparó la pistola por accidente. Willie me propinó tal azotaina que aquella noche tuve que cenar de pie. Pero nunca más me olvidé de echar el seguro. «Controla tu pipa, Jo. El día que sea tu arma quien te controle a ti, estás muerta», me decía Willie.

Di en el blanco y la primera lata de la valla saltó.

—¡Buen tiro! —me felicitó Willie.

—Es fácil... Me imagino que la lata es Cincinnati —le expliqué. Me imaginé a Cincinnati diciendo que yo era igual que Madre y volví a disparar.

Willie se rio y comentó:

—El problema es que tengo muchos Cincinnatis en mi vida. No sé por cuál empezar. ¿Patrick se ha enterado ya de que fue Cincinnati el que robó en su casa? —Willie soltó un disparo que resonó muy fuerte pero no acertó en la lata de café. Raras veces fallaba.

—No, y rezo para que no lo haga. Me contó que había visto a Madre cerca del hotel Roosevelt con un tipo que llevaba un traje que no era de su talla. Todavía no tiene ni idea de quién es Cincinnati. Es culpa mía —dije, avanzando unos pasos hacia la siguiente lata—. Siempre le hablaba a Madre de las cosas tan bonitas que Charlie tenía en su casa. Debería habérmelo imaginado cuando ella me preguntó, como quien no quiere la cosa, por la casa de Charlie. Si lo hubieras visto... Cincinnati se lo llevó todo, Willie, no solo las cosas de valor, sino también los zapatitos de bebé en bronce de Patrick y hasta un paquete de cigarrillos que había en la encimera.

—Todavía me sorprende que no encontrara alguna forma de llevarse ese piano tan caro.

—Probablemente lo intentó. Igual fue entonces cuando Charlie volvió a casa y... —Dejé caer los brazos—. ¿Quién sería capaz de hacerle algo así a un hombre como Charlie?

Cincinnati le propinó una paliza tan brutal que Charlie tuvo que estar un mes en el hospital. Cuando Patrick volvió a casa y se encontró a Charlie envuelto en un charco de sangre, pensó que su padre estaba muerto.

—Por eso no me costó mucho disparar a Cincinnati cuando pegó a tu madre —dijo Willie—. Y, reconócelo, sabes que cuando lo quemaste con el café lo hiciste más por Charlie que por tu madre.

—Patrick cree que el robo y la paliza fueron lo que dejó inválido a Charlie —dije, acertando el tiro a otra lata.

—¡Qué va! Charlie ya estaba tocado de la cabeza cuando Cinci robó en su casa. Tu madre lo sabía. Lo había visto en la librería y decía que chocheaba. Le dio a Cincinnati el chivatazo de que sería un blanco fácil. Fue con él a dar el golpe, ya sabes. Todavía me pregunto si Charlie la vio.

Miré a Willie. Charlie se había portado con Madre igual de bien que conmigo. Siempre fue paciente con ella e intentó enderezarla. Yo estaba segura de que mi madre robaba cosas en los grandes almacenes escondiéndoselas en el sujetador en los probadores. Sabía que les sacaba copas a los turistas y robaba las propinas de las mesas. Pero ¿dejar que Cincinnati le hiciera algo así a Charlie?

—No, no puede ser que estuviera allí —le dije a Willie.

—Oh, sí, tu madre sirve para esas cosas —comentó ella.

Me empezaron a doler las sienes. Le pasé mi pistola a Willie.

—Dame la escopeta. —En cuanto la tuve entre los brazos, comencé a disparar, soltando una carcasa tras otra. Cuando se acabaron las latas, empecé a hacer agujeros en la valla.

—¡Para! ¡Es mi valla, imbécil! —aulló Willie.

Bajé el arma y miré a Willie, intentando recobrar el aliento.

—Bonita ronda —dijo—. ¿Qué piensas que dirían de esto esos canapés de la Costa Este?

—Que soy demasiado salada para ellos —dije, asintiendo con la cabeza.

Fuimos en coche hasta el pueblo más cercano para comprar leche y huevos. Contemplé la luz del sol brillando sobre el capó de *Mariah* y me imaginé a Madre dándole a Cincinnati todos los detalles sobre la casa de Charlie y Patrick. ¿Quién podría aprovecharse deliberadamente de un pobre hombre como Charlie? Él, que había hecho tanto por nosotras antes de ponerse enfermo.

Willie pagó al dueño de la tienda para que nos dejara hacer una llamada. Telefoneó a la casa para comprobar cómo iba todo. Oí la voz cantarina de Dora al aparato pero no pude descifrar sus palabras.

—Diles que se pasen esta noche a las diez. Puedo estar de vuelta y lista para entonces —le ordenó Willie—. Llama a Lucinda y que se traiga a un par de chicas. No, la pelirroja claro que no. No estoy para otra pelea de furcias... Vale. Está bien... Saldremos en cuanto podamos.

Willie colgó el teléfono.

—Seis clientes de Cuba. Estuvieron el año pasado en la casa y gastaron casi cinco de los grandes en cuatro horas. Dora me ha dicho que ha intentado retrasar su cita todo lo que ha podido, pero que vuelven a La Habana mañana. Tenemos que irnos.

Asentí en silencio y seguí a Willie fuera de la tienda, de regreso al coche.

—Ah —dijo Willie, deteniéndose junto a *Mariah*—, Dora dice que Patrick ha llamado unas cuantas veces preguntando por ti. Dice que es importante.

19

–Sube mis bolsas a mi cuarto y luego márchate de aquí –me ordenó Willie, entregándome sus cosas.

Las chicas desfilaban con sus vestidos de noche frente a Willie para que les diera su aprobación. Ella comprobaba sus uñas, estudiaba sus joyas y les preguntaba si llevaban sujetadores y bragas a juego. Todas iban bien untadas de pintalabios de tonos brillantes. Los labios de las prostitutas relucían como el charol, excepto los de Sweety, que siempre se difuminaba el pintalabios.

–Bienvenida a casa –dijo Dora, vestida de raso color verde manzana con un enorme lazo que parecía un arcoíris derretido.

–¿Qué demonios es eso? –dijo Willie.

–Un detallito especial para esos ricachones mexicanos que van a venir –respondió Dora, dándose una vuelta para Willie.

–¡Son cubanos, no mexicanos! Ve a cambiarte y ponte el vestido de terciopelo. Eres una prostituta, no una piñata, por el amor de Dios.

Dora suspiró y se encaminó hacia las escaleras.

–¿Dónde está Evangeline? –preguntó Willie.

–Rezongando por ahí. Hace tiempo que no viene su pez gordo –dijo Dora.

El señor Lockwell. Igual era verdad que le daba miedo volver. Pero ¿y si su apetito por las coletitas vencía a su temor a la humillación? Tenía que conseguir que me escribiera esa carta cuanto antes.

–¿Qué? ¿Te vas a quedar ahí parada con la boca abierta todo el rato? –me preguntó Willie–. He dicho que dejes mis bolsas y te vayas. Se acabaron las vacaciones.

Arrastré mi maleta, pesada con tanto libro, de vuelta a la librería en la oscuridad de la noche. Miré a ver si estaba Cokie, con la esperanza de que pasara por allí y me llevara en coche, pero no lo vi. Los coches pasaban zumbando por la calle, y la música brotaba de las ventas y portales de todos los edificios frente a los que pasaba. Balcones de hierro fundido se combaban como tapetes de ganchillo tristes y oxidados. Pasé frente a la señora Zerruda, que frotaba las escaleras de su casa con polvo de ladrillo para ahuyentar las maldiciones del vudú. A mis espaldas, una botella se rompió sobre la acera. Me pareció que Shady Grove quedaba a un millón de kilómetros de allí.

La librería estaba cerrada. El cartel decía CERRADO, pero las luces estaban encendidas. Subí por las escaleras hasta mi apartamento. Había un paquete apoyado contra la puerta. Se me aceleró el corazón al ver el nombre de Charlotte en el remitente. Pegada a la puerta, vi una nota de Patrick:

«Por favor, pásate por casa.
Se trata de Charlie».

Aporreé la puerta de Patrick y me subí a la barandilla para asomarme a la ventana del salón.

–¡Soy Jo! –grité.

La puerta se abrió de golpe y apareció Patrick, descalzo, con la ropa sucia y la cara descompuesta.

–Patrick, ¿qué ha sucedido? –le pregunté. Oí un grito procedente de dentro.

–¡Deprisa! –me dijo, tirando de mí hacia el interior y cerrando la puerta con llave. Me detuve ante el olor, como si me hubiera chocado contra un muro de comida en descomposición y pañales sucios.

–Oh, Patrick –dije, tapándome la nariz–, tienes que abrir las ventanas.

—No puedo, se le oiría desde la calle. Jo, no va a parar. Nunca ha estado así. No va a recuperarse. No tiene ni idea de quién soy. Lo asusto y no para de gritar. Solo duerme de seguido durante unos pocos minutos. Me preocupa que acaben llevándoselo al sanatorio mental de Charity. Llevo días sin dormir. Yo... yo... —El pecho de Patrick subía y bajaba al ritmo de su respiración desesperada.

—No pasa nada —le dije, dándole la mano. Sus ojos inyectados en sangre estaban hundidos en profundos pozos grises. La piel alrededor de la nariz y la boca estaba moteada de manchas rojizas. ¿Qué había pasado?

—¿Has probado a tocar el piano? —le pregunté.

—Las canciones de siempre no funcionan.

—¿Le has dado el medicamento?

—Sí, pero ya no queda y no sé dónde encontrarlo. Creo que lo tiró por el retrete. Es culpa mía.

—Cálmate, Patrick. ¿Dónde está?

—En su habitación. Si me ve, se pondrá histérico del todo.

Al pasar por la cocina me fijé en los platos sucios acumulados en la encimera. Subí las escaleras lentamente, escuchando con atención. La vieja madera crujió bajo mis pies cuando llegué arriba y al instante fue respondida por un aullido violento procedente del otro lado de la puerta de Charlie.

—¿Lo ves? Te lo dije —musitó Patrick al pie de las escaleras.

—¡Chist! —Le indiqué con la mano que se callara, mientras acercaba mi cara al quicio de la puerta—. Charlie, soy yo. ¿Puedo pasar?

No hubo respuesta al otro lado. Posé la mano sobre el frío pomo de cristal.

—Voy a entrar, Charlie. —Tampoco hubo respuesta. Giré el pomo. La puerta rechinó cuando la abrí y me asomé al interior.

La habitación estaba destrozada. Había arrancado las cortinas de la ventana y vaciado el contenido de los cajones. El suelo estaba regado de ropa, sábanas sucias, zapatos, la máquina de escribir, platos sucios y vasos.

Y aquel olor. Me entró una arcada y volví la cabeza hacia el pasillo para tomar aire. Me dije que había visto cosas peores, pero no estaba segura de que fuera verdad. Me agarré con más fuerza a la puerta, aspiré hondo y entré en la habitación. Charlie estaba sentado, en calzoncillos, sobre un colchón desnudo, con ojos de salvaje, con su caja de San Valentín en las manos.

—¿Lucy? —susurró.

—Hola, Charlie —dije.

—Lucy, ¡Lucy!, ¡Lucy! —siguió murmurando, meciéndose hacia adelante y hacia atrás. Era más de lo que le había oído decir en meses.

Asentí con la cabeza, temiendo que estallara si le llevaba la contraria. Recogí la almohada del suelo y la coloqué en la cama, lo cual tuvo como resultado varias rondas de Lucys.

—Es hora de descansar, Charlie —le dije, apartándole el pelo de los ojos y empujando sus hombros hacia la almohada, intentando sonreír mientras contenía las arcadas.

Se recostó y me miró, aferrando su caja rosa con forma de corazón contra el pecho.

—Lucy.

Pensé en intentar quitarle la caja, pero no quería tentar a la suerte. Empecé a recoger las cosas del suelo, encontrándome terribles sorpresas bajo cada toallita o prenda que levantaba. Algunos objetos estaban irrecuperables.

Me pasé más de una hora ocupada, sacando trastos al otro lado de la puerta y haciendo atados con sábanas de cosas para tirar a la basura. Cuando Charlie cerró los ojos, salí con sigilo de la habitación y entorné la puerta.

Patrick estaba sentado en el sillón junto a la ventana del salón, mirando al vacío con un gesto inexpresivo.

—Se ha acostado, pero no sé cuánto tiempo aguantará así —le dije. Patrick no respondió—. ¿Patrick?

—Lucy... Lucille, es su tía. Lleva más de quince años muerta.

—Necesita su medicamento.

—No sé lo que hizo con él. Y la farmacia está cerrada —dijo Patrick, que seguía mirando al vacío.

—Llamaré a Willie. Conseguirá algo por medio del doctor Sully.

Patrick asintió con la cabeza, en silencio.

—Todo va a salir bien, Patrick. En cuanto consigamos la medicina, todo mejorará.

Se volvió hacia mí, casi enfadado, y dijo:

—¿Seguro? ¿O solo seguirá empeorando? En cuanto me ve se pone como loco, Jo. No podía sujetarlo, no podía bañarlo. Actuaba como si me aborreciera, como si fuera a hacerle daño.

—Está enfermo, Patrick.

—Lo sé, necesita ayuda profesional, un hospital. Pero no puedo soportar que lo traten como a un demente en el sanatorio mental de Charity. No está loco. Solo... Algo no va bien. Desde aquella paliza, cambió.

—Voy a llamar a Willie para ver lo del medicamento.

Patrick me señaló el teléfono, que estaba en el suelo, cerca del recibidor. Willie se pondría furiosa si la molestaba estando los cubanos en casa. Dije que llamaba por Charlie y me sorprendió lo rápido que se puso al aparato. Le conté todo.

—Pobre hombre —suspiró Willie—. Me encargaré de conseguirle las medicinas. Me llevará un par de horas porque es muy tarde, pero os las mandaré con Cokie.

Colgué el teléfono y empecé a limpiar la cocina. Me llegó la voz de Patrick a mis espaldas.

—Ha sido culpa mía, Jo. Lo dejé solo.

—Lo dejas solo todos los días. Por lo general no pasa nada si está encerrado en su cuarto.

—Pero lo dejé por la noche.

—También lo dejaste en Nochevieja, y no sucedió nada.

—No, lo dejé más de lo normal.

—¿Dónde estabas? —pregunté, fregando un plato.

—Tenía unos asuntos que resolver —respondió, bajando la vista al suelo.

—¿Comprar libros de gente muerta? Bueno, ahora ya sabes que no puedes pasarte tanto tiempo fuera. Así que deja de sentirte mal por eso. —Le hablaba como lo haría Willie.

Patrick alzó la vista y me miró, serio.

—No sé qué haría sin ti, Jo, ¿lo sabes?

Me reí y contesté:

—Sobrevivirías.

—No creo que fuese capaz. —Avanzó un paso hacia mí—. Jo, tú y yo nos podemos contar todo, ¿verdad?

Lo miré fijamente.

—¿Qué quieres decir con eso?

Se acercó aún más.

—Pues lo que he dicho. Si te contara una cosa, no me gustaría que te asustaras y te alejaras de mí.

Se me aceleró el pulso. Miré a Patrick y luego hacia el fregadero.

—No me puedo creer que digas eso. Piensa en las cosas que yo te cuento sobre la casa de Willie. Eso no te aleja de mí. Ah, y hablando de cosas que asustan, antes de ir a Shady Grove, me crucé con John Lockwell saliendo de la casa de Willie tras una cita con Evangeline, que llevaba coletitas y su disfraz de colegiala.

—¡No! —dijo Patrick, apartándose un paso de mí.

—Pues sí.

—¿Te escondiste? —preguntó.

—¿Esconderme? No, le dije que estaba llevando un pedido de libros a Willie. Le pregunté si visitaba con frecuencia aquella casa. Al principio fue un grosero e intentó quitarme de en medio. Así que lo perseguí por el jardín hasta Conti Street, y le dije que iba a solicitar que me admitieran en el Smith College y que quería que me escribiera una carta de recomendación.

—Que hiciste, ¿qué?

—Lo que has oído, y le dije que lo llamaría o pasaría por su casa para recoger la carta si le venía mejor. Lo captó al instante. No querrá que le cuente a su mujer o a esos hijos tan repelentes que tiene que me lo encontré en un burdel, ¿no crees?

Patrick parecía eufórico.

—Jo, ¡eres un genio! ¿Piensas que te dará la carta?

—Me dijo que lo llamara a su despacho. Creo que me pasaré algún día de estos. —Me sequé las manos en la bayeta y me giré

110

para mirarlo–. Así que, ¿lo ves? Yo te lo cuento todo. –Tomé aire–. Ahora, ¿qué querías decirme?

Patrick guardó silencio, estudiando mi rostro. Sonrió ligeramente y dijo:

–Creo que ya es bastante por hoy. Nunca dejarás de sorprenderme, Jo.

Patrick estaba profundamente dormido en el sofá cuando Cokie llegó con el medicamento.

–¡Puaj! Aquí dentro apesta a rata muerta –masculló Cokie, arrugando el rostro.

–Pues no huele tan mal como antes. Acabo de abrir las ventanas. –Pasé la bayeta por la encimera de la cocina y colgué el trapo mojado del grifo.

–Willie encargó a Sadie que os metiera algo de comida, también –dijo Cokie, y me entregó la bolsa.

–¿Has estado jugando al dominó? –le pregunté. Sabía que Cokie había estado apostando cuando sus dedos oscuros tenían manchas de tiza.

–Sí, he estado jugando con Mazorca. ¿El señor Charlie está muy mal? –preguntó.

–Bastante mal. Necesita su medicamento.

–El doctor Sully me ha dado dos cosas. Dice que una solo hay que usarla si se pone mal, mal de verdad.

Me dirigí al salón, contemplando los dos frascos. Patrick roncaba, pero no como Charlie en el piso de arriba. Charlie parecía un serrucho, provocando largos rasgados con cada aspiración. La respiración de Patrick era más bien un ronroneo, su labio superior bufaba cada vez que respiraba. Dejé los dos frascos frente a él en la mesita del café y lo tapé hasta los hombros con una mantita. Me disponía a marcharme, pero de repente lo miré, me agaché y le di un beso en la frente.

20

El contenido del paquete de Charlotte estaba dispuesto con esmero sobre mi mesa: el catálogo del Smith College, unos folletos y una solicitud de matrícula. Charlotte había incluido un ejemplar desgastado de *Traición desatada,* la secuela de Candace Kinkaid, con una dedicatoria en broma: «Para mi querida amiga Jo. Que tu corazón se halle siempre henchido de deseo desatado. Con cariño, Charlotte». También me envió la fotografía de la universidad que había mencionado en la fiesta. Dejé la pequeña foto en mi escritorio.

Sentía la cabeza pesada y me moría por echarme una siesta. Había ido a casa de Willie una hora antes de lo habitual para poder pasarme a ver cómo estaba Charlie a la hora del desayuno. Lo encontré más tranquilo y se tomó el medicamento de buen grado. Ya no hablaba y permanecía sentado en el sillón junto a la ventana, agarrando la caja con forma de corazón rosa. Trabajé todo el día en la librería hasta que llegó Patrick por la tarde. Acordamos que él se quedaría al frente un ratito mientras yo me dedicaba a mis cosas: mis negocios con el señor Lockwell.

Me miré en el espejo roto que colgaba de la pared y suspiré ante la visión de la muchacha que me devolvía el reflejo. Había elegido el vestido que me parecía más profesional para visitar una oficina y deseé haber tenido unos guantes apropiados a juego. Pero no los tenía. El vestido estaba descolorido tras años de uso y múltiples lavados. La piel de mis zapatos, ajada. Con un poco de suerte, nadie se fijaría. Me quité el exceso de pintalabios con un pañuelo.

El número 812 de Gravier Street. Todo el mundo conocía esa dirección. Era el enorme edificio con una cúpula blanca del Banco Hibernia. El despacho del señor Lockwell estaba en la octava planta. Mientras el ascensor subía, se me revolvió el estómago. En mi cabeza resonaba su tono condescendiente, aquel soniquete de mofa que hizo con la nariz en el jardín de Willie. Recordé la escopeta de Willie en mis manos, temible y fuerte. Agujeros en la valla, me dije. Cacahuete salado.

Las puertas del ascensor se abrieron, y aparecieron ante mí suelos de madera pulida y una mujer bien vestida detrás de un mostrador de recepción flanqueado por tiestos de helechos. Me había esperado un pasillo con despachos, pero el señor Lockwell poseía una planta entera. La mujer me miró de arriba abajo mientras yo permanecía con un pie fuera del ascensor agarrando mi bolso con la mano.

—Este es el octavo —dijo.

—Sí —confirmé, acercándome un paso—. Vengo a ver al señor Lockwell.

—¿Tienes cita? —preguntó, alzando sus finas cejas.

—Soy una amiga de la familia. Me está esperando. Josephine Moraine —añadí, dándome cuenta de que hablaba más alto y rápido de lo que pretendía.

La mujer descolgó el teléfono y dijo:

—Hola, Dottie. Tengo aquí a una tal Josephine Moraine que quiere ver al señor Lockwell. —Hizo una pausa y me miró mientras hablaba—: Dice que es amiga de la familia y que la está esperando.

Pasaron diez minutos; después, veinte; después, una hora. Hojeé un ejemplar de la revista *LIFE* que había sobre la mesa, fingiendo que estaba interesada en un artículo sobre el presidente Truman. La telefonista alternaba entre limarse las uñas y responder al teléfono, lanzando miradas en mi dirección de cuando en cuando a la vez que meneaba la cabeza. Yo permanecía sentada muy tiesa en la silla, enfadándome a cada minuto que pasaba. Me acerqué al mostrador.

113

—Igual es mejor que me acerque esta tarde a casa del señor Lockwell para verlo. ¿Puede llamarle y preguntarle si eso le resulta más conveniente?

Volvió a llamar y en menos de un instante las puertas se abrieron de golpe y apareció el señor Lockwell con camisa almidonada y corbata.

—Josephine, siento mucho haberte hecho esperar. Charlotte me cortará el cuello. Pasa al fondo.

El señor Lockwell me condujo a un gran despacho que ocupaba toda una esquina del edificio. La estancia era cinco veces más grande que mi apartamento, con ventanas altas y resplandecientes desde las que se veía la ciudad. Cerró la puerta y se situó detrás de su amplio escritorio de caoba.

—Iba a tomarme una copa. ¿Quieres algo? —me ofreció, señalando un gran aparador lleno de decantadores, vasos y una cubitera.

—No, gracias.

—Oh, venga... Le diré a Dottie que nos prepare un par de martinis.

Dejé mi bolso en la silla y me acerqué a la mesa.

—¿Lo quiere agitado o removido?

Parecía que aquello le hizo gracia.

—Removido, al estilo sucio.

Le preparé el cóctel, sintiendo el calor de sus ojos en mi espalda.

—¡Vaya! ¡Esto sí que es una copa! —exclamó, dando un trago y sentándose en su mesa—. ¿Cuánto tiempo llevas preparando martinis?

—Acabo de aprender —le dije.

—Ya podrías enseñarle a Lilly a poner una copa de verdad. ¿Seguro que no quieres beber algo?

Sacudí la cabeza y me acerqué a una silla delante de su escritorio.

—Sé que está usted muy ocupado. —Saqué un papel de mi bolso con la dirección del secretario del Smith College y lo dejé sobre la mesa—. La carta puede ser breve. Solo una recomendación para añadir a mi solicitud de matrícula.

El señor Lockwell reclinó la espalda en su silla, sin siquiera mirar el papel.

—Así que vas en serio, ¿eh?

—Bastante.

Dio otro sorbo a su martini y se aflojó un poco el nudo de la corbata.

—¿Le has contado a mi sobrina que me viste el otro día?

—No, todavía no he tenido ocasión de hacerlo.

—Bueno, jovencita, la verdad es que no te conozco, y no puedo escribir una carta de recomendación para alguien a quien no conozco. —Me miró atentamente—. Igual deberías pedir esta carta a alguien de tu familia. ¿Tu padre, tal vez?

Fingí un gesto de tristeza.

—Por desgracia, ya no está entre nosotros.

—Ah, ¿no? —Dio un trago a su martini—. Bueno, ¿y dónde está?

—Creo que ya sabe a qué me refiero.

—Sé a lo que te refieres —dijo, apoyándose sobre la mesa para acercarse a mí—. Pero no te creo. Estás intentando chantajearme, niña. Eres muy pícara. Ya me olí que algo iba mal cuando os presentasteis tu amiguito y tú en mi casa. Richard y Betty todavía discuten sobre tu colega pianista. Ya lo había visto antes, sentado al fondo de la catedral en pleno día.

—¿Ha visto a Patrick en la catedral? —Eso sí que era una sorpresa.

—Sí, los pecadores frecuentamos la catedral —dijo con sarcasmo, mirándome fijamente desde el otro lado de la mesa—. Entonces, ¿eres una orgullosa, pobre, o las dos cosas? A mi sobrina, Charlotte, le encanta dar de comer a zarrapastrosos, pero por lo general suelen tener un par de zapatos decentes, por lo menos.

Una quemazón asfixiante ardió en mi pecho. Me incliné hacia delante y entrelacé las manos lentamente sobre su mesa.

—Bueno, fue una casualidad muy afortunada encontrarme con usted y su amiguita de las coletas cuando estaba entregando los libros. Pero, de todos modos, tenía intención de pedirle a usted, o a la señora Lockwell, una carta de recomendación —contraataqué.

Él respondió al ataque, acercando su alfil a mi reina.

—Ah, sí, entregando libros. Me he pasado por tu librería del Barrio Francés. Un par de veces. Estaba cerrada.

—Por enfermedad de un familiar —asentí—. Pero ya sé que a la señora Lockwell le apasiona la lectura. Estaré encantada de llevarle en persona algunos libros.

Volví a poner las manos en mi regazo. Permanecimos en silencio, sentados uno frente a otro, yo agarrando mi bolso, el señor Lockwell, sudando.

—Si te escribo una carta de recomendación y por algún motivo te admiten, lo siguiente que harás será pedirme dinero. Así son las cosas, ¿me equivoco?

Un estupor sincero provocó que me recostara en la silla. Nunca jamás se me había pasado por la cabeza pedirle al señor Lockwell que me pagara los estudios.

—Le aseguro, señor Lockwell, que no quiero su dinero.

—Sí, claro. ¿Te crees que me chupo el dedo?

—Solo quiero una carta de recomendación suya, un nombre que el comité de admisiones reconozca y respete.

—Porque tu padre ya no está entre nosotros —dijo con un burlesco tono afligido—. Supongo que tu madre tampoco está entre nosotros, ¿verdad? ¿Vas a presentarte en Smith con esta historia de Cenicienta?

—En serio, esto no es una cuestión de dinero. Quiero estudiar en Smith. Charlotte me ha enviado todos los papeles de la matrícula. Saqué unas notas excelentes en el instituto.

Un reloj de pared dio la hora. El señor Lockwell tamborileó con los dedos sobre el revestimiento de cuero de su mesa. Observé el mueble que tenía detrás. Marcos de plata. Fotos de familia. Sonrisas.

—Sabes, podría explicárselo todo a mi esposa. Verás, un socio me pidió que quedáramos para tomar una copa en casa de Willie. Cuando llegué allí, no quise quedarme e insistí en que

116

trasladáramos la reunión a un bar del Barrio Francés. Se lo diré a Lilly. Al fin y al cabo, eso es lo que pasó.

No se me había ocurrido algo así.

—Claro que puede decirle eso, señor Lockwell, si es lo que usted quiere.

—Lo que quiero es no volver a verte nunca más.

Lo tenía en mis manos. Podía conseguirlo.

—Entonces esto será beneficioso para ambos. Su maravillosa carta de recomendación conseguirá que me acepten en Smith, en la otra punta del país, y así no volverá a tener noticias mías. Nunca.

Prendió la colilla de un puro que había en un cenicero Waterford sobre la mesa y terminó la bebida que le quedaba en la copa.

—¿Así que... nunca? —Me pareció que casi podía ver encima de su cabeza la burbuja con sus pensamientos, en la que salía Evangeline bailando con su faldita de cuadros—. Igual se me ocurre algo que poner —dijo, y agarró el papel con la dirección del secretario de la universidad.

—Esperaré. Me apellido Moraine, *M-o-r-a-i-n-e*.

—¿Cómo? ¿Esperas que la escriba de mi puño y letra? Ya se me ocurrirá algo y haré que Dottie prepare la carta.

—Dos copias, por favor. Me pasaré a recogerlas mañana.

—No, te las mandaré a la librería cuando estén listas. No hace falta que vuelvas por aquí. —Alzó las cejas y su vaso—. Prepárame otro de estos antes de irte. ¡Diantres! ¡Está buenísimo!

Cuando me giré para salir del despacho del señor Lockwell, él se encontraba junto a la ventana, con su segunda copa en la mano.

—Ahora, adiós, Josephine —dijo con lo que me pareció una sonrisa. No se ofreció a acompañarme hasta la salida. Bajé en ascensor al vestíbulo del edificio, respirando con una mezcla de alivio y felicidad cuando atravesé la puerta y salí a la calle.

—Señorita Moraine.

Alguien me agarró por el codo, y me volví. Era un agente de policía.

—El inspector Langley quiere hacerle unas preguntas. Acompáñeme, por favor.

21

Me senté, tarareando, en una fría silla metálica en el recibidor de la comisaría, y fijé la mirada en el suelo de baldosas grises. Me recordaba a los suelos de mi colegio. Cuando me aburría, me ponía a mirarlos y me imaginaba que había un tanque de aguas turbias por debajo y que, con una contraseña secreta, la juntura de las baldosas se abriría y mi pupitre caería hacia el abismo. Yo intentaría agarrarme a algo mientras descendía a tanta velocidad que mi espeso pelo revolotearía enmarañado por detrás. No sabía qué era aquel abismo, pero estaba convencida de que lo que había debajo de las grises baldosas de mi escuela sería mejor que Nueva Orleans. Los suelos de la comisaría no parecían nada prometedores. Los restos húmedos de una fregona sucia habían dibujado sombras circulares cerca de las patas de cada silla. El que limpiaba la comisaría era un vago. Siempre hay que levantar las sillas para fregar bien.

Un martilleo de toses y tacones se detuvo ante mí.

—Vaya, vaya, la pequeña Josie. Tu mami no está aquí, ¿verdad?

La hermana de Dora, Darleen, se tambaleaba delante de mí, con el lado izquierdo del cuello lleno de marcas de chupetones y de golpes.

—No, no está aquí —respondí, meneando la cabeza.

—Gracias por esperar, señorita Moraine —dijo un hombre regordete con entradas que se asomó desde una puerta cercana.

Darleen alzó las cejas y luego se alejó rápidamente, golpeando contra las baldosas con los clavos que asomaban de sus desgastados zapatos de tacón. Entré en el despacho.

118

—Soy el inspector Langley —se presentó el hombre, ofreciéndome su mano para saludarme. Su palma estaba húmeda y grasienta—. Siéntese.

La oficina sin ventanas no tenía nada que ver con la de John Lockwell. Había pilas de archivadores que casi llegaban hasta el techo apoyados contra las cuatro paredes, y montañas de carpetas se levantaban alrededor del inspector, en su mesa. El ambiente estaba cargado de respiración caliente y nicotina. No había fotografías. El hombre abrió una carpeta y dio un trago a un café muy negro de una taza que nadie había fregado en meses. Me fijé en que había una capa de cafeína en el interior de la taza.

—Hemos tenido suerte de encontrarla. Su amigo de la librería nos dijo que estaba haciendo unos recados en Gravier Street —dijo el inspector.

Asentí con la cabeza. Había visto las conversaciones de Frankie y Willie con la Policía. Siempre escuchaban atentamente y hablaban muy poco. Yo me propuse hacer lo mismo. Antes, Willie tenía un contacto en la Policía que la cubría a cambio de tiempo gratis con Dora. Acabó despedido, y Willie se quedó sin su infiltrado.

—No sé si lo sabe, señorita Moraine, pero un caballero de Tennessee murió en Nochevieja de un ataque al corazón en el club Sans Souci —dijo el inspector, esperando una respuesta.

—Lo leí en el periódico —le dije.

Asintió y me mostró una foto de Forrest Hearne. El atractivo, sofisticado y bueno de Forrest Hearne. En la imagen aparecía sonriente, con los dientes perfectamente alineados como cuadraditos de tiza limpia.

—La chequera del señor Hearne muestra que la tarde del día en que murió, realizó unas compras en la librería en la que usted trabaja. ¿Recuerda algo de él?

Entrelacé las manos para que no temblaran, pensando en el cheque bien doblado que tenía en la caja de puros debajo de mi cama.

—Él... dijo que era de Memphis y que había venido para ver el Bowl.

El inspector no me miró. En su lugar, contempló su carpeta, encendió una cerilla y prendió un cigarrillo. Me mostró el paquete, ofreciéndome uno.

—No, gracias.

Volvió a meterse el paquete en el bolsillo de la camisa y me preguntó:

—¿Qué compró?

—Keats y Dickens —dije.

Apuntó algo en un cuaderno manoseado que tenía delante.

—¿Es el título de un libro?

—No, son los nombres de dos escritores. Compró un libro de poesía y un ejemplar de *David Copperfield*.

El inspector siguió escribiendo y bostezó. Su lengua estaba sucia, del color de la mostaza. Los músculos de mi espalda se relajaron un poco. Este hombre era lo que Willie llamaba un «Agente Cagatinta», alguien que no lleva un caso activamente, sino que solo se dedica a tomar notas para los archivos. No tenía nada que ver con la partida de ajedrez que había supuesto la conversación con John Lockwell.

—De acuerdo. ¿Se fijó en si llevaba alguna pieza de joyería? La viuda afirma que el fallecido llevaba un reloj muy caro.

Un gélido calambre atravesó mis nervios y mi garganta. ¡El reloj! Claro, la viuda se había dado cuenta de que no estaba. Bajo la inscripción de «F. L. Hearne» detrás de la esfera, también estaban las palabras «Con amor, Marion». Era evidente que se trataba de un regalo. Un regalo caro. Y ahora quería saber dónde estaba. Tictac, tictac... El sonido latió en mi cabeza.

—¿Se fijó en si llevaba reloj, señorita Moraine? —preguntó el inspector.

—Sí, llevaba reloj.

—¿Cómo lo sabe? —preguntó.

—Me fijé en él cuando escribía el cheque.

El inspector giró la foto de Forrest Hearne hacia él.

—Este hombre parece un tipo de clase alta. ¿Un reloj de los buenos?

—Ajá. De oro.

La silla crujió cuando el policía se recostó contra el respaldo. Volvió a bostezar y se pasó la mano por los finos penachos de pelo que le quedaban.

–Vale. Entonces, ¿puede confirmar que la víctima llevaba el reloj cuando compró los libros?

–Sí.

–Y, ¿a qué hora fue eso?

–No recuerdo la hora exacta. Al final de la tarde.

–¿Algo más? ¿Le pareció que el hombre estuviera enfermo?

–No, no tenía pinta de estar enfermo.

–Marty –dijo un hombre igual de desaliñado que se asomó a la puerta–, un tiroteo en el suburbio de Metairie. Los chicos dicen que es uno de los hombres de Marcello.

El adormilado inspector Langley se despertó de repente.

–¿Hay testigos?

–Dos. Dispuestos a cantar. ¿Cuánto te queda?

–Ya estoy. Deja que me sirva un café y ahora bajo. Gracias, señorita Moraine. Lamento haberla importunado, pero la familia del caballero está preocupada por el reloj y por algo de dinero que echan en falta. No paran de llamarnos. La acompañaré a la salida.

–No es necesario. Parece que tienen ustedes una emergencia. Ya salgo yo sola. –Recogí mi bolso y me marché de su despacho y de la comisaría lo más rápido que pude.

«La familia está preocupada por el reloj.» Pues claro que estaban preocupados. ¿Hasta dónde estaría dispuesta a llegar su esposa para encontrarlo? Los hilos de ansiedad de mi estómago estaban ahora firmemente amarrados en nudos. Sentí que me iba a poner enferma. ¿Cómo había acabado ese reloj envuelto en un calcetín en el dormitorio de mi madre? Podría haberle contado al inspector que me había encontrado el reloj y que estaría encantada de entregárselo para que se lo devolvieran a la señora Hearne. Pero entonces se preguntaría cómo había terminado el reloj en casa de Willie, la interrogarían y Willie descubriría que yo me había quedado el reloj sin contárselo. Además, Willie siempre estaba diciendo que no quería problemas.

Ya sabía lo que tenía que hacer.

22

Pasé el pulgar sobre las letras grabadas en el oro. Lo imaginé en su muñeca y recordé su voz profunda: «Buena suerte en la universidad, elija la que elija». Y «Feliz año nuevo. ¡Este va a ser de los buenos!». No tenía ni idea de lo que iba a sucederle. Parecía encontrarse bien, lleno de esperanzas. *David Copperfield*. Apenas lo conocí, pero algo en mí se encaprichó del reloj, y me entraron unas ganas desesperadas de quedármelo. Pero no podía.

Me puse un jersey, metí el reloj en mi bolso y salí de mi apartamento.

El aire fresco estaba húmedo y lloviznaba ligeramente en la oscuridad. Tendría que haber llevado un paraguas, pero no quería darme la vuelta. Sabía que si lo hacía, podía cambiar de idea. Así que seguí caminando por la acera de Royal Street en dirección a St. Peter. El cielo nublado convertía las calles en un laberinto negro y húmedo. Normalmente podía ver las sombras de quienes caminaban detrás de mí, pero esa noche no había ninguna, solo una mancha de negrura. El eco de portazos y voces rebotaba entre los edificios. Un hombre gritó a su hijo para que bajara la basura, y una voz de soprano cantaba una hermosa aria desde algún punto por encima de mi cabeza.

—¡Chis! ¡Eh, chica!

Un anciano envuelto en harapos y con zapatillas de casa asomó desde uno de los portales que tenía delante. Agarré con fuerza mi bolso y me bajé de la acera a la calzada. El hombre comenzó a seguirme, graznando frases sin sentido.

—Hazel está debajo de la mesa —se reía, por detrás de mí.

Aceleré el paso y escuché cómo el sonido de las pisadas de sus zapatillas se detenía de repente y era reemplazado por un canto espeluznante.

—*Thou art lost and gone forever, dreadful sorry, Clementine** —canturreó.

Quizá hubiera sido mejor haber esperado a que se hiciera de día. Tenía el pelo mojado y empecé a tiritar al pasar frente a la heladería Dewey's, de la que emanaban calor y brillos rosados. Estaba a punto de doblar la esquina cuando oí los goznes de una puerta chirriando a mis espaldas.

—¡Jo!

Me volví. Jesse apareció corriendo en mi dirección.

—¿Qué pasa, Jo? ¿Adónde vas?

Abrí la boca para responder, pero luego volví a cerrarla. ¿Adónde iba? ¿Qué podía decirle? Miré los vaqueros de Jesse, con las perneras remangadas sobre sus botas negras de motorista, e intenté pensar.

—He... quedado con un amigo.

—Un poco tarde, ¿no?

Asentí en silencio, cruzando los brazos sobre mi jersey mojado.

—¿Te apetece entrar un poco en calor? —dijo, señalando con la cabeza hacia la heladería.

Mis ojos se dirigieron hacia el feliz brillo rosa de la esquina.

—Bueno...

—Anda, venga, Motor City. Será rápido. Estás temblando.

Miré hacia St. Peter Street en la oscuridad.

—De acuerdo, pero rápido.

Me arreglé el pelo en el lavabo de chicas e intenté secarme con el fino pañuelo que llevaba en el bolso. Cuando regresé, había una taza de chocolate caliente en la barra junto a Jesse. Me

---

* «Estás perdida para siempre / ¡cuánto lo siento, Clementine!» Fragmento de «Oh my Darling Clementine», canción popular estadounidense. (*N. del T.*)

subí al taburete de vinilo. El vaso de refresco de Jesse estaba vacío.

—¿Llevas mucho tiempo aquí? —le pregunté.

—Estaba a punto de marcharme cuando te vi. Tenía que salir de casa, mi abuela me estaba volviendo loco. Está intentando realizar un maleficio contra nuestros vecinos para que se muden. Son muy ruidosos y no la dejan dormir por las noches.

—¿En serio? ¿Y en qué consiste ese maleficio?

Puso los ojos en blanco y me acercó la taza de chocolate caliente.

—Oh, venga, Jesse. Cuéntamelo. De todos modos, no creo en esas cosas.

No creía en esas cosas, pero en mi bolso tenía un grisgrís que el santero de Willie insistió en que llevara.

—Bah, solo son locuras —dijo, intentando limpiarse algo que parecía aceite de motor de los dedos con una servilleta.

—Vaya, ¿y yo no entiendo de locuras?

Sonrió.

—De acuerdo, entonces. —Se giró hacia mí en su taburete y colocó sus botas a ambos lados de mis piernas. Se inclinó sobre mí. Olí su tónico de afeitado y procuré controlar mi cara, que parecía estar siendo atraída hacia el aroma—. Mi abuela usa este hechizo que jura que sirve para deshacerse de la gente. Busca una rata muerta y mete en su boca un trozo de limón untado en lacre. Derrama una cucharada de whisky sobre la rata, la envuelve en papel de periódico y la pone bajo el porche de los vecinos. —Alzó sus cejas.

—Es la primera vez que lo oigo. —Jesse era divertido y, sorprendentemente, resultaba fácil hablar con él.

—Es muy supersticiosa, pero así es Nueva Orleans.

—Sí, así es Nueva Orleans —dije, sacudiendo la cabeza.

Inclinó un poco su vaso de refresco, observando cómo el líquido que quedaba resbalaba por el interior.

—Pero ¿estarías dispuesta a irte?

Alcé la vista. Jesse estaba mirándome a los ojos.

—Quiero decir, ¿alguna vez has pensado en marcharte de Nueva Orleans? —preguntó.

¿Se habría enterado? Quería decirle que sí, pero no me pareció bien. Él ya sabía lo de Madre. Quizá por eso había sacado el tema. Bajé la vista a la barra.

—¿Así que eres el primero de tu familia en ir a la universidad? —le pregunté.

—Sí, mi padre sigue en el talego. Cuenta que va a salir, pero sé que solo lo dice por decir.

—¿Por qué está en la cárcel?

—Por apuestas... y otras cosas. Nunca pasa más de un par de meses en la calle antes de que lo vuelvan a encerrar —dijo Jesse.

—Tu padre no está relacionado con Carlos Marcello, ¿verdad? —Pensé en lo que había dicho el inspector Langley, que un hombre de Marcello se había visto envuelto en un tiroteo en Metairie. Deseé que hubiera sido Cincinnati.

—¡Ay, demonios, no! Marcello son palabras mayores. Si te enredas con él, no acabas en la cárcel, acabas muerto. Mi padre es el típico ratero de Crescent City*. Esta ciudad te traga si no tienes cuidado. Pero yo no pienso quedarme aquí de por vida. A fin de cuentas, ¿tengo pinta de vendedor de flores?

Dos rubias atractivas que iban agarradas del brazo se acercaron a la barra.

—¡Vaya!, ¿qué tal, Jesse? —dijo una de ellas.

—Hola, Fran —saludó Jesse sin volverse, con los ojos todavía fijos en mí, y me preguntó—: ¿Te gustan las flores, Motor City?

—A mi madre le encantaron las rosas que le vendiste la semana pasada —intervino la rubia, acercándose con descaro a Jesse.

—Me alegro —dijo él, girándose y añadiendo con un susurro burlón—: Ahora, si me disculpáis, chicas, estoy algo ocupado ligando con esta chavala.

Me reí, e intenté que el chocolate caliente no se me saliera por la nariz.

---

* *Ciudad de la Media Luna,* apodo con el que se conoce a la ciudad de Nueva Orleans. *(N. del T.)*

—Pues ella no parece estar muy interesada —comentó Fran.

La cara de Jesse se ensombreció.

—Pero qué maleducada soy —dije, bajándome del taburete—. Por favor, sentaos. No necesitamos dos taburetes.

Me subí a las rodillas de Jesse. Las rubias se quedaron mirando. Pasé mi brazo por encima de su hombro y señalé el asiento vacío.

—¿Ya te funciona el coche, Jesse, o sigues con la Triumph? —preguntó Fran.

—Todavía voy con la moto, pero el Merc ya casi está.

—Va a quedar fabuloso —dije, sorbiendo de la pajita de Jesse los posos de refresco que quedaban—. Culatas de alta presión, carburador de doble cuerpo...

Todas las cabezas se volvieron hacia mí.

—Jo nació en Detroit —dijo Jesse—. Motor City.

—Qué bonito —comentó Fran, taladrándome con su mirada—. Jo la de Detroit y Jesse el de Dauphine Street.

—En realidad, soy de Alabama —replicó Jesse.

—Pero eso no suena tan bien —dijo Fran.

—Pues a mí me parece que suena genial —dije, y bajando la voz hasta convertirla en un susurro, añadí moviendo lentamente la cabeza—: Además, chicas, ya sabéis lo que se cuenta sobre cómo lo hacen los tíos de Alabama.

Fran se quedó boquiabierta. Tenía dos empastes en el lado derecho. A su amiga le entró la risa floja. Fran se la llevó hacia la puerta a empujones.

Observé cómo las dos se marchaban lentamente con sus abrigos caros y sus pintalabios rosas. En cuanto salieron por la puerta, Jesse se echó a reír.

—Impresionante. Así que culatas de alta presión, ¿eh? —dijo.

—Lo leí en un libro sobre bólidos que tenemos en la tienda.

—Para ellas es un juego. Vamos a darnos una vuelta por los bajos fondos con Jesse...

—¿Qué quieres decir? Parecían interesadas en ti. —Me fijé en Jesse. No era elegante ni vestía a la moda como Patrick. Era duro, enigmático y silencioso. Tenía los ojos azules, el pelo marrón canela y una profunda cicatriz cerca de la oreja derecha. A pesar de una lesión en el pie de cuando era joven, en el instituto jugó al béisbol.

—¡Oh, venga ya! No están interesadas en mí. Solo flirtean con un chico del Barrio Francés para poder contar cuando sean mayores que antes salían por los barrios chungos.

—Sí. Contando batallitas mientras se toman sus cócteles en sus partidas de canasta.

—Exacto —dijo Jesse—. Hablarán de cuando salían por el Barrio Francés como las chicas malas...

—Con aquel vendedor de flores tan guapo.

—Que arruinó su reputación para siempre —me susurró al oído.

La cálida voz de Jesse cerca de mi oreja hizo que algo se revolviera en mi estómago. Una sensación de nervios se apoderó de mí y me bajé de un salto de sus rodillas.

—Lo siento, debo de estar rompiéndote las piernas. —Me senté en mi taburete y me alisé la falda.

—No te preocupes, un vendedor de flores tan guapo puede soportarlo —dijo Jesse y me miró fijamente.

—¿Qué? —Un cálido rubor se extendió por mis mejillas.

—Lo acabas de decir tú: «Con aquel vendedor de flores tan guapo».

—No, yo no he dicho eso.

—Sí que lo has dicho, y ahora te estás poniendo colorada. —Jesse se rio—. Pero no te preocupes. Ya sé que no lo decías en serio. Solo estabas bromeando. —Jugueteó con la servilleta bajo su vaso de refresco—. Ese amigo con el que has quedado, es el chico de la librería, ¿verdad?

Estaba tan calentita y a gusto, que me había olvidado por completo del reloj, el inspector y la mentira que le conté a Jesse. Ojalá pudiera decirle la verdad, pero ¿qué iba a decirle? «Lo cierto, Jesse, es que tengo que irme corriendo. Llevo el reloj de un muerto en mi bolso, y su viuda y la Policía lo andan buscando. Ya sabes cómo son estas cosas, con tu padre en la cárcel y todo eso.»

Me limité a asentir con la cabeza y decir:

–Sí, he quedado con Patrick. Debería irme. –Abrí mi bolso.

–No, Jo. Invito yo, por favor.

–Gracias, Jesse –dije con una sonrisa.

–¿Qué te parece si te acompaño hasta allí? –dijo, dejando el dinero sobre la barra y levantándose–. Está oscuro.

–Oh, no hace falta. Estaré bien.

Asintió, y su sonrisa se desvaneció.

–Sí, claro. Me alegro de haberte visto, Jo. Que pases una buena noche.

–Buenas noches, Jesse. Gracias otra vez por el chocolate caliente.

Bajé por St. Peter Street y luego hasta Eads Plaza, intentando decidir dónde lo haría, qué lugar sería el más oscuro para que no me viera nadie. Había dejado de lloviznar, pero el cielo seguía negro y encapotado con nubes espesas. Una rata roía la basura mojada que había sobre la acera. Se detuvo y me miró. Me imaginé a la abuela de Jesse metiéndole un limón en la boca. Crucé la calle y seguí camino abajo hasta la orilla del río. Mis zapatos resbalaban sobre la gravilla mojada, me tropecé y estuve a punto de caerme. Fingí que caminaba despreocupada, mirando a mis espaldas para ver quién podría rondar por ahí. Una pareja se besaba cerca de las aguas. Pasé a su lado, esperando que se marcharan.

El viento sopló y el olor agrio del amarillento Misisipi me lamió la cara, revolviendo las puntas de mi pelo. Oí el lamento de un saxofón orilla abajo y pude ver las luces parpadeantes del vapor *President,* con todos sus ocupantes divirtiéndose. Permanecí allí, contemplando las aguas, preguntándome lo lejos que tendría que arrojar el reloj para que no volviera a la orilla. Debería haberlo atado a una piedra para asegurarme de que se hundía y se quedaba en el fondo. Algo a mis espaldas crujió y me di la vuelta.

Agucé la vista pero no vi nada en la negrura. Recordé todos los cuentos de fantasmas del Misisipi, los de Jean Lafitte y los piratas decapitados que se aparecían en las orillas. Me giré y me puse frente al agua. Abrí mi bolso.

Metí la mano y agarré el reloj de Forrest Hearne, diciéndome que lo lanzaría al río. No sé cómo, pero me pareció que sentía la inscripción «Con amor, Marion» pinchándome en los dedos, rogándome que no tirara algo tan lleno de belleza y ternura al embarrado Misisipi. Eso fue lo que le sucedió a Forrest Hearne en Nochevieja, ¿no es así? Un hombre hermoso fue robado y absorbido por los turbios lodos del Barrio Francés. Las palabras de Dickens flotaron en mi cabeza:

«Tengo un hijo favorito en el fondo de mi corazón. Y su nombre es David Copperfield.»

El reloj me quemaba la mano. Miré las aguas y pensé en Forrest Hearne y en su amabilidad, en Madre y Cincinnati, en Willie, las chicas, Patrick, Charlie, Jesse y Cokie.

Y me eché a llorar.

23

Las puertas se abrieron y entré.

—Al octavo, por favor.

La ascensorista se volvió lentamente hacia mí.

Se me helaron las manos.

—¿Madre?

Su rostro parecía gris y macilento, su boca estaba rodeada de costras. Meneó la cabeza muy despacito y se rio. Con esa risa que yo tanto odiaba.

—No, cariñito, no —bisbiseó—. No hay octavo para ti.

Agarró la manivela del ascensor y tiró de ella hacia delante. Sentí que la cabina se descolgaba y se precipitaba con violencia. Estábamos cayéndonos y Madre se reía como una loca. Las postillas de su boca se abrieron y comenzaron a sangrar. Hilos de sangre bajaban de sus labios y corrían por su cuello, empapando su uniforme color crema de acrílico. Chillé.

Y así fue como me desperté. Chillando.

Los gritos todavía resonaban en mi cabeza mientras limpiaba la casa de Willie. Seguían retumbando en mis oídos cuando regresé a la librería. Cada pocos minutos, los gritos se mezclaban con el tictac del reloj de Forrest Hearne. Lo había devuelto a su escondite en la tienda.

Y Madre. No podía borrar la imagen de su rostro macabro, la sangre. Me preocupó que le hubiera pasado algo en la carretera. Deseé que escribiera y luego me pregunté por qué. Las cosas serían más sencillas sin Madre en Nueva Orleans, más sencillas sin mí envuelta en las sombras de su corazón negro y su mente infantil. Pero, de todos modos, anhelaba tener noticias suyas.

Me cambié la ropa de limpiar y bajé las escaleras hasta la tienda. La puerta estaba abierta, y Patrick desembalaba un paquete de libros en el mostrador. Se movía muy despacio, con los hombros caídos.

—¿Cómo está Charlie? —pregunté.

—Igual.

—Y tú, ¿estás bien?

—Sí, algo cansado. ¿Te encontraron ayer los policías? —preguntó Patrick.

—Pues claro. Les dijiste que estaría en Gravier Street. ¿Por qué les contaste dónde estaba?

Patrick me miró, confuso.

—Supuse que querrías colaborar. Sé que el señor Hearne te parecía un tipo simpático, como a mí. ¿No quieres ayudar a descubrir qué le sucedió en realidad?

—No es asunto mío. ¿Qué sé yo del señor Hearne? Solo me interesaba por curiosidad.

Patrick se encogió de hombros.

—¿Y? ¿Qué tal te fue con el señor Lockwell?

—Le dije que iba de tu parte, que querías pedir la mano de su hija.

—Claro, y luego tú te casarás con el asesino de gatitos que tiene por hermano, y todos juntos formaremos una familia feliz. Ahora en serio, ¿qué pasó?

—Me tuvo esperando más de una hora, así que le dije a la recepcionista que mejor lo visitaba en su casa. Entonces se presentó al instante y me acompañó a su despacho que, por cierto, es más grande que esta tienda y tiene hasta un bar dentro.

—Seguro —asintió Patrick.

—Así que le preparé un par de martinis y, tras una breve conversación incómoda, aceptó escribirme una carta.

—¡Vaya! Así que lo has conseguido. ¡Genial! —dijo Patrick.

Asentí y me acerqué a las cajas sobre el mostrador.

—¿Qué hay aquí?

—Ha muerto Yves Beaufort. Charlie siempre anduvo detrás de su enorme colección de Victor Hugo. Tengo que volver a por el resto, pero me da un poco de miedo. Cuando llegué esta mañana a su casa, la viuda llevaba un picardías negro. Me dijo que era su ropa de luto, y que me haría un descuento si le desatascaba las cañerías del lavabo.

—¡Aah! ¿La señora Beaufort no tiene ochenta años?

—Ochenta y dos, pero aparenta unos noventa y cinco. ¿Y qué sé yo de fontanería? Las cosas que tengo que hacer por Victor Hugo, ¿eh?

La puerta se abrió y Frankie entró con parsimonia en la tienda. Se llevó las manos a las caderas y miró a su alrededor.

—¡Frankie! Por fin te decides a comprar un libro.

—¿Qué tal, chica yanqui? —Se metió una barrita de chicle rosa en la boca, olisqueando el envoltorio de celofán antes de hacer una bola con él y guardárselo en el bolsillo—. No he venido a por libros, vengo a buscarte. —Saludó a Patrick con la cabeza—. ¿Qué tal, Marlowe? ¿Cómo le va a tu viejo?

—Le va bien, gracias —contestó Patrick.

—Pues eso, Jo, me he enterado de que ayer estuviste con la bofia. ¿Todo bien? —preguntó Frankie.

—¿Te lo ha contado Darleen?

—No he dicho cómo me he enterado. ¿Todo bien?

—Sí, todo bien, Frankie.

—¿Te preguntaron por tu mami?

—No, ¿por qué iban a preguntarme por Madre? —dije.

—Le preguntaron por el tipo que murió en Nochevieja —explicó Patrick. Lo miré frunciendo el ceño. No hacía falta que soltara la información a la primera de cambio.

Frankie nos observó a Patrick y a mí mientras su mandíbula moldeaba el chicle.

—El tipo de Memphis. Es verdad. ¿La pasma estuvo también aquí? —le preguntó a Patrick.

Patrick no respondió. Frankie me miró.

—Forrest Hearne compró dos libros en la tienda el día que murió. Me preguntaron si parecía enfermo cuando estuvo en la tienda. Les dije que tenía buen aspecto. Eso es todo.

Frankie se apoyó en el mostrador y dio la vuelta a uno de los libros.

—Victor Jugo.

—Se pronuncia Hugo —dijo Patrick. Tuve que contener una carcajada. La mala pronunciación era una de las cosas que a Patrick lo sacaban de quicio.

—Ah, ¿sí? Yo conocía a un tipo que se llamaba Hugo. Todavía me debe diez pavos. —Frankie abrió el libro y comenzó a pasar las páginas.

—Por favor, cuidado con el lomo. Es muy antiguo —dijo Patrick, quitándole con cuidado el libro de las manos—. ¿Puedo ayudarte a encontrar algún título?

—No —dijo Frankie, levantándose y haciendo crujir sus nudillos—. Entonces, Jo, ¿tienes algo que Willie debería saber?

Me miró con ese gesto típico de Frankie. Era imposible descifrar lo que sabía, pero tenía que asumir que le contaba a Willie todo lo que descubría, pues le pagaba una buena cantidad por ello. De nuevo me invadió un sentimiento de culpa. Debería haberle contado a Willie lo del reloj. Nunca le había ocultado algo así. Pero Frankie no podía saber que el reloj estaba en mi poder. Lo único de lo que estaba segura era de que Frankie sabía más cosas que yo.

—No, no tengo nada para Willie. Si me entero de algo, ya te contaré —le dije.

—¿En serio? —Sonrió e hizo una pompa con su chicle—. ¿Y me contarás también cuánto tiempo llevas saliendo con Jesse Thierry?

—¿Estás saliendo con Jesse Thierry? —dijo Patrick, dándose media vuelta.

—No estoy saliendo con Jesse Thierry —protesté.

Frankie soltó una risita.

—¿No? Pues en la calle se dice que anoche estuviste sentada encima de sus rodillas y que él te contaba cositas al oído.

Odiaba esa ciudad. ¿Quién se dedicaba a vigilarme? Miré fijamente a Frankie. ¿Se lo habría contado a Willie?

—¿Dónde fue eso? —preguntó Patrick.

—No soy un cotilla, Marlowe, soy un comerciante de información —respondió Frankie, y extendió la mano para recibir su pago.

—¡Ya basta! —dije—. No vas a vender información sobre mí. Fue en la barra de la heladería Dewey's, y solo era una broma. Jesse es un amigo.

—Yo no tengo ningún problema —dijo Frankie, levantando las manos como quien se rinde—. Jesse es un buen chico. Las chicas se vuelven locas por él. Nos vemos, chica yanqui. —Frankie se encaminó hacia la puerta. Lo seguí y salí a la calle tras él. No podía soportarlo. Necesitaba saber.

—Esto... Frankie, ¿sabes algo de mi madre?

—La han visto por aquí y por allá. ¿Sabes qué, Jo? Deberías ser fiel a Willie.

—Ya soy fiel a Willie.

—Ella siempre te ha apoyado, y tú deberías hacer lo mismo. —Frankie hizo otra pompa con el chicle, me saludó con su larga mano y se marchó por Royal Street abajo.

Sabía que Willie era la principal benefactora de Frankie. Por eso, tenía sentido que él le fuera fiel y le llevara información. Pero ¿qué insinuaba al decir que yo debería ser fiel a Willie? Patrick me hizo un gesto desde el escaparate para que regresara a la tienda.

—Sabes, ahora todo encaja —dijo Patrick—. Jesse se pasa bastante por la tienda, pero nunca compra nada. Solo se dedica a pringar los libros de grasa. ¿No es de un pueblo de paletos de Arkansas?

—De Alabama, y no pringa los libros de grasa. Eso te lo estás inventando.

—Bueno, parece bastante majo, supongo. Siempre está sonriendo. ¿Te habías dado cuenta? —preguntó Patrick.

—No, no me había dado cuenta.

—¿Te gusta?

—Solo es un amigo —dije.

Patrick asintió con la cabeza.

—Y tiene unos dientes bonitos. —De repente, cambió de tema—. ¡Eh! Ayer me crucé con la señora Paulsen.

La señora Paulsen daba clases en Loyola y era un ligue de Charlie. Yo no la conocía, pero Charlie me confesó una vez que le parecía que la señora Paulsen tenía intención de llevar su buena amistad hacia un compromiso más a largo plazo. Contrató a Patrick como ayudante en el Departamento de Inglés durante un año.

—La señora Paulsen estudió en el Smith College —dijo Patrick.

—¿En serio?

—Sí, me había olvidado por completo. De todos modos, le hablé de ti, y dijo que estaría encantada de contestar a cualquier pregunta que tengas. Se pasará por la tienda a finales de esta semana para recoger un libro que ha encargado. Podrás hablar con ella —dijo Patrick.

—Vaya, Patrick, ¡gracias!

Hice un intento torpe de abrazarlo porque parecía lo apropiado. Se quedó sorprendido, luego me rodeó entre sus brazos y descansó la barbilla en mi hombro.

24

Me había leído los documentos tantas veces que prácticamente me los sabía de memoria.

Es cometido del Comité de Admisiones flexibilizar los requisitos de admisión y de este modo posibilitar el estudio en el Smith College a jóvenes capaces procedentes de distintos institutos y de cualquier parte del país.

Me fijé en la palabra «capaces». ¿Capaces de cumplir con los estrictos requisitos? ¿Capaces de ser aceptados? Probablemente, capaces de permitírselo, lo cual no era mi caso.

El Comité de Admisiones tiene como objetivo seleccionar de la lista completa de aspirantes a aquellas estudiantes cuyos currículos de personalidad, salud y académico evidencien su idoneidad para estudiar en el centro.

Personalidad. Yo sabía que la tenía, pero ellos querían que lo demostrara.

Salud. Aparte del esporádico incidente del arroz con frijoles en la acera de la tienda de los Gedrick, gozaba de buena salud.

Académico. Ese notable en la clase del señor Proffitt iba a perseguirme. Todavía podía oler su aliento pegajoso a naftalina cerniéndose sobre mi pupitre. ¿Se comería los jerseys podridos de su desván? «Debe aplicarse más, señorita Moraine», decía con su tono susurrante. «Debe buscar el alma de la ecuación.»

¿El alma de la ecuación? No tenía muy claro que en el cálculo existiera algo parecido al alma. Pero tenía que haber fingido que sí y haber invitado al señor Proffitt a una merienda de chalecos de lana. Ese notable sería un lastre en mi solicitud.

La admisión se basará en el currículo de la candidata en su totalidad, el expediente académico, las cartas de recomendación, las notas de la reválida y otras informaciones que recabe el College relativas a habilidades generales, personalidad y salud. Todos los documentos deben ser enviados al Comité de Admisiones antes del 1 de marzo si la estudiante desea que su solicitud sea estudiada en la reunión del Comité de abril.

Antes de marzo. Todavía estábamos en febrero. Se acercaba el *Mardi Gras*, el 21 de febrero, y las fiestas y bailes ya habían comenzado. Cada día Willie abriría la casa hasta más tarde para sacar el máximo partido a la «temporada alta de fanfarrias», como la llamaba. Tenía preparadas chicas extra de temporada y dos habitaciones reservadas en un motel cercano. Las chicas trabajaban por turnos, con algo de tiempo para bañarse y dormir unas horas en el motel entre turno y turno. Yo seguiría limpiando por las mañanas, pero más tiempo, y siempre había recados que hacer en *Mardi Gras*.

Miré por el escaparate desde el mostrador de la librería y contemplé a los transeúntes. John Lockwell también estaría muy ocupado en *Mardi Gras*. Cuando estuve en su despacho, vi una foto suya en la Rex, una de las cofradías más antiguas del Carnaval. Si no tenía las cartas de recomendación antes de que comenzaran las festividades de *Mardi Gras*, no las conseguiría a tiempo.

Alojamiento. El Smith College sigue una política de alojar a grupos de alumnas de cada una de las cuatro facultades que forman el campus en casas compartidas. Cada vivienda tiene su propia sala de estar, comedor, cocina y está supervisada por la jefa de la casa.

La «jefa de la casa». Eso me recordó a Willie. Miré la dirección que había puesto Charlotte en el remite. Ella vivía en la Casa Tenney.

Gastos
Tasas académicas: $ 850
Tasas de alojamiento: $ 750
Libros: $ 25–$ 50
Cuotas y mensualidades: $ 24
Gastos para actividades recreativas e imprevistos: $ 100

Suficiente. Dejé el taco de papeles bajo el mostrador. Al mirar los gastos se me revolvía el estómago. Casi dos mil dólares. Ocho mil dólares los cuatro años. Los ahorros de toda mi vida, guardados en la caja de puros, no llegaban a trescientos dólares. Es cierto que nunca me faltaban siete centavos para el tranvía ni cinco para tomarme un refresco, pero ¿dos mil dólares al año? Willie había dicho que me pagaría los estudios en Newcomb o en Loyola, pero esas universidades costaban una tercera parte que Smith. Pediría ayuda financiera y becas. Eran mi única esperanza. Tenía que convertir como fuese los cacahuetes salados de mi caja de puros en canapés.

Miré por el escaparate. Una mujer con un vestido elegante cruzaba la calle en dirección a la tienda. Le eché unos cincuenta y tantos años. La gente se apartaba con naturalidad de su camino mientras se acercaba a la puerta. Novela de ficción. Posé el pulgar sobre el mostrador en un gesto hacia Patrick, aunque no estaba en la librería. La costumbre.

—Buenas tardes —la saludé cuando atravesó la puerta.

La mujer avanzó directamente hacia mí. Dejó su bolso en el mostrador y sonrió. Una sonrisa cortés, pero reservada, como si sus dientes deseasen desesperadamente asomar, pero ella no les diera permiso. Su titubeo indicaba que estaba evaluando algo. Ladeó un poco la cabeza y me observó. El cabello en sus sienes estaba recogido firmemente en un moño. Tenía la piel estirada como un caramelo *toffee* de color carne.

—¿Señorita Moraine?

Asentí.

—Soy Barbara Paulsen, directora del Departamento de Inglés de Loyola. Patrick Marlowe fue mi asistente durante un año.

—Oh, sí. Encantada de conocerla. Patrick me ha contado que estudió usted en Smith.

—Cierto. —Ladeó de nuevo la cabeza, esta vez del lado contrario. Evaluación completa—. Y a mí me ha contado que usted desea solicitar una plaza para estudiar allí. Un poco tarde, ya sabrá. La mayoría de las chicas lo solicitan antes de su último año de instituto.

—Sí, pero todavía llego a la fecha límite de marzo.

—Patrick me dijo que sus notas son buenas. ¿Y sus actividades extraescolares?

La miré en silencio.

—¿Tiene alguna actividad extraescolar que añadir a su currículum? ¿Premios o méritos?

Meneé la cabeza, y seguí haciéndolo mientras me rociaba con preguntas sobre consejos estudiantiles, clubes de lengua, comités sociales y todas las demás asociaciones a las que debería pertenecer cualquier chica que aspirase a estudiar en una universidad de la Costa Este.

—Mis actividades extraescolares son muy reducidas. He tenido que desempeñar varios trabajos mientras iba al instituto —le expliqué.

¿Reducidas? Más bien, inexistentes.

—Comprendo. ¿Qué otros empleos ha desempeñado, aparte de trabajar aquí, en la librería?

Me estaba preguntando si podía costearme los estudios, y la respuesta era no. Observé el pelo que arrancaba de sus sienes e intenté formular una respuesta segura.

—Trabajo como asistenta en una casa del Barrio Francés.

La señora Paulsen no reaccionó con la sorpresa o el horror que yo me esperaba. Parecía que apreciaba mi franqueza. Jugueteó con la correa de su bolso y dijo:

139

–Patrick me contó que su padre la abandonó. ¿Y su madre, querida?

¿Madre? Oh, ahora mismo estará en algún motel polvoriento de California, refrescándose con una cerveza Schlitz fría metida en el escote.

–Mi madre... también limpiaba casas –respondí–. Se ha ido a buscar trabajo a otro estado.

El silencio se interpuso entre nosotras hasta que ella habló:

–Charlie Marlowe y yo somos viejos amigos. Patrick es uno de los mejores alumnos que he tenido. No es un escritor como su padre, pero sabe de literatura, y creo que podría ser un excelente editor. Siempre le he animado en ese sentido, pero... –Se calló y apartó ese tema con un gesto de la mano–. Lo que quiero decir es que tengo el máximo respeto por Patrick, y él parece tener el mayor de los respetos por usted. –El final de su frase daba lugar a las dudas.

–Patrick y yo somos buenos amigos desde hace mucho –le expliqué.

–¿Están saliendo juntos? –Sus palabras salieron rápido, demasiado rápido, y ella se dio cuenta. Había algo más latiendo tras la pregunta. No celos, exactamente. ¿Una especie de curiosidad?–. No es que sea asunto mío, es cierto –añadió.

–Oh, no me incomoda la pregunta. Solo somos amigos –le garanticé.

–Siempre me he preguntado por qué Patrick sigue en Nueva Orleans. ¿Todo va bien con su padre?

–Todo perfecto –dije, sonriendo.

–Bien. Me gustaría que Charlie asistiera de nuevo como oyente a mis clases de escritura este año.

Me imaginé a Charlie en primera fila de la clase, en calzoncillos, apretando contra el pecho su caja con forma de corazón.

–Bueno, necesitará usted unas cuantas cartas de recomendación con peso para añadir a su solicitud. Por desgracia, yo no podré hacerle una. Ya he escrito una carta para una chica del

140

Sagrado Corazón y, ya sabe, esa recomendación perdería su valor si escribiera otra. Pero le animo a que siga adelante con su solicitud, señorita Moraine. Estas experiencias, por muy fútiles que resulten, moldean el carácter.

Fútil. Me estaba diciendo que sería todo inútil. Que yo era una inútil.

—Creo que tiene un libro para mí —dijo de repente—. Lo pagué por adelantado cuando lo encargué.

Había visto el libro. *Le Deuxième Sexe,* de una escritora francesa, Simone de Beauvoir. Patrick lo había encargado a una imprenta de París. Me dijo que era un tratado sobre las mujeres. Saqué las llaves de mi bolsillo y me acerqué a la vitrina. Abrí la puerta de cristal y tomé el libro de la estantería. Sentí el calor de una sombra detrás de mí. La señora Paulsen estaba a apenas unos centímetros de mis espaldas.

Señaló por encima de mi hombro y leyó:

—*Pasaje a la India.* ¿Qué edición es esa? Me gustaría ver ese también —dijo, estirando la mano.

25

Me había convertido en una mentirosa.

Lo siento, señora Paulsen. *Pasaje a la India* lo estamos restaurando ahora mismo. No, Patrick, no sé quién era el que acompañaba a Madre cerca del hotel Roosevelt. Sí, Jesse, he quedado con Patrick esta noche. No, Willie, no sabía que Madre se había marchado a California. No, inspector Langley, no encontré el reloj de Forrest Hearne bajo la cama de mi madre, una cama de un burdel con un agujero de bala en el cabecero.

Y seguía. Cada mentira que contaba precisaba de otra para espesar la masa sobre la que se cimentaba la anterior. Era inútil, como cuando me puse a aprender ganchillo e hice una larga hilera de círculos. Ser inútil moldea el carácter, había dicho la señora Paulsen, que probablemente estaría ahora en su casa, tomándose un té *Earl Grey* ligero aprovechando la bolsita de la noche anterior y masajeándose el cuero cabelludo que parecía un caramelo *toffee*.

Me senté en mi cama, contemplando el ejemplar de *Pasaje a la India* que tenía sobre las rodillas. Qué tonta fui al dejar el libro abajo, en la tienda. Pero las piezas seguían sin encajar. Si Forrest Hearne no había estado en casa de Willie, entonces, ¿cómo acabó su reloj en la habitación de Madre? Si Madre sabía de la existencia del reloj, estaba claro que no se lo habría dejado allí. No, habría sido el complemento perfecto para el féretro de Cincinnati. Y Frankie decía que Madre había pasado la Nochevieja en el hotel Roosevelt.

Me deslicé debajo de la cama y levanté la tabla suelta del suelo. Deslicé la mano por la abertura, saqué la caja de puros y metí el libro en su lugar. Hice un sitio para la caja de dinero al fondo de uno de los cajones de mi escritorio. Había dos cosas que me rondaban la cabeza:

El señor Hearne no había pensado que yo fuera una inútil.

Alguien que estuvo con Forrest Hearne estuvo después en casa de Willie.

Los preparativos para *Mardi Gras* crecían. La gente disfrutaba de las celebraciones que se acercaban. Durante catorce días, llevé la tarjeta de visita de John Lockwell en el bolsillo, jurándome que llamaría y preguntaría por la carta. Durante catorce noches, me tumbaba en la cama, segura de poder oír el tictac delator del reloj debajo de las tablas del suelo.

La casa de Willie estaba cada día más sucia a medida que se acercaba *Mardi Gras.* Llegaba a las cinco de la mañana y me encontraba coches aparcados subidos al gran jardín. Willie casi nunca permitía que entraran coches en el jardín. Decía que era una excusa para que la pasma quisiera echar un vistazo a la casa. Por fortuna, la Policía se volvía más permisiva en Carnaval.

Las chicas trabajaban hasta altas horas y se acostaban tarde. Evangeline se había instalado en su nueva habitación. Ya no olía a Madre. Willie estaba agotada, pero yo no me atrevía a alterar nuestro horario habitual. Levanté la bandeja del café y di unas pataditas en la parte inferior de la puerta.

—Más vale que eso sea mi café, y que esté caliente.

Abrí la puerta y me encontré a Willie sentada en la cama, rodeada de abultados montones de billetes.

—Cierra la puerta. No necesito que las chicas vean esta pasta. Me pedirían un extra... como si no supiera que todas se embolsan más de la cuenta a mis espaldas. ¿Acaso tengo la palabra «estúpida» tatuada en la frente? —Posó las manos en su regazo—. Bueno, ¿qué me traes?

—Las típicas sobras de *Mardi Gras.*

Vacié los bolsillos de mi delantal sobre su cama. Gemelos desparejados, corbatas de seda, mecheros, invitaciones para fiestas, llaves de hotel y una pinza de sujetar billetes bien cargada.

Willie alcanzó la pinza y contó el dinero.

—Esto es del senador. Mételo en un sobre y dáselo a Cokie. Que lo lleve al hotel Pontchartrain, que es donde se aloja el senador. Hemos tenido suerte de que estuviera con Sweety y no con Evangeline. ¿Qué más?

—Las fundas de almohada de Evangeline están rasgadas.

—Sí, anoche estuvo con el «rascador» —dijo Willie.

—Hablando de Evangeline —empecé a decir con tacto—, me he fijado en que hay joyas nuevas en su joyero.

—No son robadas. Está con un pez gordo.

—¿Uno nuevo? —pregunté.

—No, se pasa de vez en cuando. —Willie colocó un alto montón de dinero al borde de la cama y siguió ordenando—. Y tres mil... Tráeme una toallita mojada. Este dinero está asqueroso.

—¿Ese nuevo cliente de Evangeline es joyero? —le pregunté desde el cuarto de baño.

—No, es un promotor de la zona alta. Construye hoteles y centros comerciales. No me gusta. Tiene unos deseos retorcidos de poder. Pero suelta pasta como si fuera arroz.

Me acerqué a la cama de Willie y le limpié las manos con la toallita tibia. Se recostó entre las almohadas y suspiró.

—Willie, tienes la manos hinchadas. ¿Qué te ha pasado?

—Están infladas. Demasiada sal. —Apartó sus manos de mí y rápidamente se puso a juntar los billetes, apilándolos y atándolos en fajos según su valor—. Anoche hice tres de los grandes. Si esto sigue así, será la mejor temporada hasta ahora. La caja fuerte está abierta. Guarda estos y tráeme la caja verde que hay en la balda de abajo.

Tres mil dólares. Willie ganaba en una noche lo que costaba un año de estudios en Smith. Metí los billetes en la caja de caudales junto a las demás filas de dinero y saqué la caja verde que me había pedido. En la tapa estaba grabada en oro la palabra «Adler's». Yo conocía Adler's. Era una joyería muy exclusiva de

144

Canal Street. Todo era precioso y carísimo. Nunca había puesto un pie en la tienda, pero a veces miraba el escaparate. Le entregué la caja a Willie.

—¿Le digo a Sadie lo de las almohadas de Evangeline? —pregunté, recogiendo dos vasos de la mesa de Willie.

—Corta el rollo. Sé que ahora mismo no estás pensando en almohadas —dijo.

Contuve la respiración. Posé los vasos en la mesa para que no viera cómo me temblaban las manos.

—Te debes de pensar que se me escapan algunas cosas, Jo, pero no es así. Llevo mucho tiempo en este juego, y mi cabeza lo atrapa todo.

Asentí en silencio.

—Deja de esconderte junto a la mesa. Ven aquí —gruñó. Me acerqué a su cama.

—Toma —me lanzó la caja verde—. Ábrela.

La tapa crujió y se abrió de golpe por el resorte. Envuelto en una capa de satén blanco había un precioso reloj de oro. En la esfera, formando un suave arco, se podía leer «Lady Elgin». Era la pareja femenina del reloj de Forrest Hearne.

Willie lo sabía. Era su forma de decirme que lo sabía. Respiré hondo. No era capaz de mirarla a la cara.

—¿Y bien? —ordenó.

—Es precioso, Willie. ¿Quieres que te lo ponga? Sé que odias los cierres pequeños.

—¿Yo? ¿De qué estás hablando? ¿No tienes nada que decir, idiota?

Me había pillado.

—Willie, lo siento...

—Cállate. No necesito oírlo. Quédate con el reloj y di gracias. ¿Crees que la inútil de tu madre se acordará? No. Pero no esperes un regalo así todos los años. Los dieciocho son un punto de inflexión. Y no se lo enseñes a las chicas. Empezarán a lloriquear y a pedirme que les deje ir a Adler's, y necesito que estén en forma esta noche. El día de San Valentín siempre es de los gordos. No te olvides de bajar la decoración del desván. ¿Por qué te quedas ahí? ¿Qué pasa, necesitas oír cómo lo digo? Feliz cumpleaños. Hala, venga, sal ahora mismo de aquí.

Mi cumpleaños. No me había olvidado, solo pensaba que los demás sí. Retrocedí hacia la puerta.

—Gracias, Willie. Es precioso.

—Bueno, llévate los vasos. Solo porque tengas dieciocho años no significa que puedas hacer peor tu trabajo. Y recuerda otra cosa, Jo.

—¿Qué?

Willie me miró fijamente y afirmó:

—Ya tienes edad para ir a la cárcel.

26

Cuando terminé de limpiar y bajé la decoración de San Valentín del desván, las chicas ya estaban tomando café en la cocina.

—¡Feliz cumpleaños, cariño! —dijo Dora—. Sweety nos lo recordó anoche.

—Querrás decir feliz día de la muerte —dijo Evangeline—. La *madame* por la que le pusieron el nombre murió el día de San Valentín.

—¿Os imagináis morir en San Valentín? —dijo Dora, enroscándose su largo cabello rojo en la coronilla y sujetándolo con un lápiz—. Resulta tan triste. Pero todas sabéis que yo pienso palmarla el día de San Patricio, y me meterán en un ataúd forrado de satén verde.

—¿Willie te ha dado algún regalo de cumpleaños? —preguntó Evangeline, frotándose las palmas en los muslos.

—Vangie, Willie no hace regalos de cumpleaños, ya lo sabes —dijo Dora—. Solo estás emocionada con ese tema porque piensas que tu pez gordo te va a comprar un regalo por San Valentín.

—¿Un pez gordo? ¿Te has echado un novio nuevo, Evangeline? —pregunté.

—Métete en tus asuntos —me respondió, y luego le quitó a Dora el lápiz del pelo y salió de la habitación dando fuertes pisotones en el suelo.

John Lockwell tenía a Evangeline. Yo no tenía mi carta.

147

Miré furtivamente a mis espaldas, para asegurarme de que estaba sola. Marqué Raymond 4119. Escuché un clic, y luego el tono de llamada.

—Buenos días, aquí la compañía Lockwell.

—Buenos días, quería hablar con el señor Lockwell, por favor. —¿Me temblaba la voz? Tosí en mi mano. Me imaginé a la recepcionista, limándose las uñas y entornando los ojos.

—Permanezca a la espera, por favor.

Tras un silencio, respondió otra voz:

—Despacho del señor Lockwell.

Tomé aire, intentando sonar simpática, relajada.

—Hola, Dottie. ¿Cómo estás? Soy Josephine Moraine. Quería hablar con el señor Lockwell.

Silencio.

—¿El señor Lockwell espera su llamada?

Pues claro que no.

—Sí, la espera. Gracias.

—Un momento, por favor.

Más silencio. Sal pasó llevando un rosco de Carnaval. Señalé el teléfono y dije «Es Willie», moviendo mudamente los labios. Sal asintió con la cabeza.

La voz al otro lado de la línea oscilaba entre profunda y ronca.

—Déjame adivinar… quieres que sea tu amorcito en San Valentín.

Miré el aparato.

—Se confunde, señor Lockwell. Soy Josephine Moraine, la amiga de Charlotte.

Se rio y luego expulsó entre toses de sus pulmones los miasmas de algún puro de la noche anterior.

—Ya sé perfectamente quién eres. Tienes suerte de haberme encontrado. Normalmente no estoy en mi despacho tan temprano, sobre todo con el Carnaval tan cerca. He tenido que venir a firmar un cheque. Hemos cerrado un gran negocio. ¿Por qué no te pasas y me preparas uno de tus martinis para celebrarlo? ¡Demonios! Todavía me dura la borrachera de anoche.

—Llamaba para ver cómo iba lo de la carta de recomendación. Tengo que enviar la solicitud dentro de poco. —Me salió tal y como lo había ensayado en mi apartamento.

—¿Te has comprado ya unos zapatos nuevos?

—¿Perdón?

—Tienes unos tobillos preciosos, pero esos... lo que fueran tan desgastados hacían que tus piernas parecieran rechonchas. Necesitas llevar tacones. Altos.

Mi palma aferró con fuerza el aparato.

—Lo que necesito es la carta.

—Bueno, pásate por aquí con un buen par de tacones, y te daré la carta —dijo.

Oí un crujido y un golpe. Podía verlo reclinando la espalda en su silla de cuero rojo, poniendo los pies sobre la mesa delante de todas esas fotos enmarcadas.

—Deme la carta, y le prepararé un martini —respondí.

—No, no —dijo entre risitas. Igual estaba borracho de verdad. En ese caso, tenía que sacar provecho de ello.

—Estate aquí a las seis y media —me ordenó.

—Tres y media.

—A las seis —dijo—. Adiós, Josephine.

Para él era un juego. Nada más que un jueguecito. Era absurdo, la verdad.

Entonces, ¿por qué tenía esa sensación tan desagradable en mi interior?

27

En contraste con mi aspecto apagado, parecía más nuevo que un par de zapatos flamantes. El oro brillaba tanto que resultaba ridículo en mí. Willie había hecho que grabaran detrás de la esfera: «Jo cumple 18. Willie».

A pesar de todo el ajetreo de *Mardi Gras,* Willie se había acordado de mi cumpleaños. Mientras tanto, yo seguía ocultándole algo, quebrando lo que para Willie era más importante, la confianza. Sentí algo de alivio al ver el taxi de Cokie aparcar en la acera frente a la librería. Atravesó la puerta con una caja de cartón y empezó a cantar y bailar.

—Preferiría beber agua de un charco, a dejar que te burles de mí. Josie bonita, hoy es tu cumpleaños, así que no te burles de mí.

Las serenatas de Cokie eran una tradición por mi cumpleaños. Todavía conseguía que me sonrojara.

—No creo que a Smiley Lewis le haga gracia que hayas convertido su tema en una canción de cumpleaños —dije.

—Pero ¿qué dices? ¡Smiley se sentiría orgulloso! Algún día grabará esa canción. Le pediré que esta noche la toque con esa letra en tu honor. Feliz cumpleaños, Josie bonita. —Cokie sonrió de oreja a oreja.

—Antes de que me olvide —dije, deslizando el sobre por encima del mostrador—, Willie quiere que lleves esto al Pontchartrain.

—Está bien. Ahora que tenemos trabajo pendiente, hablemos del tema de tu cumpleaños. Ya veo que Willie te ha dado su regalo. Pero ¿quién quiere un viejo trasto de oro cuando puedes tener esto? —Cokie posó la quebradiza caja sobre el mostrador delante de mí.

Adoraba los regalos de cumpleaños de Cokie casi tanto como a él. Nunca eran sofisticados, pero siempre estaban cargados de significado. Y todas las veces me juraba que era un cachorrillo.

—Ahora, cuidado al abrirlo, para que no se escape de un salto —me previno.

—Ya le habrás dado de comer, ¿verdad? —pregunté.

—Pues claro, esta mañana temprano.

Abrí las tapas y miré el interior de la caja. Un termo de aluminio con una tapa de plástico rojo y un mapa.

Cokie daba saltitos de emoción.

—De lo mejorcito que tenían en los almacenes Sears. El anuncio dice que mantiene caliente la bebida durante un día entero. Hasta puedes poner sopa, decía. Pero tendrás que llenarlo de café.

—¿Tendré?

—Claro que lo harás. ¿Cómo vas a aguantar treinta horas sin café?

—¿Treinta horas?

Cokie posó la caja en el suelo y sacó el mapa.

—Ya lo he calculado todo. Incluso he hablado con Mazorca, y me ha confirmado la ruta. —Extendió el plano delante de nosotros—. Mira, estamos aquí. —Señaló Nueva Orleans en el mapa—. Ahora, sígueme. —Su dedo oscuro trazó una línea que había dibujado con un bolígrafo rojo—. Primero, cruzarás Misisipi, luego, Alabama, y luego seguirás hacia el norte por Georgia.

Mis ojos saltaron hacia delante. La tinta roja se terminaba de repente en Connecticut.

—Cokie, ¿lo has hecho tú?

—Yo y Mazorca. Él se conoce las rutas de ir con el camión. La idea me la dio Willie. A veces, mientras conduzco, se pone a hablar. En realidad no habla conmigo, solo piensa en voz alta. Bueno, estaba que echaba sapos por la boca porque le habías dicho que querías ir a una universidad de élite en la Costa Este. No paraba de decir que eras demasiado salada para esas universidades, y yo le dije «¿Por qué no? Igual en esos sitios necesitan algo de sabor. Serían unos afortunados por tener a nuestra Josie». ¡Buf! Se puso hecha un basilisco y dijo que entrar en esas universidades era una cuestión de política, y que tú no cumplías con la política necesaria para que te admitieran y cosas así. Pero ¿sabes qué? Creo que puedes conseguirlo. Lo único que me preocupa es cómo llegarás hasta allí. Así que hablé con Mazorca. Dice que podría llevarte yo con el taxi, o igual puede encontrarnos un camión que haga la ruta y te lleve. Luego, lo dibujamos en el mapa. Como no estaba seguro de a qué universidad prefieres ir, porque todas querrán tenerte como alumna, paramos la ruta en Connecticut. Unos dos mil quinientos kilómetros. Un viaje bastante largo. —Dio unas palmaditas en el termo—. Por eso necesitarás café.

Puso una amplia sonrisa. Estaba completamente convencido, su confianza era absoluta.

—Josie bonita —la sonrisa se desvaneció de su voz—, ¿por qué lloras?

Meneé la cabeza, incapaz de hablar. Agarré el termo y lo acuné contra mi pecho. Las lágrimas corrían por mi rostro.

—Ay, no tendrías que llorar el día de tu cumpleaños. —Señaló el mapa y me preguntó con ternura—: ¿Dónde está?

—Es el Smith College, en Northampton. Cerca de Boston.

—De acuerdo, entonces. —Sacó el bolígrafo rojo del bolsillo y siguió marcando la ruta desde Connecticut hasta Massachusetts—. Boston. Aquí está. —Me miró—. ¿Por qué te apuras tanto, Jo? ¿No estás segura?

Me tragué las lágrimas para poder hablar.

—Claro que quiero ir, pero no estoy segura de que sea posible. ¿Por qué iban a aceptarme? Y si lo hacen, ¿cómo voy a pagarlo? No quiero albergar esperanzas y luego llevarme una decepción. Siempre me llevo decepciones.

—Vamos, no dejes que el miedo te retenga en Nueva Orleans. A veces tomamos una carretera pensando que vamos a un sitio y acabamos en otro. Pero no pasa nada. Lo importante es empezar. Sé que puedes hacerlo. Vamos, Josie bonita, usa esas alas tuyas.

—Willie no quiere que me vaya.

—¿Y qué? ¿Te vas a quedar aquí solo para limpiarle la casa y mezclarte con todas las golfas chaladas del Barrio Francés? Tú vales para mucho más que eso.

Levanté el termo.

—Y café caliente para el viaje.

Cokie se puso a menear los pies y cantar:

—Preferiría beber agua de un charco, a dejar que te burles de mí. Josie bonita, vas a ir a Boston, así que no te burles de mí...

Abracé el termo.

—Vale, será mejor que vaya al Pontchartrain, o Willie me arrancará el pellejo —dijo Cokie—. Tengo algo más. —Buscó en el bolsillo trasero de su pantalón y sacó un recorte de periódico rasgado en los bordes—. Mazorca ha vuelto de Tennessee. Me dio esto. La familia del ricachón no está satisfecha. Por lo visto, le robaron el reloj y el dinero, y sospechan algo. Quieren realizarle otra autopsia.

Dejó el artículo en el mostrador.

SOSPECHAS SOBRE LA MUERTE
DE UN CIUDADANO DE TENNESSEE

El cadáver de Forrest L. Hearne, Jr., de 42 años, será exhumado este lunes en Memphis para ser sometido a una autopsia. Hearne, acaudalado arquitecto y promotor inmobiliario, murió en la madrugada del 1 de enero en el club Sans Souci de Nueva Orleans. Se había desplazado a Nueva Orleans con dos amigos para asistir al partido del Sugar Bowl del 2 de enero. Supuestamente, Hearne salió de Memphis con 3.000 dólares, pero no se le encontró dinero encima cuando murió. También faltaban el valioso reloj del fallecido y las entradas del Sugar Bowl. En su momento, se atribuyó la muerte de Hearne a un ataque al corazón.

El Dr. Riley Moore, forense del distrito de Nueva Orleans, afirmó que se desplomó en el club y que ya estaba muerto cuando llegó la ambulancia.

—Josie —dijo Cokie, acercándose al mostrador—. ¿Te encuentras bien? Estás más gris que una botella de lluvia, chica.

28

—¿De verdad tienes que ir esta tarde? —me preguntó Patrick—. Había pensado que, como es tu cumpleaños, podías pasarte por casa a saludar a Charlie.

—Sí, tengo que ir. Me va a dar la carta de recomendación.

—¿Te acompaño? Igual parece más serio si estoy contigo.

Me gustaba la idea de que Patrick viniera. Pero luego pensé en lo que había dicho el señor Lockwell. Tacones altos. No le haría gracia la presencia de Patrick. Y más me valía que Patrick no se enterara de ese comentario.

—¿Por qué no quedamos después en el Paddock? Esta noche toca Smiley Lewis. ¿Podrás venir después de acostar a Charlie? —pregunté.

—El Paddock es un antro mugriento. Además, no puedo dejar mucho tiempo solo a Charlie. Lleva una temporada dando guerra. La señora Paulsen llamó y quería hablar con él. Dijo que se pasaría algún día. No le habrás contado cómo está, ¿no?

—Pues claro que no. Jamás haría algo así.

—Prométeme que no se lo contarás a nadie, Jo.

—¡Te lo prometo! Quiero a Charlie tanto como tú —le dije.

—Hay vecinos que sospechan algo. Les he dicho que está completamente absorto en escribir una obra de teatro y que a veces la lee en voz alta, metiéndose en los papeles.

—Muy inteligente. Una vez se pasó treinta y cinco días encerrado escribiendo —dije.

—Sí, pero no sé durante cuánto tiempo se lo tragarán. Me gusta la señora Paulsen, pero es bastante entrometida. Y su hermano es médico. Solo nos faltaba que se pasase a ver a Charlie y acabe pidiendo una camisa de fuerza.

—No digas eso. ¿Ya has escrito a tu madre? —le pregunté.

—Le he contado lo del robo y la paliza, pero no sabe lo mal que está. —Patrick ordenó unos papeles sobre el mostrador—. Esto... Jo, siempre me olvido de preguntártelo, ¿tienes listo ese inventario? El contable lo necesita para los impuestos.

—Tu contable pertenece a la cofradía Proteus del *Mardi Gras*. Ahora mismo no estará pensando en impuestos.

—Ya lo sé, pero quiero tenerlo adelantado. Estoy harto de dejar siempre las cosas para el último minuto. Y me duele pedírtelo, pero ¿crees que podrías hacerme un favor y quedarte un par de horas con Charlie mañana por la noche? Va a llegarme un pedido de libros a la hora de cenar, y quiero recogerlos y hacer las entregas. El dinero nos vendrá bien.

—Claro, me quedaré con Charlie.

—Gracias, Jo. ¡Vaya, ahora me siento mal! Tu Romeo pueblerino, Jesse, te compra flores por tu cumpleaños, y yo ni siquiera puedo ir contigo al Paddock.

—¿Flores?

—¿No las has visto? —Patrick puso los ojos en blanco—. Sal fuera y mira tu ventana.

Salí a la calle y alcé la vista hacia mi apartamento. Colgado de la jardinera de hierro de la ventana había un ramo de lilas rosas. ¿Cómo habría llegado Jesse hasta ahí arriba?

Nunca me habían regalado flores y no tenía un jarrón, así que las metí en un vaso y las puse en mi mesa. Su aroma rápidamente inundó el pequeño espacio. Al contemplar las lilas, sentía una mezcla de felicidad y aprensión. A menos que fueran de parte de Cokie, los regalos de los hombres no eran gratis.

Me puse el mismo vestido que llevé al despacho de Lockwell la otra vez. Era la única ropa bonita que tenía. Me até un pañuelo rojo al cuello, intentando dar un toque diferente, y me peiné el pelo con raya al lado para disimular los remolinos que me provocaba la humedad. Por algún motivo, mi pelo siempre tenía mejor aspecto justo antes de irme a la cama... ¿De qué me servía eso?

Me miré los pies. Zapatos bonitos a cambio de una carta. Sexo a cambio de un collar de perlas.

¿Había alguna diferencia?

29

El eco de mis tacones contra el suelo de mármol resonaba por el vestíbulo desierto. A las seis de la tarde del día de San Valentín, tan cerca del *Mardi Gras,* todo el mundo estaba en la calle a la caza de corazones. Cuando llegué a la octava planta, me encontré el mostrador de recepción vacío. Un hilillo de sudor se deslizaba por mi espalda formando un solitario reguero que bajaba hasta la base de mi espina dorsal. Alcancé una revista de la mesita de la zona de espera y me abaniqué la cara. La temperatura fuera era de apenas veinte grados, pero había procurado caminar a buen paso. Levanté el brazo y me aireé los círculos de sudor que se me habían formado en las axilas. ¿Tenía calor o eran los nervios?

—Vaya, es el mejor uso que se me ocurriría darle a esa revista.

Alcé la vista. Un hombre con un traje gris y que llevaba un maletín estaba de pie junto al mostrador de recepción.

—Creo que bajan el aire acondicionado después de las horas de trabajo. ¿Buscas a alguien? —preguntó.

—Al señor Lockwell —respondí, asintiendo con la cabeza, y añadí—: Soy amiga de su sobrina.

—Creo que ya ha vuelto a su despacho. Hoy ha tenido un buen día. Ha cerrado otro gran negocio. Te acompañaría, pero llego tarde a cenar con la parienta. Pasa, pasa.

Recorrí las filas de mesas hacia el mastodóntico despacho del señor Lockwell. Cada paso me resultaba más difícil de dar y empecé a sentir un hormigueo en los dedos de los pies. Esto era un error. La voz del señor Lockwell sonaba más alta a medida que me acercaba. Estaba dando fechas y cifras en dólares. Grandes cantidades. Decía que hoy se había firmado el acuerdo y que su abogado acababa de salir de su despacho con el contrato. Permanecí al otro lado de la puerta. Oí cómo colgaba el teléfono y llamé dando unos golpecitos en el marco.

—Adelante.

Una humareda de habano inundaba la estancia.

—Vaya, hola, Josephine. —El señor Lockwell puso una sonrisita, se levantó de su mesa y se acercó a la puerta. Sus ojos golosos se centraron inmediatamente en mis pies.

Se me revolvió el estómago. Sentí el sabor de la humillación subiendo por mi garganta. Sin dejar de mirar mis pies, preguntó:

—¿Qué diantres es eso?

—Se llaman mocasines. Mocasines marrones.

—Ya sé cómo se llaman, pero ese no era el trato —dijo.

—Enséñeme primero la carta.

—¿Enseñarte la carta?

—Sí, enséñeme la carta y luego me pondré los tacones altos.

—Ese vestido, ¿es el único que tienes? —preguntó, apoyándose en su mesa.

—No estamos hablando del vestido. Estamos hablando de la carta.

—Y de los zapatos —añadió.

—Sí, y de los zapatos. Así que saque la carta.

—¡Vaya! ¿Te la saco si tú me la sacas? Me encanta ese juego.

Tragué saliva y lo miré fijamente, intentando aguantarme las ganas de vomitar.

El señor Lockwell se pasó la mano por el pelo, un hábito de su juventud, sin duda alguna, antes de que las entradas se fueran apoderando lentamente de sus sienes. Su panza carnosa amenazaba con reventar los botones de su camisa. No era feo, pero si tocaba una flor, casi seguro que se marchitaría en su mano. A Madre le resultaría atractivo. Para algunas mujeres, una cuenta bancaria bien inflada mejoraba los rasgos de un hombre.

159

—Bueno, verás, Josephine, hoy ha sido un día de los grandes, pero los días grandes son normalmente días muy ajetreados. Por eso, no tengo la carta.

Asentí con la cabeza.

—Ya me lo figuraba. Por eso no me he presentado aquí en tacones. Eso sería lo que se llama una mala RSI.

—¿RSI? ¿Rentabilidad sobre la inversión?

—Exacto, una mala inversión de mi tiempo y de mi amor propio, por no mencionar de mi dinero, malgastado en un par de zapatos que nunca me voy a poner. Bienes duraderos, señor Lockwell. —Señalé mis pies—. Prácticos y de alto rendimiento.

—¡Jesucristo! Debería contratarte. ¿Estás buscando trabajo?

—Estoy buscando una formación universitaria. En el Smith College, en Northampton.

El señor Lockwell se rio, apuntándome con un dedo.

—Eres buena, Josephine. Puede que te hayas ganado tu carta. Y si te arreglaras un poco, podrías ganar mucho más, no sé si me entiendes. —Mi rostro debía de expresar mi repugnancia, porque entornó los ojos y añadió—: O podrías trabajar en una oficina. ¿Has cumplido los dieciocho?

—Pues lo cierto es que sí.

—¿Por qué no te pasas el viernes? —me sugirió.

—No estoy buscando trabajo. Sé que es usted un hombre muy ocupado, señor Lockwell. Para no perder tiempo, ¿por qué no me da una hoja con su membrete? Yo redactaré la recomendación y se la traeré para que la firme. Sería algo discreto y le permitirá ahorrar esfuerzos.

—¿Sabes? —dijo, cruzándose de brazos—. Va en serio lo de que quiero que trabajes para mí.

—Un título de Smith me convertiría en una candidata mucho más atractiva.

—Cariño, tú ya eres una candidata atractiva... Una especie de Cenicienta pícara. Puedes llamarme John.

—Pensándolo mejor, señor Lockwell, deme dos folios con su membrete. Siempre es mejor tener un plan B.

30

Después de ponerle una cinta de tinta nueva, la máquina de escribir de Charlie funcionaba como la seda. Charlie la miraba fijamente, sentado frente a mí en la mesa de la cocina, con su camiseta interior llena de manchas. Yo le hablaba como si entendiera todo lo que le decía. Mi mayor temor era que el viejo Charlie estuviera ahí metido, en alguna parte, intentando comunicarse, pero una desconexión sináptica hubiera provocado que su comportamiento se volviera errático. Todavía respondía a algunos estímulos. Si lo ponías delante de las escaleras, subía o bajaba. Pero luego costaba hacer que se detuviera. Había momentos en los que sus ojos brillaban con lucidez, o volvía la cabeza al escuchar una conversación. Pero estos fogonazos desaparecían tan rápido como venían.

—Este Lockwell es un auténtico personaje, Charlie. Se piensa que es la repera solo porque tiene dinero. Hasta tiene una foto enmarcada de sí mismo en su despacho. Si no fuera porque su familia tiene pedigrí, sería el típico timador del Barrio Francés. Ya conoces a ese tipo de gente.

Aporreé las teclas de la máquina de escribir.

—Bueno, esto es lo que tenemos. —Giré el carrete para sacar el papel—. ¿Estás preparado, Charlie?

Charlie contemplaba la máquina, en silencio.

A la atención del director del Comité de Admisiones:
Tengo el placer de escribir esta carta de recomendación para la señorita Josephine Moraine.

161

Lancé una mirada a Charlie.

—He puesto Josephine porque él me conoce por ese nombre. Es una larga historia. En la solicitud de verdad pondré Josie.

He tenido el privilegio de conocer a la señorita Moraine a través de mi sobrina, Charlotte Gates, que actualmente es una alumna destacada del Smith College. La señorita Moraine posee una afilada inteligencia, una fuerte fibra moral y una impresionante ética profesional. La mayoría de las chicas de su edad realizan actividades extraescolares que, en el fondo, no son más que parte de su vida social. La señorita Moraine, por el contrario, se ha dedicado a la búsqueda del conocimiento y la ilustración por medio de la literatura.

Charlie emitió un gorjeo. Miré su cara pero no logré descifrar si su expresión era de risa o de dolor.

—Ya lo sé, ya lo sé. La palabra «ilustración» queda un poco grandilocuente, pero estoy intentando hacer que Lockwell suene como un ser evolucionado.

Desde su temprana adolescencia, la señorita Moraine ha dedicado su tiempo y su talento a dirigir una de las librerías más reputadas del Barrio Francés de Nueva Orleans, propiedad del conocido autor Charles Marlowe.

Guiñé un ojo a Charlie.

En su empleo en la librería, la señorita Moraine ha desarrollado un sistema de catalogación e inventariado, ha colaborado en tareas de compras comerciales, adquisiciones de libros de viejo y anticuario, y restauración de ejemplares. Además de su cargo en la librería, tengo entendido que la señorita Moraine trabaja como asistenta personal de una familia del Barrio Francés.

La silla de Charlie crujió a modo de comentario.

—¿Qué? La casa de Willie es una especie de familia, ¿no? Espera, ya casi he terminado.

162

Teniendo en cuenta sus méritos académicos y profesionales, he ofrecido un puesto de trabajo a la señorita Moraine en mi empresa. Sin embargo, me ha comunicado que prefiere estudiar una carrera universitaria en una institución tan excelsa como el Smith College, de cuyo ambiente de integración y enseñanza podría beneficiarse. En conclusión, ruego al Comité de Admisiones que tenga en cuenta la solicitud de la señorita Josephine Moraine, pues creo que será un auténtico valor para su centro.

Reciba mis más sinceros respetos
John Lockwell
Presidente de The Lockwell Company, S.A.
Nueva Orleans, Luisiana

—No es perfecta, pero creo que está bastante bien. —Saqué el papel de la máquina de escribir, lo doblé y lo metí en el sobre que llevaba en mi bolso.

Charlie seguía mirando la máquina.

—Eh, ¿te apetece escribir algo? —Metí un folio en blanco en la máquina y la moví sobre la mesa hasta dejarla frente a Charlie. Su mirada iba de la máquina a mi rostro.

—Venga, Charlie, escribe algo. ¿Quieres que te ayude? —Me arrodillé a su lado y acerqué su mano a la máquina. Cuando la solté, tembló cerniéndose por un momento sobre el teclado, para terminar cayendo sobre su regazo.

—Casi. Vamos a intentarlo otra vez. —Alcé su mano de nuevo, pero esta vez se desplomó directamente sobre sus rodillas.

Llevé mi vaso a la cocina, y entonces fue cuando lo oí. Un golpe rápido e intenso sobre el teclado. Una letra, con convicción. Me giré y regresé corriendo a la habitación. Charlie estaba sentado, inmóvil, frente a la máquina de escribir. Miré por encima de su hombro.

A

—¡Sigue!

No se movió. Me planté delante de él para mirarlo a la cara. Había tristeza en su silencio.

—Vamos, Charlie Marlowe. Sé que estás ahí. Escribe otra letra.

Algo estaba provocando un cortocircuito, haciendo que las luces de su interior parpadearan como las bombillas en una tormenta. ¿Sería el medicamento? La medicina lo alelaba del todo y lo hacía entrar en un estado casi comatoso. Decidí retrasar un poco la toma de su medicación para ver si esas débiles luces brillaban con algo más de intensidad.

Permanecimos alrededor de una hora sentados a la mesa. Yo leía un libro. Charlie no hacía nada, pero me fijé en que se revolvía en la silla y miraba a su alrededor. Patrick se estaba retrasando. Había dicho que para esta hora ya estaría en casa. ¿Dónde se había metido? Cerré el libro de golpe.

—¿Sabes qué? Voy a cortarte el pelo.

Encontré unas tijeras en la cocina y cubrí los hombros de Charlie con una toalla grande. Levantó las manos y se la quitó.

—Vaya, así que ahora te mueves. No tendría que haber llevado la máquina de escribir a tu cuarto. Igual podía haberte sacado otra carta a ti también.

Volví a poner la toalla sobre sus hombros y me dirigí a la cocina para coger el peine de mi bolso.

—¿Sabes? —le pregunté en voz alta—. Tendría que haber hecho esto hace tiempo. Tú nunca te habrías dejado el pelo tan largo. —Llené un tazón con agua para mojar el peine y me serví otro té helado—. Y también me encantaría afeitarte esa barba blanca. Tú nunca llevabas barba.

Regresé al salón.

—Te sentirás como nuevo, ya lo...

Sangre. Por todas partes.

En la mesa. En el suelo. Por encima de Charlie.

Su cara estaba cubierta de sangre. Movió las tijeras de su cara a su antebrazo y empezó a abrirse un tajo.

Dejé caer el tazón de agua y corrí hasta él, cortándome los dedos mientras forcejeaba para quitarle las tijeras de las manos.

—¡Oh, no! ¡Oh, no! ¡Oh, no! —No podía parar de decir eso. Charlie reaccionó ante el miedo en mi voz y comenzó a revolverse en la silla. La sangre manaba a borbotones de un corte en su frente. Cogí la toalla y limpié la sangre para ver las heridas. La frente, la oreja, a un lado del cuello... Charlie seguía resistiéndose a mis esfuerzos con la toalla. Nos peleamos. En mi cabeza, sonó la voz de Willie: «No seas idiota y te dejes llevar por el pánico. Cálmate».

Respiré hondo y retrocedí un paso. Me puse a tararear una canción. Charlie dejó de revolverse. Seguí canturreando y volví a recoger la toalla del suelo. Me coloqué detrás de Charlie y lo abracé, tarareando en su oído mientras exploraba las heridas. Apliqué presión a su frente y su cuello mientras lo abrazaba. Si perdía más sangre, estaríamos metidos en un buen lío.

Oí una llave en la puerta.

Antes de que Patrick entrara en la sala, exclamé:

—Patrick, verás, parece peor de lo que es. Solo son un par de cortes.

Patrick gritó. Muy alto. Ese tipo de grito que brota de tu interior cuando ves a un ser querido envuelto en sangre. Perdió el color del rostro, que rápidamente fue reemplazado por una sombra que yo no reconocía.

—¡Silencio! —le ordené—. ¿Quieres que vengan los vecinos? Iba a cortarle el pelo, y cuando me alejé para traer un peine, agarró las tijeras.

—Hay... mucha sangre —dijo Patrick.

—Viene del corte en la cabeza. Estoy apretándoselo. ¿Tienes un botiquín?

Patrick meneó la cabeza.

—Dale a Charlie su medicamento.

Patrick se quedó paralizado, mirándome.

—¡Patrick! Escúchame. Dale el medicamento a Charlie.

—¿Más medicamento? —dijo Patrick.

—No se lo he dado todavía.

—¿Qué? ¿Cómo has podido olvidarte?

–No me he olvidado. Solo quería ver si se volvía más lúcido al no tomarlo.

–Oh, Jo, ¿cómo has podido ser tan idiota? –Patrick corrió a la cocina y regresó con la medicina de Charlie. Le temblaba la mano mientras le daba a su padre sus pastillas.

–Tiene que tomarse el medicamento, o se vuelve loco. Básicamente, por eso se lo damos.

–Lo siento, pero me pareció de verdad que estaba saliendo de esa niebla en la que vive. Iba a preguntarte si podía hacerlo, pero has llegado más de dos horas tarde. ¿Dónde estabas?

–No juegues a ser la doctora, Jo. Necesita su medicación –dijo Patrick–. Gracias a Dios que no se ha cortado una arteria.

–Va a necesitar puntos –dije. Miré a Charlie. ¿Qué había hecho?

–No podemos llevarlo a un médico. Lo internarían directamente en el sanatorio mental. ¿Cómo les iba a explicar que mi padre se ha cortado entero con unas tijeras?

–Willie tiene contactos, la llamaré. En la casa pasan cosas de estas, y siempre las soluciona.

Llevamos a Charlie al sofá. Llamé a Willie, y me dijo que enviaría a Cokie con el botiquín de primeros auxilios. Dijo que el doctor Sully no estaba en la ciudad, pero que conocía a un médico del ejército que había visto mucha acción durante la guerra. Le ofrecería crédito en la casa, y probablemente vendría corriendo a darle puntos a Charlie.

Así que esperamos.

Patrick miraba alternativamente al reloj y a Charlie. Yo lavé los cortes de mis dedos e intenté limpiar la sangre de la silla y el suelo. La sangre hay que frotarla rápido, a poder ser con agua oxigenada, antes de que se seque. Me puse de rodillas a cepillar con fuerza las manchas. Puede que desaparecieran con el tiempo. De todos modos, la mayoría de las casas del Barrio Francés tenían manchas de sangre.

Cokie llegó en menos de una hora. Me miró y tuvo que apoyarse en la pared para no caerse.

—Josie bonita —dijo, recuperando el aliento—. ¡Señor! Pareces una carnicera. ¿Estás bien?

Me miré la blusa y los pantalones. Cokie tenía razón. Toda yo era una enorme mancha de sangre.

—Estoy bien. Deprisa, trae el botiquín.

Cokie ahogó un grito al ver a Charlie.

—Pero señor Charlie, ¿qué se ha hecho? Jo, esto tiene mala pinta. Willie va a enviar a un médico del ejército que conoce. Igual es mejor que esperes a que llegue. —Cokie miró a Patrick—. ¿Estás bien, amigo?

—Por lo menos puedo vendarle la cabeza —dije—. Es lo que más está sangrando.

Me puse manos a la obra con la venda.

Veinte minutos después, llamaron a la puerta.

—Los vecinos seguramente estarán todos mirando por las ventanas, intentando ver el espectáculo —se lamentó Patrick.

—No te preocupes por los vecinos —dijo Cokie.

Randolph era un joven médico del ejército que había visto mucha acción en Francia durante la guerra. Además de eso, estaba borracho.

—¿Quiere un café? —le pregunté.

—No, el café me pone nervioso. Eso no es bueno para coser. Me echaré algo de agua fría en la cara —dijo, y se fue a la cocina.

—Oh, genial —masculló Patrick.

Randolph volvió y abrió su maletín.

—¿Tiene usted licencia para ejercer? —preguntó Patrick.

—Si lo que quiere es elegir al médico que más le guste, podría haber llevado a este viejales al hospital. Dado que no está usted en un hospital, creo que no tiene muchas opciones. Lo más probable es que, ahora mismo, yo sea su mejor elección. Deme una torta.

—¿Disculpe? —dijo Patrick.

—Ya me ha oído. Que me dé una bofetada en la cara. Fuerte. Me ayudará a espabilarme.

Patrick titubeó. Cokie los miraba atentamente.

–Oh, ¡por el amor de Dios! ¿Me voy a tener que pegar yo mismo? –gritó Randolph.

Le crucé la mejilla, como había pedido. Me dolió la mano del bofetón que le di.

El médico se sacudió como un perro mojado y se puso manos a la obra, preguntándonos qué medicación tomaba Charlie. Sacó un frasco de cloroformo.

Patrick tenía razón. Los vecinos estarían comentando lo que pasaba. ¿Podríamos decirles que en el reparto de la obra de teatro de Charlie había un médico del ejército, un taxista mulato y una chica cubierta de sangre? Charlie Marlowe nunca había escrito novelas de terror pero, en cierto modo, el terror estaba escribiendo a Charlie Marlowe.

31

Finalmente, los hombres subieron a Charlie a su cama en el piso de arriba. Yo los seguí, llevando sus zapatos y su camisa. Lo tumbaron y auparon su cabeza con almohadas.

El médico echó un vistazo a la habitación, deteniendo su mirada en el juego de candados industriales de la puerta.

Patrick no lo perdía de vista.

—Gracias, doctor. Le estamos muy agradecidos.

—Se pasará un rato fuera de combate. Será mejor que duerman un poco mientras puedan. Pero les aconsejo que permanezcan en este cuarto —dijo Randolph.

—Yo me quedaré con él. Ve a dormir un poco —le dije a Patrick.

—Puedes irte a casa. Creo que ya has hecho bastante por esta noche. —Patrick me miraba fijamente, su rostro era una mezcla de rabia y temor.

—Patrick —musité, intentando no llorar.

Patrick alzó una mano y fulminó al médico con la mirada.

Randolph se dirigió a Cokie:

—Creo que tengo un pagaré esperándome. Willie dijo que me llevarías a su casa.

Cokie asintió:

—Venga, Josie. Ven con nosotros a casa de Willie, y luego te llevo a la tuya.

—Quiero quedarme para ayudar.

—Estoy bien, Jo. —El ligero temblor en la voz de Patrick me dolió en el corazón. No estaba bien. Nada estaba bien. Y era por mi culpa. En unos pocos meses, la cordura de su padre se había desmoronado. Patrick se había convertido en un enfermero a tiempo completo. Voluntarioso, generoso y carente por completo de capacidad para cuidar de su padre, pero desesperado por permitirle mantener esa falta de dignidad en la intimidad.

—He visto un piano abajo. ¿Toca usted? —le preguntó Randolph a Patrick, que respondió afirmativamente con un gesto de la cabeza—. Se sabe que la música calma a esta gente. Su cerebro se concentra en la melodía, y desconecta de otros reflejos. Solo asegúrese de que sea algo lento y bonito.

Patrick se dirigió a Cokie:

—Tú deberías salir por la puerta principal, ya que tu taxi está aparcado en la calle. Vosotros dos, salid por detrás.

—Josie bonita, no puedes salir así. Parece que hayas estado repartiendo hachazos para Carlos Marcello. Patrick, dale algo de ropa a la chica.

Patrick se dirigió a su habitación. Igual Sadie me ayudaba a quitar las manchas de sangre.

Randolph indicó con la cabeza hacia el cuarto de Patrick.

—¿Se encuentra bien? Parece a punto de explotar.

—Está enfadado conmigo. Me descuidé y Charlie se hizo los cortes. Es por mi culpa.

—Venga, deja ya de echarte la culpa —dijo Cokie—. Él tendría que haber estado en casa con su padre en vez de irse por ahí de juerga con sus amigos.

—Estaba entregando unos libros. Tiene que seguir trayendo dinero a casa —dije.

Remangué las perneras de los vaqueros y me puse un cinturón para que se ajustaran a mi cintura, y me metí la camisa por dentro del pantalón. La ropa olía a Patrick —un aroma a pino fresco—, y en cierto modo resultaba confortante. Cokie nos llevó a casa de Willie. Se acercaba la medianoche y las calles estaban a reventar del jolgorio del *Mardi Gras*. Cokie y Randolph charlaban sobre la guerra. Randolph predijo que las tropas estadounidenses no tardarían en entrar en Corea. Deseé que se equivocara. No necesitábamos otra guerra.

El taxi de Cokie se detuvo delante de la casa de Willie.

—Vaya por la puerta lateral —le dije a Randolph.

—¿Cuál es la nueva contraseña? —preguntó.

—«Vengo de parte de *Mister* Bingle.»

Randolph entró por la puerta lateral como le había indicado. Me bajé del coche para tomar un poco de aire, quedándome entre las sombras para que Willie no pudiera verme desde la ventana. De la casa brotaban música y risas que no conseguían ocultar el sonido de unas voces masculinas discutiendo.

—Cokie, ¿hay alguien ahí detrás? —le pregunté mientras caminábamos por el jardín.

El Lincoln Continental de John Lockwell estaba aparcado en la parte trasera de la casa. Tenía el capó levantado. Lockwell, en mangas de camisa, miraba el motor y hablaba con otro hombre, que le decía:

—Te lo estoy diciendo, John. Déjalo aquí, y ya se lo llevará la grúa mañana.

—¿Estás loco? No pienso dejar que la grúa saque mi coche de un puticlub para que lo vea todo el mundo. Le dije a Lilly que volvería a casa antes de la una. Sus amigas la han convencido de que hay un asesino suelto por el Barrio Francés.

—¿Necesita que le lleve a algún sitio, señor? Tengo el coche aquí enfrente —se ofreció Cokie.

—No, lo que necesito es llevarme mi coche —insistió.

Yo salí de detrás de Cokie.

—¿Qué haces tú aquí? —exclamó el señor Lockwell, alzando las manos.

—Estaba dando un paseo. Vivo aquí cerca.

El contador de mentiras avanzó un número más.

—Bueno, pues a no ser que sepas arreglar coches, no pintas nada aquí —dijo.

—Sé de alguien que podría arreglarlo.

—¿En serio? ¿Cuándo podría venir?

Me giré hacia Cokie y le pregunté:

—¿Puedes llevarme a casa de Jesse?

—Claro, pero no sé si estará en casa —dijo Cokie.

—Ahora mismo volvemos. —Me volví y eché a correr por el jardín junto a Cokie. Pero, de repente, me detuve—. Espera, Cokie.

Di media vuelta y regresé junto al señor Lockwell.

—Conozco al mejor mecánico del Barrio Francés, y puedo traerlo aquí en un santiamén.

—Entonces, ¿a qué esperas? ¡Ve a por él! —dijo el señor Lockwell.

Busqué en mi bolso y saqué el sobre.

—Esto nos ahorrará tiempo. Fírmeme ahora la carta de recomendación.

—Debes de estar de broma.

Meneé la cabeza. Saqué el folio del sobre y lo desdoblé sobre la ventanilla del conductor.

—Firme aquí.

Lockwell permaneció mirándome en silencio.

—Haré que arreglen su coche, y acabaremos con esto. —Señalé la línea para la firma.

—¿De qué va todo esto? —preguntó su amigo.

El señor Lockwell bajó la voz:

—¿Me has estropeado el coche solo para conseguir la carta?

—¡Pues claro que no!

—Más te vale que traigas un mecánico —dijo, agarrándome de la muñeca—. Si me estás timando, chavala, juro que te encontraré y lo lamentarás.

—Josie, ¿va todo bien? —gritó Cokie.

—Sí, estoy bien —le contesté.

Lockwell se acercó más y añadió:

—¿Me has oído? Lo lamentarás.

Asentí.

El señor Lockwell sacó una pluma del bolsillo de su camisa.

—Dios, ni siquiera puedo leer esto. Está demasiado oscuro. —Me miró. Miró el coche. Garabateó su firma—. Toma. Ahora, corre.

—Vamos, Cokie. —Salí por el jardín con la carta y me monté en el coche de un salto. Enseñándole el folio, añadí—: Cokie, no le cuentes esto a Willie.

172

—Josie, ¿qué estás tramando? Esto es una locura. Ni siquiera sabes lo que le pasa a ese coche. Igual no se puede arreglar. Igual Jesse no tiene las piezas. Son más de las doce. Puede que esté dormido, o que ni siquiera esté en casa. Entonces, ¿qué harás? Ese hombre te espera, y no está para que le toquen las narices.

Contemplé la carta con la firma. Yo tampoco estaba para que me tocaran las narices.

Las luces de la casa de Jesse estaban encendidas. Subí corriendo las escaleras y llamé a la puerta. Las bisagras chirriaron. Una mujer se asomó.

—¿Qué quieres?

—Buenas noches, señora. Soy una amiga de Jesse. ¿Está en casa?

—¡Márchate! Es muy tarde para salir. Nada bueno puede suceder pasada la medianoche —murmuró.

—¿Quién es, abuela?

La puerta se abrió de golpe y apareció Jesse, sin camiseta y en vaqueros, con una botella de leche en la mano. La botella estaba mojada por la condensación. Igual que su torso.

—¿Qué pasa, Jo? —preguntó mientras ojeaba mi extraño atuendo y alzaba una ceja.

—Jesse, necesito un favor.

A Jesse le costó menos de diez minutos arrancar el motor.

—Chaval, ¿tienes una tarjeta? —le preguntó el señor Lockwell desde la ventanilla, entre caladas a su puro.

—¿Una tarjeta? —preguntó Jesse.

Lockwell me lanzó un billete verde desde el coche que me dio en las rodillas y aterrizó en el jardín.

—Tienes suerte de que el muchacho haya conseguido arreglarlo. Cómprate un vestido. Quiero verte con unos buenos tacones, Josephine —dijo, y se marchó.

Jesse bajó la vista y se quedó mirando sus botas.

—No es lo que parece —dije, apartando el dinero de una patada.

Jesse alzó la mirada. Vi cómo sus ojos se dirigían a la casa que tenía a mis espaldas. Un ricachón en el jardín de un burdel me había lanzado un billete y me había dicho que me comprara unos zapatos de tacón. Sabía perfectamente a qué sonaba. No quería que Jesse pensara eso de mí.

—Parece un tipo de pasta.

—Es el tío de una amiga. —Aquello también sonaba mal. Jesse sabía que a las chicas de Willie se las conocía como «las sobrinas»—. Jesse, ¿puedo contarte una cosa?

Asintió con la cabeza.

—Le pedí al señor Lockwell que me escribiera una carta de recomendación para la universidad. Al principio no quería hacerlo, pero he conseguido convencerlo. —Vaya, eso sonaba todavía peor—. Espera, no es eso, tampoco. Sé que suele venir por casa de Willie, y me ha dado la carta de recomendación a cambio de que no se lo cuente a su mujer, la tía de mi amiga.

Busqué en mi bolso y saqué el sobre.

El rostro de Jesse se encendió de alegría.

—Así que le has apretado las tuercas a ese viejo verde, ¿eh? Bueno, en ese caso, te lo has ganado. —Jesse recogió el dinero y me lo ofreció.

Me reí. Lockwell era realmente un viejo verde.

—Quédate tú con el dinero. Tú arreglaste el coche.

Agarró su caja de herramientas y echamos a andar de vuelta a casa por el jardín.

Se puso a hablar sobre coches y circuitos de carreras. Al cabo de unas manzanas, su voz se redujo a un simple murmullo de sonidos en mi oreja. Habían sucedido tantas cosas. Charlie, Patrick, Lockwell, y Willie... La había visto asomada a la ventana cuando Jesse y yo salíamos del jardín. ¿Me habría visto hablando con Lockwell? ¿Le habría visto firmar la carta de recomendación? ¿Cuándo iba a terminar con este paripé y reconocer que sabía que yo tenía el reloj del señor Hearne? Jesse se detuvo, y me di cuenta de que estábamos frente a la librería.

174

—No has estado escuchando nada de lo que te he contado.

—Sí. Esto... no. Lo siento, Jesse. Es que estoy muy cansada.

—Está bien, chica cansada, deja que te cuente un secreto.

No necesitaba más secretos. Ya tenía bastante con los míos. Miré a Jesse.

—Pues bien... Aquí estás, muy cansada, vestida con la ropa de tu novio, pero este es el secreto —Jesse se acercó a mí—: Yo te gusto.

—¿Qué?

Aparté mi cara de la suya, intentando contener algo parecido a una sonrisa que asomó a mis labios. Mi cuerpo parecía reaccionar de un modo involuntario cuando Jesse estaba cerca. Eso me ponía nerviosa.

—Sí. Cuando tienes problemas, sales corriendo, pero no a buscar a tu novio. Me buscas a mí. —Jesse retrocedió lentamente, sonriendo—. Eres como yo, Josie Moraine. Solo que todavía no lo sabes.

Me quedé en la puerta, contemplando cómo se alejaba sin darme la espalda. Se despidió con un gesto de la cabeza y puso su sonrisa de Jesse. Tenía unos dientes bonitos.

—¡Ah, por cierto! ¿Jo? —me llamó cuando estaba en mitad de la calle—. ¡De nada por las flores!

Se dio la vuelta y se marchó; su sonrisa y su caja de herramientas se perdieron en la oscuridad.

32

Llegaba tarde. Dormir dos horas era peor que no dormir. Me sentía mareada, y la presión en mis ojos de tanta lágrima se había convertido en dolor de cabeza. Estuve llorando por Charlie y porque mi negligencia casi lo mata. Estuve llorando por haber fallado a Patrick. Estuve llorando por haber mentido a Willie, por haber manipulado al señor Lockwell, por no haber sido sincera con Charlotte. Estuve llorando por la muerte del señor Hearne y por el patético hecho de que me aferraba al reloj de un muerto solo porque una persona respetable había pensado que yo era alguien decente y no una inútil. Estuve llorando por mentir. Si arrojase al Misisipi todas las mentiras que había contado, el nivel del río subiría tanto que inundaría la ciudad. Estuve llorando por haberme olvidado de darle las gracias a Jesse por las flores y estuve llorando aún con más fuerza porque él pensaba que me gustaba. ¿Me gustaba? A veces, parecía como si yo intentara con todas mis fuerzas no sentirme atraída por él. Todo era peor que malo.

El *Mardi Gras* estaba cerca. La casa de Willie sí que iba a ser un desastre de los gordos. Solo de pensar en que tenía que barrer y limpiar el pecado hacía que la cabeza me reventara de dolor. Entré en la casa y lo olí al instante. Bourbon. A alguien se le había caído por el suelo. No una copa, sino la botella entera. Eso me llevaría media hora. Había algo más. Vino. Deseé que no fuera tinto. Eso costaría tres cuartos de hora, quizá más. No estaba segura. Ya no podía estar segura de nada, solo de que Nueva Orleans era una amiga infiel y que quería abandonarla.

Sadie me agarró del brazo, tirando de mí y apretándome contra su cuerpo enjuto en cuanto puse un pie en la cocina. Sollozaba, soltando gruñidos en mi hombro. Entonces, comenzó a desabrocharme la blusa.

—Sadie, para. ¿Qué haces? —La aparté, con fuerza.

Me miró, con las cejas alzadas de la confusión y el rostro abotargado de llorar. Se dirigió al fregadero y sacó mi camisa de la noche anterior.

Me había olvidado la ropa ensangrentada en el coche de Cokie. Él se la había dejado a Sadie. La pobre mujer seguramente habría pensado que estaba muerta.

—Ay, Sadie, no. Estoy bien, de verdad. —Me abrí el cuello de la blusa y levanté los brazos, enseñándole ambos costados—. No estoy herida.

Sadie se derrumbó en una silla y besó la cruz que llevaba colgada del cuello.

Me senté en la mesa e intenté calmarla. Estaba sumida en un remanso tan profundo de oración que ni siquiera respondió. Entonces fue cuando me fijé en el titular del periódico que había sobre la mesa.

LA MUERTE DEL TURISTA DE MEMPHIS
FUE UN ASESINATO

Agarré el periódico.

Agentes del estado de Tennessee han declarado que fueron unas gotas de somnífero administradas en el local Sans Souci de Bourbon Street lo que mató al turista de Memphis, la exestrella de fútbol, Forrest Hearne. El inspector Martin Langley, de la comisaría de Jefferson, declaró al *Times Picayune* de Nueva Orleans que una autopsia en Memphis había confirmado la causa de la muerte. Hearne, un querido y exitoso vecino de Memphis, falleció en el Sans Souci en las primeras horas de la madrugada del día de Año Nuevo. En un principio se atribuyó la muerte a un ataque al corazón, pero la esposa de la víctima sospechó al comprobar que a su esposo le faltaban varios efectos personales, entre los que se contaba dinero y un reloj muy valioso. Un forense de Memphis realizó un nuevo análisis al cadáver en Tennessee y sus resultados fueron confirmados más adelante por un farmacéutico del estado de Luisiana. Ambas pruebas revelaron muestras inconfundibles de hidrato de cloral. Esta droga, a menudo conocida como «Mickey Finn», es insípida, incolora e inodora, y letal en grandes dosis. El jefe de la investigación de Memphis criticó amargamente a la ciudad de Nueva Orleans por la falta de diligencia mostrada por las autoridades locales al declarar la causa de la muerte en una primera instancia. El *Memphis Press-Scimitar* informó también de que la administración de gotas de somníferos a turistas que demuestran opulencia es una práctica muy extendida en el Barrio Francés, donde se encuentra el club Sans Souci. Todas las pruebas del caso serán reenviadas al departamento de Policía de la ciudad de Nueva Orleans.

Forrest Hearne no murió de un ataque al corazón. Le habían echado un *Mickey Finn* en la bebida.

Llamé a la puerta de Willie, deseando que estuviera en el baño o demasiado cansada para hablar.

—Pasa.

Willie parecía tan agotada como yo. Sostenía un cuaderno de papel cebolla en equilibrio sobre las rodillas. Siempre anotaba las ganancias de la noche en papel cebolla. Se podía quemar, tragar o tirar por el retrete si se presentaba la Policía.

—Dios, necesito ese café. Me siento como una mierda pinchada en un palo.

Su voz sonaba como si se hubiera tragado un puñado de clavos oxidados.

—Willie, lo siento. Esta mañana he llegado tarde. Todavía no he hecho los cuartos de arriba. Ahora mismo voy.

Dejé la bandeja en la cama.

—Siéntate, Jo.

Coloqué la silla del escritorio de Willie mirando hacia la cama y me senté.

—Cokie me contó lo que pasó anoche. Estaba muy orgulloso de ti, dijo que te comportaste como una campeona, que fuiste muy valiente. Randolph me contó lo mismo, que aquello prácticamente parecía un matadero, que Patrick se quedó como un pasmarote, pero que tú tomaste el control de la situación. Vi la marca del tortazo que le soltaste a Randolph. —Willie se rio.

—Estaba borracho. Dijo que necesitaba una bofetada para espabilarse. Y el pobre Charlie estaba ahí tirado, cubierto de sangre. Estaba tan asustada, Willie.

—Normal. ¡Demonios! Yo también lo estaría. Cokie me ha contado que piensas que ha sido culpa tuya. Eso es lo más estúpido que he oído en mi vida. Es evidente que Charlie está más zumbado de lo que suponíamos. He llegado a un acuerdo con Randolph. Se pasará a ver a Charlie cada dos días a cambio de una línea de crédito con Dora.

—Gracias, Willie.

—Eso sí, Randolph no puede recetar medicamentos, él también tiene sus problemas. Todavía tendré que conseguirlos de Sully. Pero al menos Randolph podrá seguirlo e informarnos de lo que necesita.

—Los vecinos probablemente sospechen algo —dije.

—Diles que Charlie está en Slidell visitando a un amigo. No quiero que acabe en el manicomio con todos esos tarados —dijo Willie—. Charlie es un hombre digno. Siempre me ayudó cuando lo necesité. Randolph dice que se le pasarán los arrebatos y se tranquilizará.

—¿Quieres decir que se le pasarán los ataques?

Willie dio otro sorbo a su café.

—Cokie también me contó que arreglaste el coche de Lockwell.

—No fui yo. Lo hizo Jesse Thierry.

Willie asintió con la cabeza.

—Bueno, seguro que hiciste quedar a Jesse como un héroe. Pero supongo que por eso lo hiciste. Os han visto juntos por la ciudad. Ese chico te gusta.

Lo expresó como si fuera un hecho, exactamente lo mismo que hizo Jesse. Aquello me molestaba. ¿Y quién le habría contado que me había visto con Jesse? Tenía que ser Frankie.

—Jesse es un amigo, Willie, nada más que eso. Solo sabe hablar de coches y circuitos de carreras.

—Ah, es verdad, que tú vas camino de convertirte en una Rockefeller. Lo había olvidado.

—No he querido decir eso.

—Bueno, no te preocupes. Hay un montón de chicas guapas que estarán felices de quedarse con el plato que tú desprecias. ¡Demonios! A las mujeres de la zona alta se les cae la baba con él como si fuera sexo en estado puro. Jesse es un buen chico, aunque para ti sea un paleto.

Willie conseguía hacer que me avergonzara de mí misma sin siquiera proponérselo. Observé cómo abría el periódico. Echó un vistazo al titular, luego me miró a mí, y después otra vez al titular. Tosió y siguió leyendo.

—Vaya, así que alguien se pasó con el *Mickey* y se lo cargó, ¿eh? Asentí.

Willie leyó en voz alta:

—«El *Memphis Press-Scimitar* informó también de que la administración de gotas de somníferos a turistas que demuestran opulencia es una práctica muy extendida en el Barrio Francés, donde se encuentra el club Sans Souci». Serán mierdosos. ¡Nos pintan a todos como ladrones! Lo siguiente será votarnos como la ciudad más peligrosa, y eso acabará arruinando el turismo.

Willie arrojó con rabia el periódico al suelo. Se levantó, prendió un cigarrillo y comenzó a pasearse de un lado para otro delante de la cama; su bata de seda negra se movía formando ondas alrededor de su cuerpo.

Me apuntó con su pitillo ardiente.

—Esto se va a poner feo, Jo. La gente pedirá que limpien el Barrio Francés. Ese tipo era canela fina. Todas las esposas de la zona alta leerán esto y pensarán en sus maridos. Los encerrarán en casa. La Policía aumentará la presión. Se echarán sobre la casa como perros encima de un hueso. El negocio lo sufrirá.

—¿Crees que encontrarán a la persona que lo hizo?

Willie no respondió. Seguía paseándose, aspirando nicotina. Se detuvo y se volvió hacia mí.

—No hables con nadie. Si alguien viene a hacerte preguntas, diles que no sabes nada. Acude directamente a mí.

—¿Quién iba a hacerme preguntas?

—La pasma, idiota.

Bajé la vista al suelo.

—¿Qué? ¿Ya lo han hecho?

Asentí con la cabeza y respondí:

—Como te dije, el señor Hearne estuvo en la tienda y compró dos libros el día que murió. La Policía quería saber qué había comprado y si parecía indispuesto. Les dije que se llevó obras de Keats y Dickens y que tenía buen aspecto.

—¿Qué más?

Willie dio una larga calada a su cigarrillo. Contemplé cómo se consumía el papel.

—Eso es todo.

—Bueno, es bastante. Podrían llamarte para testificar. —Se giró hacia mí—. ¿Patrick estaba allí? ¿Vio a Hearne?

—Sí.

—Entonces será Patrick quien suba al estrado. Tú, no.

—Willie, ¿de qué estás hablando?

—¡A callar! Sal de aquí y ponte a trabajar. Vas con retraso. Las citas empezarán a llamar a la puerta dentro de poco, en busca de su dosis antes del *Mardi Gras*. Y refréscate la cara con agua. La tienes hinchada de tanto lloriquear. Pareces Joe Louis en el duodécimo asalto.

33

Me pasé durmiendo el *Mardi Gras* entero.

Usé el ventilador que tenía Patrick en la tienda para enmascarar el bullicio. Siempre nos quejábamos de que era un aparato muy ruidoso, pero colocado en el suelo, junto a mi cama, resultaba perfecto. Dormí catorce horas, sin despertarme ni una sola vez, ni siquiera para pensar en la solicitud de Smith.

La había echado al correo la víspera del Carnaval, incluyendo un billete nuevecito de diez dólares para las tasas de matrícula. A veces se me pasaba por la cabeza abrir una cuenta en un banco y me fascinaba la idea de tener cheques, pero Willie no se fiaba de los bancos ni de los banqueros de Nueva Orleans. Decía que eran los clientes más salvajes que tenía, y no iba a permitir que le pagaran con su propio dinero. Tampoco quería que nadie pudiera controlar lo que ganaba.

El empleado de la oficina de Correos dijo que la carta llegaría a Northampton el 27 de febrero. Miró la dirección del sobre, luego me miró a mí, y me ofreció una sonrisa compasiva. Seguramente estaría pensando: «Vaya, no estarás intentando entrar en el Smith College, ¿verdad? He oído que en los almacenes Woolworth's de Canal Street están buscando gente».

La última postal de Charlotte estaba fechada el 15 de febrero, y llegó el día 20.

Mostraba una imagen enmarcada de un edificio hermoso y enorme cubierto de nieve. El pie de foto rezaba: «Construida en 1909, la biblioteca William Allan Neilson del Smith College alberga 380.000 ejemplares y realiza 10.000 nuevas adquisiciones cada año».

Di la vuelta a la postal y leí una vez más la diminuta letra de Charlotte:

Querida Jo:

¿Has enviado ya la solicitud? ¡Eso espero! Tía Lilly me dice que el *Mardi Gras* está en todo su apogeo. ¡Qué envidia me da lo bien que lo estaréis pasando! He enseñado a todas las chicas la postal que me enviaste del Barrio Francés. Este fin de semana el club de vuelo tiene una competición aérea contra Yale, y la semana que viene nuestro congresista se reunirá con los progresistas. Me muero de ganas de que vengas a unirte a nosotras. Escribe pronto.

Con afecto,
Charlotte

Yo quería unirme a ellas, trabajar en algo importante y que mereciese la pena.

—¡Eh, Motor City!

La voz me llegó de la calle, seguida por un silbido. Me asomé a la ventana. Jesse, plantado junto a su moto, me saludó desde la otra acera. Abrí la ventana y asomé la cabeza. La calle estaba cubierta por los desperdicios de la celebración. «Miércoles de la basura»*, lo llamaban.

—¿Has dormido bien? —me preguntó a voces—. No te vi por la calle.

—Me he pasado toda la fiesta durmiendo.

—¿Tienes hambre?

Me moría por comer algo.

—¿Vas a la catedral a que te pongan la ceniza? —le pregunté.

Jesse se rio.

—Soy de Alabama, ¿no te acuerdas? Somos baptistas. Nosotros nos salvamos por gracia divina. Vamos a tomarnos una *muffuletta*.

---

* Así se conoce popularmente en Nueva Orleans al Miércoles de Ceniza, jugando con las palabras *Ash* (ceniza) y *Trash* (basura). *(N. del T.)*

Nos sentamos en un banco en una esquina de Jackson Square. Una noche de sueño reparador me había sentado bien. Tenía la mente despejada, y la tierra ya no temblaba bajo mis pies. Jesse descansó la cabeza en el banco, con los ojos cerrados, dejando que el sol tostara la sonrisa de placer que tenía en la cara. Era agradable no hablar. En cierto modo, Jesse y yo podíamos mantener una conversación sin pronunciar palabra. Cerré los ojos y me recosté, intentando enfocar las sombras anaranjadas que aparecían en mis párpados. Los pájaros piaban, y una brisa acarició mis brazos. Nos quedamos así sentados un buen rato, purificándonos del caos que había sido el *Mardi Gras,* satisfechos con el almuerzo que se asentaba en nuestros estómagos.

—¿Jess?

—¿Mmm? —contestó.

Seguí con los ojos cerrados, sintiendo cómo mi cuerpo se relajaba más aún en el banco.

—He hecho una cosa.

—Eso nunca es un buen comienzo.

—No sé por qué, pero quiero contártelo —dije.

—De acuerdo. Empieza a contar.

—Allá por Año Nuevo, conocí a una chica, Charlotte, de Massachusetts. Vino a la tienda, y nos caímos muy bien. Era la primera vez que nos veíamos, pero parecía como si me conociera de toda la vida. Me sentía tan cómoda con ella... ¿Alguna vez te ha pasado algo así?

—Sí.

Las nubes se movieron y el fulgor del sol resplandeció sobre mi cara.

—Pero es de una familia muy rica, una buena familia, y estudia en el Smith College en Massachusetts. Hasta pilota un avión. Charlotte no paraba de repetirme que tenía que matricularme en Smith. Sé que suena ridículo, yo estudiando en una facultad de prestigio como esa, pero me mandó toda la información.

—De repente, la insensatez de todo el asunto se hizo patente, y casi me echo a reír—. Por algún motivo, me entraron ganas de hacerlo, lo deseaba con todas mis fuerzas. Se lo conté a Willie, y se cabreó. Dijo que yo tenía que estudiar aquí, en Nueva Orleans, que entrar en una universidad de esas era para gente que jugaba en otras ligas. Bueno, pues eso solo consiguió aumentar mi deseo. Así que lo he hecho, Jesse. He solicitado una plaza en Smith, en Northampton. Te dije que había convencido a ese cretino de John Lockwell para que me firmara una carta de recomendación. El otro día envié la solicitud. Me asusta admitirlo, incluso ante mí misma. —Bajé la voz—. Pero es lo que quiero.

Sentí una sombra deslizándose sobre mi rostro cuando el sol se ocultó tras una nube. Respiré hondo y exhalé el aire, sintiendo el peso del secreto saliendo de mí y mezclándose con la brisa.

—Una locura, es lo que estarás pensando, ¿verdad? —dije.

—¿Lo que estoy pensando? —Su voz sonaba cerca.

Abrí los ojos. Jesse estaba a unos centímetros de mi rostro, tapándome el sol. Sentí su aliento en mi cuello y vi su boca. Mi cuerpo se sacudió de pánico y me llevé los puños al pecho.

Jesse se apartó inmediatamente.

—Vaya, Jo, lo siento. No quería asustarte —dijo con una voz suave—. Tenías... algo en el pelo. —Me enseñó un trocito de hoja.

La confusión se apoderó del espacio que nos separaba. Intenté explicarme:

—No, es solo que...

Solo, ¿qué? ¿Por qué hablaba tan bajito? Sabía que Jesse no pretendía asustarme. Sin embargo, mis puños estaban cerrados, listos para apartarlo a golpes. Me sentía ridícula, y él parecía darse cuenta.

—¿A que habría sido divertido si me hubieras soltado un puñetazo? —Se rio y se atusó el pelo—. Bueno, divertido no, pero tú ya me entiendes.

Jesse reclinó la espalda en el banco y metió las manos en los bolsillos de su chaqueta de cuero.

—Vale, me has preguntado lo que estaba pensando. Lo que pienso es que... —Se volvió hacia mí y sonrió—. Tendrás que comprarte

185

un abrigo de invierno, Motor City. En Massachusetts hace bastante frío.

Casi no le oía. Su loción de afeitado seguía rondando mi rostro. De repente, me fijé en lo cerca que estábamos sentados el uno del otro en el banco, y me devoraba la duda de si sus manos estarían calientes o frías en los bolsillos.

—¿Cuánto cuesta una universidad como esa? —preguntó.

—Mucho —respondí muy bajito.

—¿Cuánto es mucho?

—La matrícula, la residencia y los libros son casi dos mil dólares por año.

Jesse soltó un silbido grave.

—Ya lo sé, es una locura.

—Es una locura, pero es solo dinero. Hay muchas formas de conseguir dinero —dijo Jesse.

Subimos por St. Peter Street hasta Royal, de regreso a la tienda. Ninguno de los dos habló. Avanzábamos entre los despojos de la celebración, apartando a patadas latas y vasos del camino, pisando retazos de disfraces que habían sido abandonados a lo largo de la noche. Jesse descolgó un hilo de cuentas de cristal lechoso de un portal. Me lo dio, y me lo até a la cabeza. Era un día que rezumaba paz, como el día de Navidad, de esos en que el mundo se detiene y se permite una pausa. En toda la ciudad, los habitantes de Nueva Orleans descansaban en sus camas, dormidos con el maquillaje y los abalorios puestos. Ese día cerraba hasta la casa de Willie, que se pasaría todo el día en bata e igual hasta se tomaba el café con las chicas en la mesa de la cocina. Se reirían de los clientes de la víspera. Evangeline se quejaría, Dora haría reír a todas y Sweety se marcharía a media tarde para visitar a su abuela. ¿Madre echaría aquello de menos? ¿Se acordaría de Nueva Orleans, de Willie, de mí?

—Parece que tienes una clienta impaciente —dijo Jesse, señalando la librería.

La señora Paulsen estaba con la cara pegada al escaparate, mirando el interior.

—Hola, señora Paulsen.

186

Se volvió hacia nosotros en la acera.

—Ah, hola, Josie.

Miró a Jesse. Sus ojos lo escrutaron de arriba abajo sin ningún pudor.

—Este es Jesse Thierry; Jesse, esta es la señora Paulsen. Trabaja en el Departamento de Inglés de la Universidad de Loyola.

Jesse sonrió e inclinó la cabeza.

—Encantado, señora.

La señora Paulsen se puso rígida.

—También soy amiga de los Marlowe. —El comentario iba dirigido a Jesse—. Llevo un tiempo intentando localizarlos. He estado en su casa, pero nadie contesta.

—Bueno, yo mejor me voy —dijo Jesse.

No quería que se marchara y me dejara sola con la señora Paulsen, que seguramente iba a pedirme respuestas a demasiadas preguntas.

—Un placer conocerla, señora —se despidió Jesse, y apartándose, me dijo—: Nos vemos, Jo. Ha estado bien.

La señora Paulsen me fulminó con la mirada en cuanto Jesse cruzó la calle, y su espalda se puso muy tensa cuando arrancó la moto. Pude ver que Jesse se estaba riendo. Dio unos cuantos acelerones, hasta que la señora Paulsen por fin se giró. Entonces, se despidió con la mano y se marchó por Royal Street.

—¡Santo Dios! —La señora Paulsen se retocó el moño, dejando la mano en el cogote—. ¿Ese muchacho va a la universidad?

Me froté el brazo, sintiendo todavía el contacto de Jesse.

—Pues lo cierto es que sí. Estudia en Delgado. ¿Puedo ayudarla en algo, señora Paulsen?

—Pues sí —dijo, cruzándose de brazos—. Ya está bien. ¿Qué sucede con Charlie Marlowe?

34

Nos habíamos puesto de acuerdo para contar la misma historia: Charlie estaba fuera de la ciudad, ayudando a un amigo enfermo en Slidell. Así que eso fue lo que le conté. La mentira me salió con tanta facilidad que me dio miedo. Antes se me revolvía el estómago cada vez que oía a Madre mentir. ¿Cómo puedes hacerlo? ¿Cómo eres capaz de vivir con la conciencia tranquila?, me preguntaba. Pero ahí estaba yo, mintiendo a la señora Paulsen y haciéndolo con una sonrisa. Incluso añadí detalles acerca de la posibilidad de que Charlie adquiriera una librería en Slidell. Patrick y yo nunca habíamos hablado de eso. Me lo inventé todo yo solita.

Patrick llevaba días sin venir a la tienda. Cuando me pasaba por su casa, siempre estaba sentado al piano, tocando melodías interminables para Charlie. Algo había cambiado. Se había corrido un telón entre nosotros que me daba ganas de echarme a llorar. Tocaba a su puerta con mi contraseña privada y luego entraba con mi llave. Patrick se giraba un segundo desde el piano, y luego volvía a concentrarse en la música. Se comunicaba con su padre por medio de Debussy, Chopin y Liszt. Tocaba sin parar, a veces durante horas. Yo llevaba comida, arreglaba la casa y él seguía sentado al piano. No intercambiábamos una palabra. Pero en cuanto yo salía a las escaleras para marcharme, oía cómo se detenían las notas. Patrick usaba la música para hablar con Charlie. Y para ignorarme.

Me alegré al verlo entrar por la puerta de la librería. No podía hablar con libertad porque había una clienta echando un vistazo a una pila de libros. Patrick y yo llevábamos años trabajando juntos, pero ese día el espacio tras el mostrador se nos quedaba estrecho. Nos movíamos esquivándonos incómodos y habíamos perdido nuestro agradable ritmo acompasado.

—Hola —dije, intentando sonreír. Posé la mano sobre el mostrador haciendo el gesto de novela policíaca.

Patrick echó un vistazo a la mujer, meneó la cabeza y me hizo la seña de libro de cocina.

Era lo máximo que nos habíamos comunicado en más de una semana. Yo le había pedido perdón repetidas veces por lo que pasó con Charlie. Sabía que él me oía, pero no respondía. Esa sencilla seña del libro de cocina me llenó de alegría.

—¿Y Charlie? —susurré.

—Se ha quedado con Randolph. He tenido que salir a hacer un par de recados.

Saqué un fajo de correo y se lo entregué.

—He clasificado las facturas y los cheques. Supuse que pasarías por el banco.

Asintió con la cabeza.

La mujer se acercó a la caja con el nuevo libro de cocina de Betty Crocker.

—Estaba convencida de que se llevaría algo de Agatha Christie —dije en cuanto salió por la puerta.

—Es de las que se mueren por leer novelas de misterio —dijo Patrick—. Pero tenía que comprarse el libro de cocina porque el gruñón de su marido le pide un plato caliente en cuanto arroja su maletín al suelo nada más entrar por la puerta. Está amargada con su matrimonio, igual que su esposo. Él bebe para evadirse, ella llora en el cuarto de baño, sentada en el borde de la bañera. Nunca debieron casarse. Ahora que se ha comprado el libro de cocina en vez de uno de Agatha Christie, es incluso más desdichada. Se siente atrapada.

Miré por el escaparate y observé a la mujer, que estaba parada en la acera. Jugué con el guión que había creado Patrick y de pronto me la imaginé tirando el libro a una papelera, soltándose el pelo y corriendo hacia el bar más cercano. Dos muchachos cruzaron la calle en dirección a la tienda, mirándonos a través del escaparate. Uno tenía toda la pinta de comprarse una novela de Mickey Spillane. El otro me resultaba familiar. Era Richard, el hijo de John Lockwell.

—Jo —dijo Patrick, agarrándome del brazo y acercándome a él. Sentí su mano deslizándose entre mi pelo, y de repente estaba besándome. Cuando asimilé lo que estaba sucediendo, ya había parado.

—Patrick. —Me encontraba tan conmocionada que me costó pronunciar su nombre. Mi mano estaba apoyada en su hombro, pero no la tenía cerrada. Le había dejado besarme sin oponer resistencia.

Patrick lanzó una mirada rápida por el escaparate.

—Lo siento, Jo —musitó.

Su rostro estaba muy cerca del mío, contraído en una mueca de dolor.

—Patrick, yo también lo siento, me...

No me dejó terminar la frase. Me dio un beso rápido, agarró el fajo de correo y se marchó.

Me apoyé en el mostrador para mantener el equilibrio, invadida por una mezcla de conmoción, confusión y el sabor de la pasta de dientes de Patrick en mi boca. Me toqué los labios. ¿Había sido un beso de «Lo siento» o un beso de «Lo siento por no haber hecho esto antes»? No sabía decirlo. Pero yo no me había resistido y estaba más desconcertada que asustada.

Acabé con el inventario que me había pedido Patrick y ordené una nueva remesa de libros. Estaba distraída y coloqué títulos en la estantería equivocada. Puse las *Confesiones de un montañés* de Shirley Cameron en la sección de viajes en lugar de en novela rosa. Me di cuenta de mi error y me reprendí a mí misma. Lo llevé al expositor de caja, esperando que algún ama de casa arrepentida lo comprara en lugar de un libro de recetas.

A medida que pensaba en lo ocurrido, se imponía una conclusión: Patrick y yo encajábamos a la perfección. Estábamos a gusto el uno con el otro. Nos conocíamos desde hacía mucho tiempo. Los dos amábamos los libros. Él era elegante, talentoso, con clase y muy organizado. Había sido testigo de todas mis pesadillas. No necesitaría darle ninguna explicación incómoda ni corría el riesgo de ser rechazada cuando Dora soltara una de sus carcajadas al verme en la calle, cuando Willie insistiera en que la acompañase a Shady Grove, o cuando Madre resurgiera, pidiendo un filete para el ojo a la funerala que le había dejado Hollywood. Patrick se montaría en un autocar Greyhound en la estación de Rampart para ir a visitarme a Smith. En Nochebuena, me estaría esperando en la estación con su chaquetón azul cuando yo llegara en mi autobús a última hora de la tarde. Escucharíamos música juntos, yo le regalaría gemelos por su cumpleaños, y nos pasaríamos las mañanas de los domingos tomando café y ojeando las esquelas en busca de libros de personas fallecidas.

Sonreí. Patrick no me daba miedo. Encajábamos.

Sonó la campanilla. Frankie entró en la tienda y se puso a mirar los montones de libros.

—¡Vaya! Dos veces en un mes. Déjame adivinar... ¿Has estado soñando con Victor Hugo? —le pregunté.

Frankie miró a su alrededor moviendo nervioso las manos.

—¿Estás sola? —dijo en voz baja.

—Sí.

—¿Seguro? —preguntó, mascando chicle.

Asentí. El omnipresente tono sarcástico se había esfumado de su voz. Un hormigueo recorrió mi estómago.

—Tu mami está de camino para acá.

Solté la respiración que estaba conteniendo.

—¿Tan pronto? ¿Por qué será que no me sorprende? —Coloqué un libro en su sitio. Tenía que preguntárselo—: ¿Cincinnati viene con ella?

—No lo sé. Se lo conté a Willie, y me dijo que viniera a avisarte.

—¿Cómo te has enterado?

—Tengo un contacto en American Telegram. Vieron el mensaje que había enviado.

—¿Madre le mandó un telegrama a Willie? —Me resultaba extraño.

—No, el telegrama lo envió anoche el comisario en jefe de Los Ángeles a un oficial de la Policía de aquí, de Nueva Orleans. Le entregaron el telegrama en su casa anoche mismo, en mano.

—Sabía que Cincinnati la metería en líos. Así que lo han detenido, y ahora ella vuelve.

—No es Cinci. Es tu mami la que está detenida.

—¿Qué?

Frankie asintió con la cabeza.

—El telegrama decía: «La detenida Louise Moraine es trasladada a Nueva Orleans». Mi topo en la comisaría me contó que andaban buscándola.

—¿Por qué?

Frankie infló una pompita y miró hacia la calle por el escaparate.

—¿Por qué, Frankie?

El chicle estalló justo cuando las palabras salían de su boca:

—Por el asesinato de Forrest Hearne.

35

Corrí hasta casa de Willie, con las tripas a punto de salirme por la boca todo el camino. Sí, Madre era estúpida. Y codiciosa. Pero ¿una asesina? No quería creérmelo. La sola idea me aterrorizaba. Ecos de todas sus promesas podridas me llegaron flotando desde el tarro al que echaba mis vergüenzas, y a cada paso que daba, oía el tictac del reloj de Forrest Hearne, el reloj que había encontrado debajo de su cama.

Entré a hurtadillas por la puerta de la cocina. Dora estaba sentada con su vestido esmeralda remangado a la altura de los muslos y los pies descalzos sobre la mesa, pintándose las uñas de los pies con un tono de rosa nacarado. Me miró y abrió los brazos.

—Ay, cariño, ven con Dora. Me levantaría, pero echaría a perder mis pezuñas.

Me arrojé en brazos de Dora. Ella me achuchó contra lo que parecía un par de almohadas.

—Mira, corazón, me he leído un montón de novelas policíacas. Todavía no han podido probar nada. Willie dijo que solo la traen para interrogarla.

—Pero ¿por qué?

—Porque se ha ventilado a un ricachón, estúpida —dijo Evangeline, entrando en la cocina.

—Tú, Vangie, cierra el pico —le reprendió Dora—. Louise no se ha ventilado a nadie. Solo estaba en el sitio equivocado en el momento equivocado. —Dora se volvió hacia mí—. Cuando la Policía estuvo interrogando por ahí a la gente, alguien contó que la habían visto tomando una copa con ese ricachón en Nochevieja.

—¿Madre estuvo bebiendo con el señor Hearne?

—¿Se llamaba así? —preguntó Dora.

—Sí —corroboró Evangeline—. Forrest Hearne.

—Oh, qué nombre más *sexy*. ¿Estaba de buen ver? —preguntó Dora.

—Eso parece, por la foto del periódico. Ponía que era arquitecto, y rico —informó Evangeline.

—Entonces, ¿por qué no se pasó por la *Maison de joie* para ver a la reina verde? —dijo Dora—. Si lo hubiera hecho, ahora no estaría muerto.

—Dora, para ya —dije.

—Ay, cariño, lo siento. Solo digo que no tienes que preocuparte. A fin de cuentas, la Policía está interrogando a todo el mundo últimamente, ¿verdad? —Dora alzó ligeramente las cejas. Su hermana, Darleen, me había visto en la comisaría.

—Supongo que sí —confirmé.

Dora asintió.

—A mí me preocuparía más que Cincinnati vuelva con ella —dijo.

—Bueno, Louise tendrá que meterse en el ático —replicó Evangeline—. Su habitación ahora es mía. Por fin conseguí quitar la peste que dejó.

Me levanté para buscar a Willie. Evangeline me agarró del brazo junto a la puerta.

—Aléjate de John Lockwell —masculló. Una gotita de saliva salió disparada de sus dientes y aterrizó en mi pecho. Contempló la burbujita y con una sonrisita, añadió—: Vaya, mira. Está lloviendo.

Llamé a la puerta de Willie.

—No deberías estar aquí —fue su respuesta.

Entré de todos modos. Willie estaba sentada, ya vestida para la noche, ataviada de negro, como era habitual. Tenía el pelo recogido más arriba de lo normal, sujeto con dos peinetas en

194

forma de flor de lis incrustadas de diamantes. El libro negro estaba abierto en su mesa, delante de ella.

—Estoy ya casi como Charlie —dijo sin levantar la cabeza—. La semana pasada apunté que el cóctel preferido de Sam Dólar de Plata era el Siete-Siete. —Corrigió la nota—. Es a Pete Sombrero al que le gusta el Siete-Siete.

El libro negro de Willie era un fichero. Registraba a cada cliente con un nombre en clave, y anotaba qué chica les gustaba, el servicio que preferían e incluso lo que bebían y cuál era su juego de cartas favorito. Sam Dólar de Plata era en realidad un vendedor de coches llamado Sidney. Pero tenía tatuado un dólar de plata en la espalda. En aquel libro había información de sobra para que Willie la usara como seguro de vida. Si alguien le daba problemas, disponía de un registro de visitas que podría compartir gustosa con esposas o madres. Cada noche, antes de que empezara la acción, Willie repasaba la lista de reservas anticipadas. Se aseguraba de recordar las preferencias de sus clientes a la vez que hacía que todo resultara natural e improvisado.

Willie parecía muy tranquila con las noticias de Madre. Siempre decía que era capaz de preparar un té en medio de un tornado. Su calma me relajó.

Alcancé una barra de pintalabios Hazel Bishop de su cama y apliqué algo de color en mis labios y mejillas.

—Entonces, ¿qué hacemos? —pregunté.

Willie pasó una página del libro.

—Ya hemos discutido de esto. No hables con nadie. En Nochevieja estuviste en casa. No viste nada. Tu madre y tú estáis distanciadas. Cuando vuelva, te irás a Shady Grove. Estarás un tiempo fuera de la ciudad.

—¿Yo sola?

—¿Qué quieres? ¿Que te acompañe Cincinnati?

—No, pero ¿no resultará raro que de repente me vaya de la ciudad?

—Claro, eres tan importante que todo el mundo se dará cuenta. Has dicho que la Policía ya te ha estado preguntando y tú les has contestado. En esta ciudad todos conocen a tu madre, y saben que les conviene no buscarse líos conmigo ni mencionar tu nombre. Nadie dirá nada.

—¿Y quién limpiará la casa por las mañanas?

—¿Qué te pasa, Cenicienta? ¿Vas a echar de menos tu escoba? Me apoyé en el poste de la cama de Willie.

—No. Te echaré de menos a ti, mi madrastra malvada.

Willie posó la pluma y se giró en su silla.

—¿Cómo sabes que no soy tu hada madrina?

Nos miramos en silencio. Observé a Willie, vestida toda de negro, con labios color *chianti* y unos ojos que harían que una serpiente se volviera reptando a su cubil. De repente, solté una carcajada.

—Vale —dije—. Eres la madrastra malvada con corazón de hada madrina.

—Preferiría ser como tú —dijo Willie—, una Cenicienta con corazón de madrastra.

¡Ay! ¿Estaría bromeando? Parecía como si lo considerara un cumplido.

Se giró y volvió a centrarse en su libro.

—Cokie te llevará a Shady Grove.

—¿Y me va a dejar allí sola, Willie?

—No te hace falta un coche. Puedes ir andando a la tienda si necesitas usar el teléfono.

—Pero ¿y si sucede algo?

—Pues les echas sal a los cacahuetes. No me preocupa. Tienes buena puntería. Les diré a Ray y Frieda que estén atentos a la carretera por si se acerca algún coche. Ya sabes que se pasan las noches ojo avizor. Y ahora, a no ser que quieras que algún viejo verde te tire los tejos, mejor que te marches de aquí.

Salí a la calle justo cuando Cokie bajaba a un cliente de su taxi.

—Te llevaría a casa, Josie bonita, pero tengo que recoger a un grupo de asistentes a la convención y traerlos para acá.

—No pasa nada, Cokie. ¿Te has enterado de que me voy de viaje?

—Pues claro. Willie no quiere que estés por aquí y que tu mami pueda meterte en algún lío. Le va a contar a tu mami que estás en Slidell, ayudando al señor Charlie. —Cokie se rascó la nuca—. Jo, tengo que preguntarte una cosa. ¿Cómo sabías que había gato encerrado en esta historia? Desde el primer día, me insististe en lo del informe del forense. ¿Sabías algo sobre lo que pasó entre ese tío de Tennessee y tu mami?

—No, es solo que... me caía bien. Estuvo en la tienda. Fue muy amable y me trató con respeto. Me dio ánimos, Cokie. No conozco a muchos hombres así.

Él asintió.

—Bueno, parece que vamos a estrenar ese termo en el viaje a Shady Grove.

Se marchó para recoger a los asistentes a la convención. Yo eché a caminar hacia la librería, pensando en el reloj. Tenía que deshacerme de él. Podía tirarlo a una papelera. Podía llevármelo a Shady Grove y esconderlo allí. Un coche pasó a mi lado. Oí el chirriar de los frenos y la marcha atrás entrando. El reluciente Lincoln Continental retrocedió y se detuvo ante mí.

—¿Qué? ¿Ya te han admitido en Smith? —preguntó John Lockwell, tirando la ceniza de su puro por la ventanilla.

—Estoy esperando noticias.

—Todavía no sé lo que ponía en esa carta.

—Era muy halagadora... y estaba muy bien escrita —le aseguré.

—Espero que mencionara tus martinis.

—No, pero mencionaba mis contactos para reparar coches.

—Ahora tira como la seda. ¿Te apetece dar una vuelta? Charlotte me consideraría un tío horrible si dejo que su amiga vaya andando. Ven a tomarte una copa conmigo. Ahora tengo un apartamento privado en el Barrio Francés. Más discreto.

—No, gracias. Tengo planes.

Lockwell sonrió.

—Igual la próxima vez. —Me apuntó con un dedo y añadió—: Tienes algo, Josephine. Y me gusta ese pintalabios.

Arrancó. Me limpié la boca con el dorso de la mano.

36

Me senté en la cama con la caja de puros sobre las rodillas. Contemplé el cheque del señor Hearne. ¿Se habría dado cuenta su esposa de que todavía no se había cobrado? Si lo llevaba al banco ahora, la pasma podría descubrir la transacción y vendrían a hacer preguntas. Observé su firma, confiada, elegante. Mi mente regresó a Madre en el restaurante Meal-a-Minit, sacando el fajo de billetes de su bolso, alardeando de que iba a cenar en Antoine's. Hacían una buena pareja: Cincinnati con la ropa de un muerto, Madre con la cartera de un muerto.

Había escondido el cheque bajo la tabla del suelo junto con el reloj. Me llevaría las dos cosas a Shady Grove para deshacerme de ellas. Esa debería haber sido mi principal preocupación. Pero no lo era. Me había pasado toda la mañana pensando en Patrick, preguntándome si pasaría por la tienda. No lo hizo. Tendría que esperar a verlo cuando me acercase a visitar a Charlie. Eché un vistazo al reloj, contando los minutos hasta la hora de cerrar. Me había lavado la cabeza y peinado la noche anterior. No paraba de mirarme al espejo y me cambié dos veces de blusa. De repente, quería impresionar a Patrick, ponerme guapa para él.

La señora Paulsen se pasó por la tienda, a husmear de nuevo. Le dije que me marchaba a Slidell para visitar a Charlie y que a mi regreso le pasaría un informe completo. Escribió una nota para Charlie e insistió en meterla en un sobre cerrado para que se la hiciera llegar. Le vendí el libro de Shirley Cameron y charlamos sobre su amiga de Smith que escribía novelas históricas.

Ella pensaba que nos llevaríamos bien. La señora Paulsen era interesante y amable cuando no ejercía de detective.

Llegó una carta de Charlotte preguntando si me habían notificado algo sobre mi solicitud. También mencionaba que su prima Betty Lockwell le había escrito para curiosear sobre Patrick, pidiéndole que se lo volviera a presentar. A Charlotte, el enamoramiento de Betty le parecía divertido. A mí no me hacía ninguna gracia. Arrojé la carta al cajón de mi escritorio, cerré la puerta y me dirigí hacia la salida.

De camino, ensayé lo que le diría a Patrick cuando lo viese. Quería dar la imagen de estar cómoda, ocultar lo atolondrada que me había sentido todo el día por lo del beso. Le dejaría llevar la iniciativa. Al llegar a la puerta agucé el oído para escuchar el piano, pero la casa estaba en silencio. Me guardé la llave en el bolsillo y llamé.

La puerta se abrió.

—Hola, Jo. Pasa.

Patrick estaba descalzo, llevaba una camisa planchada y se estaba metiendo un cinturón por las presillas de sus pantalones. Tenía el pelo todavía mojado.

—Estás guapo —dije, esperando que me devolviera el cumplido.

—Gracias. Ahora vuelvo. Tengo que ponerme los zapatos. —Corrió escaleras arriba.

Algo olía bien. Crucé el salón hasta el piano de Patrick. Pasé los dedos por la palabra «Bösendorfer» y luego rocé en silencio las teclas con mi mano. En la repisa para partituras estaba el *Liebesträume* de Franz Liszt. Contemplé todas esas notas, maravillada ante la facilidad con la que Patrick era capaz de convertir esos puntitos negros en música hermosa.

—He hecho croquetas —dijo mientras bajaba las escaleras—. He usado la receta del libro de Betty Crocker que compró aquella ama de casa infeliz.

—¿Qué significa? —le pregunté, señalando la partitura.

Patrick se acercó a mis espaldas y leyó por encima de mi hombro.

—*Liebesträume*. Es alemán.

—Ya sé que es alemán, pero ¿cómo se traduce?

Patrick cerró la partitura y la dejó encima del piano.

—Significa «Sueños de amor».

¿Se estaba sonrojando?

—Vaya —dije, sin querer revelar la sonrisa interior que refulgía en mi pecho—. ¿Cómo está Charlie?

—Últimamente duerme mucho. Casi veinte horas al día. Tengo que despertarlo para que coma.

—¿Piensas que es por la medicación? —le pregunté.

—No lo sé. Voy a preguntárselo a Randolph. —Patrick sacó un plato del aparador y me lo entregó—. Estaba buscando una almohada para Charlie en su armario y encontré su manuscrito en la balda superior.

—¿Lo has leído?

—No me gusta admitirlo, pero sí. Sé que él quería que esperase hasta que estuviera acabado. Pero me moría por leerlo. Y, ¿sabes qué? ¡Es muy bueno! Ojalá pudiera haberlo terminado.

—Bueno, nunca se sabe. Igual lo acaba cuando se recupere —dije.

Nos sentamos a cenar en la mesa de la cocina. Me hubiera gustado hacerlo en el comedor, pero habría resultado demasiado formal. Yo no paraba de repetirme que debía dejar de pensar en esta visita como en una cita. Había comido con Patrick cientos de veces. Pero no podía evitarlo. Cuando me marchase a Shady Grove, no sabía cuánto tiempo pasaría sin verlo. Empezamos a comer, y le conté lo de Madre.

—¡Ostras, Jo! ¡Es de locos! —dijo Patrick.

—Ya sé que es de locos. Dora dice que quieren hacer algunas preguntas a Madre porque alguien declaró que la habían visto con el señor Hearne.

—¿Y qué dice Willie?

—Willie me va a mandar a Shady Grove. —Miré a Patrick—. No sé cuánto tiempo voy a estar fuera.

—Bueno, eso es lógico. Willie no quiere que tu madre te involucre en su problema.

—No sé cuánto tiempo voy a estar fuera —repetí—. Igual tenemos que cerrar la tienda.

—Ya se me ocurrirá algo —dijo Patrick—. Puedes aprovechar estas vacaciones. Llévate un montón de esos libros nuevos que querías leer.

Terminamos la cena, conversando sobre asuntos banales. Cada minuto que pasaba me debatía sobre si debería sacar el tema de lo que había pasado en la tienda.

—Esto... Jo, ¿puedo pedirte un favor? —me preguntó Patrick—. ¿Te acuerdas de James, el de Doubleday? Es su cumpleaños, y su novia va a dar una fiesta esta noche. Me han invitado, y la verdad es que me gustaría pasarme, pero...

—Pero necesitas a alguien que se quede con Charlie.

Patrick asintió.

—Te llevaría a la fiesta conmigo, pero Randolph está ocupado esta noche y no puede venir.

—Pues claro que me quedo con Charlie.

—Oh, gracias. No tardaré.

Fregué los platos y Patrick subió al piso de arriba a ver cómo estaba Charlie. Bajó con americana y corbata.

—Estás muy bien. Y también hueles bien.

Olía a colonia nueva.

—Me alegro de que te guste. —Se dirigió hacia la puerta, se detuvo y volvió junto a mí. Posó las manos en mis hombros y me dio un beso rápido—. Gracias, Jo. Volveré pronto.

Cerró la puerta con un golpe. En la librería no me había dado cuenta. Sus labios eran fríos.

No volvió pronto. Pasaron horas. Me leí revistas, limpié el polvo del piano, y finalmente subí al cuarto de Charlie para ver cómo estaba. Me detuve ante la puerta cerrada del dormitorio de Patrick, aguantándome las ganas de colarme y husmear un poco. En vez de eso, entré en el cuarto de Charlie. Estaba dormido, bien tapado con una sábana. La habitación se encontraba limpia y ordenada. Había frasquitos de medicamentos alineados encima de la cómoda junto a un papel con las instrucciones de Randolph. Abrí una rendija la ventana junto al escritorio para ventilar un poco el ambiente. El folio seguía metido en la máquina de escribir. Tuve que mirarlo dos veces para asegurarme. Había otra letra:

AM

Me senté al borde de la cama de Charlie. La piel blanquecina alrededor de sus heridas tenía manchas rojizas de la mercromina. Retiré un poco la sábana. Charlie estaba abrazando la caja rosa de San Valentín. Tenía mal color, y su pelo blanco seguía desgreñado.

—Oh, Charlie —susurré—. ¿Qué te ha pasado? Solo quería cortarte el pelo. Lo siento muchísimo.

Sus ojos se abrieron de repente y se clavaron en mí. Por un brevísimo instante, sonrió. Era la misma sonrisa que me ponía cuando tenía ocho años y me escondía en su librería, la sonrisa que me ofrecía desde el escaparate mientras yo barría la calle. Esa sonrisa que decía: «Josie, eres una buena chica».

Aparté los mechones de pelo de sus ojos.

—Te quiero, Charlie Marlowe. ¿Puedes oírme? Vamos a superar esto.

Pero ya estaba dormido de nuevo.

Me despertó el olor a café. Alguien me había echado una manta sobre los hombros en el sofá. A través de las cortinas del salón brillaba un tono suave de color melocotón. El sol estaba saliendo. Me dirigí a la cocina. Patrick estaba junto a la encimera, con la americana y la corbata todavía puestas.

—¿Te he despertado? —preguntó.

—No me puedo creer que me haya quedado dormida. ¿Charlie está bien?

—Está bien. Lo siento, he vuelto más tarde de lo que esperaba. —Patrick no había dormido pero no parecía cansado.

—¿Te divertiste en la fiesta?

—Sí, pero fui el mono de feria. Me tuvieron toda la noche tocando el piano. He tocado suficiente jazz para toda una vida.

—Patrick se volvió y sonrió—. Jo, adivina quién estaba en la fiesta.

—¿Quién?

—Capote.

—¿Truman Capote? ¿Le dijiste que te encantó su libro y que se vende como rosquillas en la tienda?

—Solo hablamos un poquito. Principalmente, sobre Proust. Tiene una voz extrañísima, Jo, y es muy chiquitín. Solo tendrá veinticinco o veintiséis años, pero les daba cien vueltas a todos los literatos. El único capaz de seguirle era ese excéntrico de Elmo Avet.

—Willie conoce a Elmo. Lo llama la Abeja Reina, pero le encantan los muebles antiguos que le vende. Parece que fue una buena fiesta de cumpleaños.

—Te haré un café. Te marchas esta mañana, ¿verdad? —preguntó.

Asentí en silencio.

—Te echaremos de menos —dijo Patrick, sirviéndome una taza de café.

—Yo también te echaré de menos. Puedes localizarme a través de Willie. Dejará mensajes para mí al hombre de la tienda. Y, por supuesto, puedes escribir. Te he dejado la dirección en el mostrador. Ah, casi se me olvida. La señora Paulsen se pasó por la tienda.

Patrick se giró con el rostro arrugado de temor.

—¿Otra vez?

—Sí. Le dije que me iba a Slidell a visitar a Charlie. Me dio una nota para él. —Saqué el sobre cerrado de mi bolso y se lo entregué a Patrick.

Lo abrió y lo leyó. Me lo devolvió.

Nunca fuiste de los que escriben novelas de misterio, y ahora te has convertido en una.

Envíame una carta desde Slidell, o sabré que todo esto es una mentira.

Con preocupación,
Barbara

37

Me encantaba el taxi de Cokie.

Pero no estábamos en el taxi de Cokie. Íbamos en *Mariah*, y Cokie sonreía de oreja a oreja.

—Ponme otro cafecito de ese termo, Josie bonita. ¿Ves? Así da gusto conducir. Un día me compraré un Cadillac grande y negro como este, con ruedas de banda blanca y todo. ¡Sí señor!

—Este coche llama mucho la atención. Tendríamos que haber usado tu taxi. Me encanta tu taxi. Es tan cómodo.

—Mi taxi es una buena chica. Si pudiera hablar... ¡Madre! Las cosas que ha visto. Pero bueno, esta no es la ruta hasta Northampton. Eso será rumbo al norte cruzando Misisipi y luego por Alabama. Mazorca dice que es mejor conducir en cuanto sale el sol, y parar antes de que se ponga. Yo pienso lo mismo. Te quedarás con el primo de Mazorca en Georgia, y también tiene una tía en Virginia si necesitáis parar allí.

—Es muy amable por tu parte tenerlo todo planeado, Cokie, pero todavía no me han aceptado.

—Te aceptarán. Lo sé. —Cokie asintió repetidamente—. Tienen que aceptarte.

Se volvió hacia mí desde el volante.

—Tienes que salir de aquí, Josie. Nueva Orleans está bien para algunos, muy bien para unos pocos. Pero no para ti. Llevas demasiado equipaje, y te impedirá volar. Tú tienes sueños y el potencial para hacerlos realidad. Apuesto a que ese ricachón de Memphis te atraía porque encajaba en la idea que tienes de cómo sería tu papi. Y estoy contigo, es imposible que hayas salido tan buena a menos que la otra mitad fuera cosa fina. Así que te aceptarán, y conseguirás que todos nos sintamos orgullosos de ti. Seguro que me harás sentir orgulloso.

Nos pasamos las tres horas charlando. Cokie me contó historias de su familia. Su padre era un blanco de Canadá que se instaló en Nueva Orleans. Tenía mujer e hijos, y aparte se lo montaba con la madre de Cokie. Murió antes de que él cumpliera los tres años. Al contrario que yo, Cokie había estado muy unido a su madre y se le saltaban las lágrimas con solo mencionarla. La amaba profundamente y decía que siempre se portó bien con él. Falleció cuando él tenía dieciséis. Me contó que por eso le resultaba imposible encontrar una esposa, porque quería una mujer con las mismas cualidades que tuvo su madre. Fue rechazando a cualquier mujer que yo le sugería como posible pareja, entre burlas y comentarios que me hacían reír tanto que casi me hice pis encima.

—Está bien, y Bertha, ¿por qué no? —le pregunté.

—Bueno, Bertha es maja, pero está muy mayor. Me gustan las chicas a las que no les queda grande la talla de piel.

—¿Y Tyfee? —seguí.

—¿Tyfee? ¡Lo dirás en broma! Solo tiene tres dedos en el pie, y suda como un chucho cagando pepitas de melocotón. Además siempre está tiñéndose ese pelo gris que tiene con posos de café. Parece que se echa barro encima. No, gracias.

Tyfee solo tenía tres dedos en los pies. ¿Qué le habría pasado?

Cokie era exigente a la hora de elegir compañera, pero parecía saber exactamente lo que quería en una mujer. Me hizo pensar en Patrick y en nuestra incómoda despedida. Me había abrazado fuerte durante un buen rato, como si no fuera a volver a verme más. Pero no me había besado. Solo se quedó mirándome, con los ojos llenos de silencio. No sabría decir si estaba molesto porque me marchaba o molesto por lo de Charlie.

Llegamos justo antes de la hora de comer. Cokie se detuvo ante la casa de Ray y Frieda Kole. Posó la mano sobre el capó del coche del matrimonio.

—Está frío. Llevarán un buen rato dormidos —dijo Cokie.

Pobres Ray y Frieda. Me pregunté por qué le tendrían tanto miedo a la oscuridad.

Cokie dejó en su porche una caja de parte de Willie. Contenía una cazuela del *gumbo* de Sadie, un cartón de cigarrillos, una botella de moscatel y una carta de Willie ordenándoles que me tuvieran vigilada.

Tomamos el largo camino flanqueado de árboles que conducía a Shady Grove.

—Mira, Jo, asegúrate de tener los oídos bien abiertos. Este sitio es bonito y apartado, pero eso también puede convertirse en un problema. Por mucho que grites, nadie te oirá. Ni siquiera Ray y Frieda. Están a más de un kilómetro.

—Lo dices como si hubiera osos por aquí o algo así.

—No estoy hablando de animales, estoy hablando de criminales.

Me reí.

—Nadie quiere robar en Shady Grove. Aquí no hay nada más que muebles y platos viejos.

Shady Grove era la viva imagen de la paz. Una pequeña cabaña criolla con un gran porche rodeada de robles cubiertos de musgo.

Cokie echó el freno de mano.

—Mira, Josie, no estoy de broma. Este asunto de tu mami es cosa seria. Hay mucha gente que no quiere verla de vuelta en Nueva Orleans. Willie ha sido lista alejándote del jaleo, pero incluso aquí, tienes que estar atenta. Algunos podrían ser tan estúpidos como para pensar que pueden llegar hasta tu madre a través de ti.

Me bajé del coche y saqué mi maletita y una caja llena de libros del asiento trasero. Cokie abrió el maletero. Estaba lleno de embalajes y cajones.

—Cokie, esto es la mitad de la despensa. Creía que me iba a quedar una semana como mucho.

—Sadie se ha pasado toda la noche cocinando para ti. Tendrás suficientes víveres. —Sacó la bolsa de golf de Willie del maletero—. Toma esto. Sabes que no soporto las armas.

Miré dentro de la bolsa.

—¿Las ha metido todas?

—Con cargadores de repuesto en el bolsillo delantero. Me dijo que te había pedido que trajeras tu pistola.

—¿No es un poco exagerado?

—Bueno, nunca te has quedado aquí sola. ¿Y si viniera alguien?

—¿Como quién? ¿Frieda Kole?

—Como Cincinnati.

Ya lo había soltado y no podía echarse atrás. Un escalofrío me recorrió el cuello. Oí su voz: «Ya te pillaré, Josie Moraine». Saqué una de las escopetas para examinar lo que había enviado Willie.

Cokie se rascó la frente.

—No debería haber dicho eso. Mira, Josie, no estoy diciendo que Cincinnati vaya a presentarse aquí. A Willie le preocupa que tu madre y él te quieran usar para testificar a favor de tu madre, y bueno, Cincinnati se relaciona con gente bastante mala.

—¿Como Carlos Marcello?

Cokie parecía a punto de echarse a llorar. Entonces me acordé de Patrick abrazándome tan fuerte que casi me hacía daño, como si estuviera despidiéndose para siempre. Cokie se sorbió la nariz y empezó a dejar cajas en el porche. Lo agarré del brazo.

—¿Qué está pasando aquí, Cokie?

—Tu mami se ha metido en un lío gordo, Jo. Un ricachón ha muerto por un *Mickey*, y alguien dijo que ella estaba con él.

—¿Quién se chivó a la Policía?

—No lo sé. Si pasa algo gordo, saldrá en los periódicos. Cuando vayas a la tienda, puedes comprártelos. Pero asegúrate de llevar la pistola encima y cierra bien la casa. Y cuidado cuando vuelvas. Deja algunas señales para saber si ha entrado alguien mientras estabas fuera.

Abrí los postigos de las ventanas y recogí las cortinas. Cokie dejó los víveres en la cocina.

—Mira, no te comas el coco. Willie solo está tomando pre-cauciones. Pásalo bien por aquí. Aprovecha para descansar y leerte todos tus libros. En un periquete volveré a recogerte.

Mariah se marchó por el camino, levantando polvo a su paso. Me quedé en el porche contemplando el horizonte, aferrando el rifle de Willie.

38

Ya no me preguntaba por qué Ray y Frieda temían a la oscuridad. Ahora yo también le tenía miedo.

Todas las noches, al caer el sol, recorría el camino hasta su casa y me unía a ellos en el coche. Me tumbaba en el asiento trasero y dormía mientras ellos fingían conducir hasta Birmingham, Montgomery y algún sitio nuevo cada noche. Les preparaba un buen desayuno al amanecer y luego deshacía andando el kilómetro y pico de regreso a Shady Grove con la almohada debajo del brazo. Cada día, a la hora de comer, iba hasta la tienda para ver si tenía correo o algún mensaje.

Me encantaba Shady Grove y no echaba de menos Nueva Orleans lo más mínimo. Pero extrañaba a Patrick y le escribía todos los días para que me contara cómo estaba Charlie. Al cabo de una semana, no había recibido ni una sola carta de respuesta. Cuando llamé a Willie desde la tienda, me contó que Randolph se pasaba a diario para ver a Charlie, que estaba más tranquilo y que dormía un montón. No me contó demasiado sobre Madre, solo que había vuelto, que había pagado la fianza y que se estaba quedando en el motel Town and Country. Eso significaba que estaba con Cincinnati. Carlos Marcello era el propietario del Town and Country. Willie me dijo que había mandado a Cokie a Slidell para echar al correo una carta escrita a máquina dirigida a la señora Paulsen que le había dado Patrick.

Intenté llamar a Patrick desde la tienda, pero nadie contestó.

Acababa de terminar de lavarme el pelo cuando oí el ruido. Sonaba como el runrún de un motor, pero luego desapareció. Corrí a la cocina y agarré la escopeta. Me acerqué con sigilo a la parte delantera de la casa y me asomé por la ventana. Nada. Con cuidado, abrí la puerta con mi pie desnudo. Las bisagras protestaron, traicionando mi silencio. Salí lentamente al porche, apuntando al camino con el cañón del rifle. Algo crujió a un lado del porche. Me giré a mi izquierda con el dedo en el gatillo.

—¡Ostras! Tranquila, tía.

Jesse Thierry estaba junto a su moto a un lado del porche.

—Apagué el motor al acercarme y he hecho andando el final del camino porque no quería asustarte. Ya veo que no lo he conseguido —dijo.

Bajé el rifle y respiré aliviada.

—Mírate, lista para liarte a tiros, como la Mae West de Motor City.

Costaba enfadarse cuando Jesse se ponía gracioso.

—Me sorprende verte por aquí, eso es todo —dije.

—Y, por casualidad, ¿es una sorpresa agradable?

—Pues claro. ¿Has venido en moto todo el camino?

Jesse se quitó la chaqueta de cuero y la colgó en el respaldo del asiento de su moto.

—Hace buen tiempo, así que ha estado bien. Me encontré con Willie ayer en el Barrio Francés y me dio la dirección. También dijo que a la vuelta tendría que pasarle un informe sobre cómo estabas. —Jesse sonrió—. Bueno, ¿me invitas a pasar a ese porche o todavía estás debatiéndote entre dispararme o no?

—No..., digo, sí. Pasa.

En cuanto las palabras salieron de mi boca, Jesse se aupó a mi lado de un salto.

—No sé cómo puedes moverte con esos vaqueros —le dije.

—¿Estos? No son ajustados, solo los he encogido para que me queden bien. Mira, cuando uno se compra unos vaqueros nuevos, nunca le quedan bien, así que hay que darse un baño de agua caliente con ellos puestos.

—¿Te metes en la bañera con ellos? —me reí.

—Pues sí. El agua caliente hace que se ajusten a tu cuerpo y así te quedan perfectos.

—Pero tienes que andar por ahí todo el día con unos vaqueros mojados.

—Solo es un día. —Jesse señaló mi pelo—. Parece que tú también acabas de darte un baño. —Se sentó en una silla en el porche.

—Estaba lavándome el pelo, pero he tenido que salir a pegar un tiro a alguien. ¿Quieres tomar un refresco?

Cuando volví, Jesse estaba leyendo mi libro de Keats. Nos sentamos en el porche a jugar a las cartas y beber té helado. Me contó que había visto a Madre en Bourbon Street y que parecía más delgada y cansada.

—Ese tipo con el que está tu madre parece un bruto, Jo.

—¿Cincinnati? Es peor que bruto. Debería estar en la cárcel. Hace trabajitos para la banda de Marcello. Y esa ramera estúpida que tengo por madre lo adora.

Jesse robó otra carta.

—Veo a la ramera estúpida de tu madre y subo la apuesta con un padre alcohólico y temerario. Tan temerario que estampó su coche contra un árbol, matando a mi madre, rompiéndome el pie y dejándome una cicatriz en la cara. —Jesse enseñó sus cartas—. Gin.

—Vaya, Jesse, lo siento. No lo sabía.

—No es culpa tuya. No es culpa mía. Así son las cosas. Ahora mi pie está bien. No me he quedado como Tyfee Tresdedos ni nada de eso. Pero ya no podré entrar en el ejército. ¿Y si echamos una partida de póquer?

—Pues claro.

Observé a Jesse barajando las cartas mientras me sonreía. Había dicho que no era culpa suya. Ojalá pudiera sentir lo mismo con Madre. Sabía que yo no había hecho nada malo, pero por algún motivo, siempre me sentía culpable. Jesse repartió las cartas, e intenté recordar todas las jugadas del póquer.

—Vamos a ver —dije—, si junto a mi madre con tu padre, eso es un *full*.

Jesse dio un trago a su vaso, sin apartar los ojos de mí.

—Yo más bien diría un ful de Estambul. —Seguía mirándome fijamente—. Si la pasma consigue cargar a tu mami con el muerto, la acusarán de asesinato, Jo.

—Lo sé. A Willie le asusta que quieran que yo declare a su favor. Por eso me está escondiendo aquí.

—¿Te sientes segura?

—Estoy bien. —Algo en mi interior quería admitir ante Jesse que me pasaba las noches en el asiento trasero de un Buick herrumbroso en un recorrido imaginario a ninguna parte.

Jesse se recostó en la silla y contempló el paisaje.

—Hay que reconocer que es un sitio bonito para esconderse. No me importaría nada perderme por aquí. ¿Qué hay carretera abajo?

—¿Quieres que te lo enseñe?

39

Extendí una capa imperceptible de tierra sobre los escalones del porche. Eso me permitiría descubrir huellas o cualquier intento de allanamiento mientras estaba fuera. Le di mi pistola a Jesse y le pedí que la llevara en su chaqueta de cuero.

–Tía, eres toda una Bonnie Parker.

–Una mujer que se conoce las cuerdas tiene pocas probabilidades de acabar atada.

A Jesse aquello le pareció graciosísimo.

–¿Es una frase de Willie?

–Pues no, es de Mae West. Pero, mira, ¿cómo me subo a ese trasto con una falda?

Jesse empujó la moto.

–Había pensado en venir hasta aquí con el Merc, pero no quiero que lo veas hasta que esté terminado. Es un coche que tiene una pinta genial, Jo.

Las nubes se alejaron y el sol ardía en lo alto. Jesse me explicó cómo tenía que sentarme y dónde debía poner los pies.

–Recuerda, no acerques las piernas al tubo de escape. –Se puso las gafas de sol–. Ahora tienes que agarrarte a mí, así que intenta controlarte, ¿de acuerdo?

–Muy gracioso. ¿Por qué no conduzco yo? Así serías tú el que se agarre.

–Aunque me apeteciese, y, créeme, me apetece mucho, no es una buena idea. Es la primera vez que montas en moto.

Jesse arrancó la Triumph, y se montó. Yo no tenía pensado agarrarme a él, pero en cuanto la moto se movió, me aferré a su cintura. Noté su risa en el movimiento de su estómago. Al final del camino, le dije que se metiera a la izquierda. Avanzamos cuesta abajo hacia el cruce de Possum Trot. Aquello no tenía nada que ver con ir en coche. El cielo estaba sobre nuestras cabezas, y podía oler el cuero de la chaqueta de Jesse bajo el calor del sol. El motor rugió. Jesse estiró la mano izquierda y tocó la mía.

—¿Estás bien? —gritó.

—Más rápido —le respondí a voces.

Me obedeció, metiendo otra marcha y saliendo disparado, volando carretera abajo como una bala salida de un cañón. No me quedó otra que agarrarme a él. Estaba muerta de miedo. Y me encantaba.

El viento nos envolvía, soplando contra mi cuerpo, revolviendo el pelo de Jesse y el mío. Íbamos al límite de lo imprudente, pero me sentía segura. A salvo de Cincinnati y a salvo de Madre. Montando en moto con Jesse sentía como si estuviera liberando un grito guardado en una botella, y no quería que aquello terminara.

Finalmente, nos acercamos a la tienda. Le di un pellizco en la cintura y le indiqué el lugar. Redujo la velocidad y se detuvo.

Me bajé de un salto de la moto.

—¿Estás bien? —preguntó Jesse.

—¡Me ha encantado! Siento como si el corazón fuera a salírseme del pecho. Me arde la piel.

—Eso es la adrenalina. A veces cuando acelero, siento la libertad en mi cara y es como si pudiera ir en esa moto para siempre. —Jesse se echó a reír—. Mírate.

—¿Qué?

—Tienes una sonrisa de oreja a oreja, y la cara toda colorada. Venga, te invito a beber algo.

Nos quedamos junto al frigorífico de los refrescos. Yo todavía estaba mareada de la carrera y mi cadera chocó involuntariamente contra Jesse, apartándolo de mi lado. Él me agarró del brazo para acercarse de nuevo.

—Más te vale portarte bien, o te dejo aquí tirada —se burló.

—Pues volveré andando, como hago todos los días.

Parecía sorprendido.

—¿Te vienes andando hasta aquí tú sola?

—Todos los días, yo sola conmigo misma. ¿Tienes celos?

Jesse acercó su mano a mi cara y apartó un mechón de mis ojos.

—Sí, un poco.

Su mano se entretuvo en mi mejilla. Mis ojos permanecieron fijos en los suyos.

—Buenas, Josie. Hoy no te han dejado ningún recado, pero tengo una carta para ti. —El dueño de la tienda me entregó un sobre. Reconocí la letra de Patrick, le di la espalda a Jesse y lo abrí.

Querida Jo:

Siento no haberte escrito antes, pero he estado muy liado. Charlie duerme mucho, pero Randolph dice que ayer estuvo paseándose por la habitación. He visto a tu madre en Chartres Street con un mafioso. La Policía trajo desde Baton Rouge al director de la orquesta del Sans Souci para interrogarlo, y declaró que pensaba que el señor Hearne se había quedado dormido en la mesa, no que estuviera muerto. Capote dio una fiesta de despedida antes de irse de la ciudad y me pidió que tocara el piano. Todavía no ha llegado carta de Smith. Eso es todo por aquí.

Te echo de menos, Patrick.

PD: Betty Lockwell ha pasado dos veces por la tienda. Escríbeme a ver si adivinas qué ha comprado.

Me senté con Jesse en las escaleras de madera de la pequeña tienda, a beber zarzaparrilla y tirar piedras a un árbol. Me imaginé que el árbol era Betty Lockwell y acerté todas las veces. Cada rama era un brazo, una pierna, luego la cabeza. Cacahuetes salados.

—Entonces, ¿cuánto hace que eres la chica de Patrick? —preguntó Jesse.

No me apetecía hablar de Patrick, sobre todo con Jesse.

—No lo sé —le dije.

Arrojé una piedra, arrancando la última extremidad que le quedaba a Betty.

—¿Besa bien?

Me detuve en seco y me volví hacia él.

—¿Perdón?

Me mostró una sonrisa chulesca.

—Eso significa que no.

—Y tú, ¿qué? Estoy segura de que tienes un montón de novias.

—No estoy solo. Pero tampoco tengo novia. —Jesse dio un trago de su botella y reclinó la espalda sobre los escalones—. Aquella noche, en Dewey's, dijiste que ibas a quedar con tu chico. Te seguí. Estaba oscuro, y quería asegurarme de que no te pasaba nada. Bajaste hasta el río. Te dio plantón.

Jesse me había seguido la noche que llevé el reloj al río.

—No, me...

—Sí, Jo, no se presentó, y te echaste a llorar. Yo me quedé pensando «Tío, este chaval es un estúpido». Así que, sea lo que sea eso que te molesta en la carta que te ha enviado, olvídalo. Vas a pasar página y, ¡leches!, en Massachusetts no tienen ni idea de quién está a punto de llegar. Apuesto a que eres la primera Mae West que tienen. —Jesse vació la última gota de su zarzaparrilla—. Venga, será mejor que nos vayamos. Tengo un viaje de tres horas por delante.

Regresamos a Shady Grove, más despacio que a la ida. Me agarré a Jesse y descansé mi mejilla en su espalda.

La tierra sobre los escalones se encontraba intacta. La cabaña estaba tranquila, adormilada en la hora de la siesta. Nos comimos un sándwich en el porche en silencio, contemplando las barbas de musgo que colgaban de las ramas de los robles y que mecía el viento. Jesse me devolvió la pistola y lo seguí por los escalones del porche hasta su moto.

—Ah, casi se me olvida.

Buscó en el bolsillo de su chaqueta y me entregó una tarjeta:

Jesse Thierry.
Mantenimiento de vehículos de lujo.
Tel.: Raymond 4001.

—Ese tipo, Lockwell, me pidió una tarjeta, y yo no tenía. Me dio que pensar. Esa gente de la zona alta igual necesita los servicios de un mecánico discreto, y puedo cobrarles una buena pasta. Le di una tarjeta a Willie, y dice que puede proporcionarme un montón de curro. Seguro que es mejor que vender flores.

—Es un buen negocio —le dije.

—Los dos hemos sido un poco negociantes, ¿verdad? —Se puso la chaqueta—. Pero prefiero pensar que tenemos buen corazón.

—Me parece genial, Jesse. Y tienes hasta teléfono.

—¡Qué va! Es el número de los vecinos. Dicen que recogerán las llamadas y mandarán a buscarme. Bueno, voy a ponerme en camino.

—Gracias por pegarte todo este viaje para hacerme compañía.

—Nos vemos, Jo. —Jesse se puso las gafas de sol—. Lo he pasado bien.

Me senté en los escalones y contemplé cómo se alejaba. Escuché el murmullo de la Triumph hasta que se desvaneció por completo, reemplazado por una sinfonía de cigarras y ranas. Permanecí sentada hasta que empezó a ponerse el sol, luego cerré la puerta y comencé a recorrer el camino hasta la casa de Ray y Frieda con mi almohada bajo el brazo.

Esa noche nos íbamos a Biloxi.

40

Dos días después, recibí una postal de Jesse.

Motor City. Mae West. Massachusetts.
Jesse

Una parte de mí deseaba que volviera, pero otra esperaba una nueva carta de Patrick. Me terminé la caja de libros. Para calmar el tedio, limpié la casa varias veces seguidas.

Deshice la cama del dormitorio de Willie, fregué los suelos, limpié las paredes y aireé los armarios. No me atrevía a reorganizar nada. A Willie no le gustaría que anduviese revolviendo entre sus cosas. Solo moví con cuidado los objetos que había en los cajones para quitarles el polvo. Fue entonces cuando encontré las fotos. Oculto al fondo del último cajón de Willie había un sobre amarillento con tres fotografías dentro.

La primera era un ferrotipo de una mujer madura. Llevaba un vestido largo de color oscuro salpicado por una fila de botoncitos por delante. Estaba de pie, apoyando el brazo en una columna, y por su gesto se diría que deseaba atizar al fotógrafo con una llave inglesa o cualquier otra herramienta contundente. En el reverso estaba marcada la palabra «Wilhelmina». Me fijé atentamente y me pareció ver una sombra de Willie en su rostro.

La siguiente foto no tenía nombre, solo ponía «1935» por detrás. El hombre que aparecía en la foto era increíblemente guapo. Reconocí el sillón en el que se sentaba, pero no la habitación. Ese sillón era el que ahora usaba Willie en el salón de la casa de Conti.

En la última imagen salía Willie, con diez años aproximadamente, acurrucada en la horqueta de un árbol. Mechones de su pelo revuelto brotaban en todas direcciones. Su rostro irradiaba una felicidad de niña traviesa. Willie jamás hablaba de su infancia. Observé la foto, sorprendida de que alguna vez hubiera sido niña. No sé muy bien cómo, pero me imaginaba que Willie Woodley ya había nacido con voz herrumbrosa y calle suficiente como para burlar a cualquier embaucador. Pero ahí la tenía, una dulce niñita con una gran sonrisa. ¿Qué había pasado con la Willie de la foto? A veces me entraban ganas de ver fotos de mi infancia, pero no tenía ninguna. Madre nunca me llevó a sacarme una foto.

Pensé en los marcos de plata que había en la casa y en el despacho de Lockwell. Mostraban su historia para que todo el mundo la viera. Willie tenía la suya oculta al fondo de un cajón. Mi historia y mis sueños estaban en una lista en mi escritorio y, ahora, enterrados en el jardín.

Ya me había encargado del problema. Encontré una vieja caja de latón de pralinés en la cocina. Di cuerda al reloj del señor Hearne, lo puse en hora y lo introduje en la caja junto a su cheque. Podía ver a Forrest Hearne, oír su voz. Me extendía el cheque para pagar por los libros de Keats y Dickens, sonriéndome, el reloj asomando bajo el puño de su camisa. ¿Por qué no limpiaba las huellas y se lo devolvía por correo a su familia? Tenía la dirección en el cheque. Su esposa e hijos lo apreciarían. Estarían muy agradecidos.

Lo enterré cerca del lilo del jardín trasero.

Sonó un claxon. Lo reconocí al instante. Salí corriendo al porche para ver a Cokie llegando en *Mariah*. Bajé los escalones a saltos y lo rodeé entre mis brazos.

—¡Qué bueno verte! ¿Tienes sed? ¿Quieres comer algo?

Cokie se soltó de mi abrazo. Un gesto serio arrugaba su rostro.

—Es hora de volver, Josie bonita.

—Por fin. Se me estaba acabando la comida. ¿Madre se ha ido ya?

Cokie agachó la cabeza y dijo algo en voz tan baja que no pude oírlo.

—¿Qué has dicho?

Respiró hondo y dijo:

—El señor Charlie ha muerto.

Me senté en el asiento delantero de *Mariah*. Mi pecho palpitaba. Lágrimas cálidas se deslizaban por mi rostro y corrían por mi cuello. Cokie me contó que Charlie había empeorado de repente. Patrick y Randolph permanecieron toda la noche a su lado. Patrick estaba junto a la cama, dándole la mano, cuando falleció. Randolph llamó a Willie. Cokie y ella se acercaron para ayudar a Patrick. Willie había arreglado las cosas con la funeraria, y el entierro sería al día siguiente.

Todos habían ayudado. Todos estuvieron allí. Menos yo.

Cokie me había traído el periódico.

CHARLES MARLOWE. Amado hijo de los difuntos Catherine y Nicholas Marlowe, hermano del difunto Donald Marlowe, padre de Patrick J. Marlowe, propietario de la librería Marlowe, escritor, de 61 años y residente en esta ciudad desde hace 39 años. Se invita a los amigos de la familia a asistir al funeral, que tendrá lugar el miércoles a las 11 de la mañana en el tanatorio Jacob Schoen e Hijo, Canal Street, número 3827. El entierro será en el cementerio de Greenwood.

—Venga, Josie bonita, llora. Yo me he pasado llorando todo el viaje hasta aquí. Sé que te hubiera gustado estar allí. Mira, tu mami sigue metida en líos hasta el cuello, pero Willie dijo que tenías que volver para el funeral del señor Charlie.

—¡Pues claro que tengo que volver! Esto no está bien, Cokie. Debería haber estado junto a Charlie y Patrick. Willie no tenía derecho a mantenerme alejada.

—Es difícil para Patrick, pero creo que está en paz. Le resultaba muy duro ver al señor Charlie tan enfermo y no poder hacer nada para curarlo.

Cokie me llevó directamente a casa de Patrick. Él mismo me abrió la puerta y casi no lo reconocí. La pena se había adueñado de su rostro. Se derrumbó en mis brazos. Cokie me ayudó a llevarlo al interior de la casa y a sentarlo en el sillón. Le pasé un brazo por encima y acaricié su pelo.

—Me alegro tanto de que estés aquí...

—Yo también.

—Se nos ha ido, Jo. Sabía que estaba mal, pero... pero no me imaginaba que todo sería tan rápido.

Sadie trajinaba en la cocina de Patrick.

—Sadie ha venido a ayudar para mañana —dijo Cokie—. Tras el entierro, la gente se reunirá aquí para comer. Ahora mismo vuelvo. Cuídate, amigo.

Cokie se escabulló por la puerta principal.

—¿Por qué tengo que entretener al personal? Mi padre se acaba de morir —se lamentó Patrick—. No quiero hacer vida social.

—No es entretenerlos. Tienes que dar a la gente la oportunidad de expresarte sus condolencias y consolarte. —Mis palabras sabían amargas. Yo estaba de acuerdo con Patrick. En Nueva Orleans, a veces la muerte se parecía a un evento social más que a otra cosa. Y él lo sabía mejor que nadie. Frecuentaba las pompas fúnebres a diario, a la caza de libros.

—¿Has hablado con tu madre? —le pregunté.

—Nos hemos cruzado telegramas. Quiere que me vaya con ella a las Indias Occidentales, claro está. Pero ¿cómo iba a hacerlo? Tengo que organizar un funeral. Estoy en deuda con Willie por mandarme a Sadie. —Se echó para atrás y dejó caer la cabeza en mi regazo—. ¡Gracias, Sadie! —gritó hacia la cocina.

—Patrick, Sadie es muda, no sorda.

Estiró el brazo y tocó mi cara.

—No sabes lo feliz que estoy de verte. No puedo hacer esto sin ti. Estarás conmigo mañana, ¿verdad?

—Cada minuto.

Pasó los dedos por mi mejilla.

–Es una sensación de lo más extraña. Estoy bien, me siento fuerte, y luego, una hora después, algo sucede y me derrumbo por completo. Me siento ridículo.

–Acabas de perder a tu padre. –La palabra «padre» se atragantó en mi garganta. De repente, estaba llorando, derramando lágrimas por doquier. Respiré con dificultad entre los sollozos–. Él cuidó tanto de mí... Quién sabe dónde estaría yo ahora si no me hubiera dejado el cuarto de la librería.

Patrick me atrajo hacia su cuerpo en el sofá.

–Lo sé, Jo. Tú también lo has perdido.

Permanecimos allí tumbados, llorando, hasta que nos quedamos dormidos.

41

Los preparativos del funeral fueron una experiencia surrealista. No sé muy bien cómo, gracias a la ayuda de terceros, fuimos pasando de una cara a otra y de un sitio a otro. Pero una bruma espesa y gelatinosa envolvió ese día, distorsionándolo y convirtiéndolo en una especie de inquietante película a cámara lenta.

La señora Paulsen acudió en cuanto se enteró de la noticia. Consoló a Patrick y ayudó con los preparativos de la ceremonia. Willie habló con los de la funeraria sobre el aspecto que debía presentar Charlie. Todos nos unimos para arrimar el hombro: la *madame* de un burdel, una profesora universitaria, una cocinera muda, un taxista mulato, y yo, la chica que arrastraba un carro de mentiras y las iba soltando por ahí como confeti.

Gracias a Willie, Charlie volvía a parecer el que fue —sofisticado, literato—. Pedí prestado un vestido de luto a Sweety. Patrick le rogó a la señora Paulsen que leyera unas palabras en la misa. No se veía capaz de hacerlo él. La señora Paulsen se dirigió a los asistentes con serenidad, como hacía en sus clases.

—Estamos hoy aquí para honrar la vida y el legado de nuestro querido amigo, Charles Marlowe. Su hijo, Patrick, me ha pedido que lea un discurso que ha preparado. —Se aclaró la garganta y leyó—: «Quiero daros las gracias a todos por vuestro apoyo en estos momentos tan difíciles. Probablemente, la muerte de mi padre os haya pillado a la mayoría por sorpresa. En realidad, mi padre llevaba varios meses sufriendo, luchando contra una enfermedad degenerativa del cerebro. Aunque sé que os debéis de sentir molestos por no haber podido despediros de él ni ofrecer vuestra ayuda, por favor, quiero que sepáis que el regalo más preciado que le habéis hecho a mi padre ha sido concederle la oportunidad de que padeciera este humillante mal en la intimidad. Quienes lo conocíais, sabíais cuánto se preocupaba por el lenguaje, la historia de la literatura y la imagen profesional, aspectos que había perdido en sus meses finales.

»Mis más sinceras gracias al doctor Randolph Cox, al doctor Bertrand Sully, a Willie Woodley y a Francis Cokie Coquard, quienes ayudaron a mi padre en sus últimos días. Y nunca habría sido capaz de superar este oscuro viaje sin la ayuda de Josie Moraine. Josie era como una hija para él.

»Como muchos ya sabéis, mi padre fue librero y un escritor talentoso. Por fortuna, seguirá viviendo en sus libros. Sé que siempre me reconfortará escuchar su voz a través de su escritura. Gracias a todos por estar aquí hoy».

Permanecí todo el rato al lado de Patrick. Me volví y vi a Willie y Cokie al fondo del todo, Willie con sus gafas de sol oscuras, Cokie con lágrimas corriéndole por la cara. Willie se acercó a mí tras el funeral. Parecía cansada y tenía hinchados los tobillos. Me entregó un recibo.

—Toma. He pagado en metálico. Dile a Patrick que ya está todo abonado.

—Pero, Willie, no creo que Patrick quiera que pagues tú.

—Me importa un pito lo que él quiera —dijo Willie—. Es lo que yo quiero. Nos vemos mañana. Ven pronto, la casa está hecha una pocilga.

—¿No vas a ir a la recepción en casa? Sadie ha preparado todo tipo de aperitivos.

—No voy, y Sadie, tampoco. ¿Qué pinto yo allí? ¿Perder el tiempo tomando macedonia y charlando sobre libros? Tengo un negocio que atender. Elmo va a traer un somier nuevo. Anoche Dora rompió el de su cama. Esa chica debería estar en una feria, no en un prostíbulo.

Cokie se despidió con la mano al salir junto a Willie. Él tampoco acudiría al aperitivo.

—Hola, Josie. ¿Te acuerdas de mí?

James, de la librería Doubleday, se encontraba delante de mí acompañado por una rubia alta y atractiva.

—Sí. Hola, James. Muchas gracias por venir. Sé lo mucho que significa para Patrick.

—Esta es mi novia, Kitty. Yo me pasaré por la casa para el aperitivo, pero Kitty no puede ir. Quería presentaros.

Kitty me ofreció una mano enguantada. Llevaba un vestido caro hecho a medida con grandes botones de perla.

—Encantada de conocerte, Josie. Patrick nos ha hablado mucho de ti. Dice que eres como una hermana para él. Siento mucho vuestra pérdida. —Me mostró una sonrisa. Tenía unos dientes perfectos, como los de Jesse.

Asentí con la cabeza y se marcharon. Parecían una pareja de muñequitos de juguete. Perfectos en apariencia pero, en el fondo, su atractivo estaba hecho de plástico. Sus palabras, «eres como una hermana para él», me hirieron. ¿En serio habría dicho eso Patrick?

Solo unos pocos fueron al cementerio. La señora Paulsen dijo que no podía soportarlo, y en su lugar se marchó a la casa para ayudar con los preparativos de la recepción. Aunque estaba molesta, dijo que comprendía por qué habíamos llegado a tal extremo para proteger a Charlie, y que le parecía digno de admiración.

Patrick permaneció mirando la tumba de Charlie. Tenía un aspecto solemne pero estaba guapo con su traje oscuro. Enrosqué mi brazo en torno al suyo y le dije:

—Tómate todo el tiempo que necesites.

Nos quedamos allí solos con Charlie durante casi una hora.

—Hay tantas cosas que tengo que contarle. Cosas que él no entendía. Pero no, tenemos tartas de gelatina y rollitos de atún esperándonos —se lamentó Patrick—. Es el precio que tengo que pagar por todos los ágapes funerarios a los que he asistido para rapiñar libros.

—Venga, ya sabes que Sadie no hace tartas de gelatina —le dije.

La casa estaba a reventar. El volumen de las conversaciones bajó en cuanto entró Patrick, y la gente se acercó para darle de nuevo el pésame. Yo avanzaba a su lado, pero de pronto mis pies dejaron de moverse. En un rincón. Junto a la ponchera. Agarré con fuerza el brazo de Patrick.

Madre.

Llevaba un vestido color turquesa, demasiado llamativo para la recepción de un funeral. Se había teñido el pelo con un tono de amarillo barato que dejaba ver las raíces oscuras. Tenía la piel macilenta y gris.

¿Qué hacía ella allí? Me sabía la respuesta. Comida y bebida gratis, y –no pude evitar que la idea rondara por mi cabeza– la oportunidad de estudiar la casa para un futuro robo. Mis ojos recorrieron la estancia en busca de Cincinnati.

Madre vino directa hacia mí, agarrando su copa de ponche con sus manos de uñas rojas.

–¡Mi niña! –Me pasó un brazo por encima sin llegar a tocarme y dio un beso al aire cerca de mi mejilla. Abracé su cuerpo marchito. Reculó ante el contacto.

–Madre, estás muy delgada.

–Dexedrina –musitó–. Es una nueva pastilla para adelgazar que están probando en Hollywood. Funciona de maravilla. Creo que será la bomba en cuanto la aprueben. No me puedo creer que haya venido tanta gente. A ver, Charlie tampoco era alguien tan importante.

–Era muy querido, Madre. Además, era un escritor conocido.

–Bueno, gente de libros, entonces. Pero esos no cuentan. –Me agarró de la muñeca–. ¿De dónde has sacado eso? –Sus dedos se pasearon rápidamente sobre el reloj de oro de Willie–. Eso es de catorce quilates. Deja que me lo pruebe.

Aparté ligeramente el brazo.

–Es un regalo.

Patrick se volvió y miró a Madre.

–Hola, Louise.

–¿Qué tal? Siento lo de tu viejo. Y qué triste que terminara así, como un retrasado mental. He oído que a veces sucede, así –chasqueó los dedos–, sin más. Pobrecito, debes de estar

226

muy preocupado por si es hereditario. Podrías acabar teniéndolo tú.

Patrick me agarró de la cintura y me acercó a él. Puso una mueca de disgusto.

—¿Sabes, Louise? Siempre has sido toda una... artista.

La señora Paulsen llamó a Patrick para que acudiera.

—Este chico se ha vuelto un amargado —comentó Madre cuando Patrick nos dejó—. ¿Estáis juntos? ¡Serás zorrita! Juegas a dos cartas, ¿eh? Me han contado que también sales con Jesse Thierry. Vaya, ese sí que es un bombón. Pero si Pat te hace regalos como ese reloj, yo me quedaría con él. Seguro que llegan más cosas después de eso. Pero es bueno tener también a Jesse a tu disposición, para darte algo de diversión.

Contemplé a Madre, intentando desesperadamente descifrar cómo podíamos compartir material genético. Pero sabía que era así, porque a pesar de su maldad, una parte de mí todavía la quería.

—Seguro que te has enterado de toda la basura de estos días —dijo Madre.

—Sí. ¿Estuviste con ese señor de Memphis?

—No estuve con él, solo nos tomamos una copa juntos. No es delito beber algo con una persona. —Vació su vaso de ponche y lo dejó en un tiesto. Lo recogí.

—¿Cómo lo conociste?

—Oh, ya ni me acuerdo. Por ahí. Aquella noche fue un desmadre y lo recuerdo todo borroso. —Se me acercó—. Tengo una coartada —pronunció la palabra como si la hubiera estado ensayando.

—¿Era un hombre simpático? —pregunté, pues necesitaba comprender cómo mi madre se había cruzado con Hearne.

—¿Simpático? No lo sé. Era rico. De esos ricos a los que se les reconoce nada más verlos. Oye, cariño, Cincinnati está en la ciudad. Igual podemos salir a cenar juntos un día. Ahora es colega de Jim Diamante Moran. ¿Has oído hablar de él? Ha abierto un restaurante por aquí. Lleva diamantes en todo. Hasta en los puentes de sus dientes. Creo que Jim Diamante está soltero. Igual podemos salir todos en una cita de parejas.

Por suerte, la señora Paulsen se acercó y no tuve que responder a la propuesta insidiosa de mi madre.

—¿Todo bien, Josie? —preguntó la señora Paulsen.

—Señora Paulsen, esta es... —hice una pausa y me tragué la mentira que estaba a punto de soltar—. Esta es mi madre, Louise.

—Encantada de conocerla —dijo la señora Paulsen con su tono cortante.

—Madre, la señora Paulsen es profesora de inglés en Loyola.

Madre rescató un trozo de chicle sin envolver de su bolso y empezó a mascarlo.

—Vaya, qué bien. Yo soy de Hollywood. Igual ha visto mis fotos en el periódico.

—La verdad es que no —dijo la señora Paulsen—. Louise, tiene usted una hija extraordinaria. Debe de sentirse muy orgullosa de ella.

—Sí, es una buena chica. Solo tiene que aprender a arreglarse un poco más, con más estilo. ¿Sabe que le puse ese nombre por la *madame* con más clase de Storyville? —Me dio un codazo de orgullo—. ¿Hay vodka por ahí? Me apetece un Bloody Mary.

Madre salió hacia la cocina.

Ahí me quedé, con mi reputación totalmente por los suelos delante de la señora Paulsen. Una decorosa profesora, licenciada en Smith, y mis trapos sucios sacudiéndose enfrente de sus narices.

La señora Paulsen estiró el brazo y tomó mi mano con cariño.

—Creo que ahora nos comprendemos muy bien la una a la otra, Josie.

42

Seguía sin recibir noticias de Smith. Me llegó otra carta de Charlotte preguntando si me gustaría ir con su familia a los montes Berkshires este verano. No tenía ni idea de dónde estaban los Berkshires y tuve que buscarlo. Sonaba a sitio caro y seguramente sería costoso llegar hasta allí. Además, no tenía ropa adecuada, ropa que no me habría podido permitir.

La puerta se abrió y Betty Lockwell entró pausadamente en la tienda con su sonrisa de manzana ácida y sus extremidades escuchimizadas como palillos asomando de un vestido muy caro. Recordé que le había arrancado los brazos allá en el árbol.

—Hola... —dijo, rebuscando a Patrick por la tienda con la mirada—. Recuérdame cómo te llamabas.

—Jo.

—Eso es, Jo.

—Patrick no está —le dije.

Hizo un mohín de disgusto.

—Vaya, qué pena. Me recomendó un libro que decía que me gustaría. Pero se había agotado. De Ted Capote.

—Ahora sí que lo tenemos. —Saqué el libro del expositor y se lo di. Le dio la vuelta y vio la controvertida foto del atractivo Capote, repantingado en la contraportada, mirando fijamente a la cámara.

—Vaya, qué jovencito. ¿Cuándo estará Patrick?

—Quizá no te has enterado, Betty. Patrick ha perdido a su padre. El funeral fue la semana pasada. —No pude contenerme y añadí—: Igual se va a las Indias Occidentales a ver a su madre.

—¿Las Indias Occidentales? Vaya, qué mal.

John Lockwell irrumpió por la puerta, con su hijo ceñudo, Richard, a la zaga.

—Vamos, Betty, te he dicho que no tenemos tiempo. El coche está en marcha, y estoy tirando gasolina. —El señor Lockwell me vio y se calló—. ¡Vaya, vaya! Muy buenas, Josephine. ¿Cómo estás?

—¿De qué la conoces? —preguntó Betty.

Intervine rápidamente:

—Conocí a tu padre cuando Charlotte me invitó a vuestra fiesta. —El señor Lockwell me ofreció una sonrisa—. Estoy bien, señor Lockwell. ¿Cómo está usted?

—Bien, también. —Se acercó al mostrador—. ¿Qué hay de nuevo? —Le encantaba el desparpajo que compartíamos en secreto. Richard observaba, comiéndose las uñas junto a la puerta.

—Nada nuevo por aquí. ¿Cómo van sus negocios? —pregunté.

—Mejor que nunca. Hay mucho que celebrar. ¿Has recibido noticias de Charlotte últimamente?

—Sí, ayer mismo. Me ha invitado a acompañarla a los Berkshires este verano.

Betty nos miraba a su padre y a mí alternativamente, disgustada ante nuestra cómoda conversación.

—Eso suena magnífico. Necesitarás unos buenos zapatos para los Berkshires, ¿no crees?

—Me imagino que sí.

—¿De qué estáis hablando? —le preguntó Betty a su padre.

El señor Lockwell ignoró a su hija y se apoyó en el mostrador. Señalando mi brazo, me preguntó:

—Bonito reloj. ¿Te lo ha regalado algún novio?

Mirando fijamente a Betty, respondí:

—Me lo regaló Patrick por mi cumpleaños. ¡Es tan bueno conmigo! —Richard Lockwell se rio—. ¿Puedo anotar el precio de tu libro, Betty? —pregunté.

El señor Lockwell le quitó el libro a su hija, vio la foto, y lo lanzó sobre el mostrador.

—No vas a comprarte eso. Es una porquería.

—Tú de porquerías sabes bastante —dijo Betty, dándose la vuelta y marchándose airada de la tienda. Richard la siguió.

Lockwell sacudió la cabeza.

—Lilly ha echado por completo a perder a esa chica. Bueno, tengo que irme. Me alegro de saber que de verdad trabajas aquí. —Bajó la voz—. Ahora tengo un pisito por aquí cerca, en St. Peter Street. Avísame si alguna vez te apetece... quedar. —Sonrió y salió de la tienda.

Al final, Betty Lockwell y yo estábamos de acuerdo en una cosa. Posé los nudillos sobre el mostrador, haciendo la señal de porquería.

Cokie se presentó a la hora de cerrar.

—¿Vas a cerrar? —preguntó.

—Estoy a punto. Hazme un favor y da la vuelta al cartel de la puerta.

Cokie giró el cartel para que desde fuera se leyera CERRADO. Cerró la puerta.

—Bueno, tengo un asunto que comentarte —dijo. Caminó hasta el mostrador y extendió las manos—. ¿Ves estas?

Miré las palmas de Cokie, con profundos surcos y curtidas.

—Estas manos tienen *mojo*. Después del funeral del señor Charlie, bonita, estaba tan depre que tenía que buscarme algo de diversión. Así que me eché un par de partidas y, ¡yuju! Entré en racha. Tres días seguidos, doblando apuestas y ganando. Mazorca dice que nunca había visto algo así. Lo dejé justo cuando sentí que era el mismísimo Diablo el que me tentaba para jugármelo todo de nuevo. En ese momento supe por qué había ganado ese dinero y qué iba a hacer con el bote. Josie bonita, prepara tu termo, te vas al Smith College.

Sacó un sobre de su chaqueta y lo dejó sobre el mostrador.

Contemplé el grueso sobre arrugado.

—Cokie, ¿qué es esto?

—Bueno, vamos a ver. Es dinero para las clases y dinero para la casa en la que tienes que vivir.

—¿Qué?

—Me quedé un pelín corto, así que pasé la gorra entre los amigos. Mazorca colaboró. Sweety y Sadie también echaron algo. Ya sabemos que Sadie no se lo va a decir a nadie.

—¿Willie lo sabe?

—No, y no hace falta que lo sepa. Me aseguré de mantenerme lejos de Frankie para que no fuera a venderle secretos. Yo quiero mucho a Willie, pero está empeñada en retenerte aquí en Nueva Orleans.

Agarré el sobre y levanté la solapa con el pulgar. Una pila de billetes se desplegó al abrirse el grueso fajo.

—El asunto este de tu madre está a punto de reventar. Ha ido de mal en peor. Willie ha hecho bien en apartarte del follón. Massachusetts está a una buena distancia.

No podía aceptar el dinero. Miré a Cokie para decírselo. Sus ojos danzaban, igual que el día de mi cumpleaños cuando me regaló el termo y el mapa. Él deseaba esto tanto como yo, o puede que incluso más. Y creía en mí. Miré el sobre.

Grité y salí corriendo de detrás del mostrador para rodearlo entre mis brazos.

—¡Gracias!

Estuvimos dando saltitos juntos, entre aullidos y grititos.

Cokie dio una vuelta sobre sí mismo y empezó a chasquear los dedos.

—Josie bonita, vas a ir a Boston, así que no te burles de mí...

43

Escondí el sobre bajo la tabla del suelo y salí corriendo hasta casa de Patrick. Me moría de ganas de contárselo. Habíamos hablado del tema del dinero, y él me propuso vender algunas cosas de Charlie para ayudarme. Ahora no haría falta.

Llamé a la puerta. No hubo respuesta. Abrí con mi llave y me asomé al interior.

—¿Patrick? —llamé. Nada.

—Estoy aquí arriba —gritó.

Subí corriendo las escaleras de roble, de dos en dos. Patrick estaba en la habitación de Charlie, sentado en el suelo con la espalda apoyada en la cama. Tenía la cara abotargada.

—Es tan duro —comentó—. Sé que tendría que limpiar todo esto, pero no puedo.

—Es demasiado pronto —le dije—. ¿Por qué necesitas hacerlo ya?

—Sigo pensando que cuanto antes empiece de nuevo, antes me sentiré mejor, pero ahora cualquier cosa que veo está unida a un recuerdo.

Di una vuelta por la habitación, pasando mi dedo por la cómoda de Charlie y la fotografía enmarcada de la abuela de Patrick. Alcancé la caja con forma de corazón de San Valentín y la abracé contra mi pecho. La ventana encima del escritorio estaba abierta. La corriente agitaba la hoja que seguía en la máquina de escribir:

AMR

—Patrick, ¿has visto esto? Hay otra letra. ¿Cuándo la escribió?

—Sí, ya lo vi. Debió de ser cuando estaba con Randolph. Llévatela si quieres. Yo tengo el manuscrito.

Saqué el folio de la máquina y me senté a su lado en el suelo.

—Tengo una noticia que podría levantarte algo el ánimo.

Se recuperó un poco.

—¿Te han aceptado?

—No, pero tengo el dinero. Cokie tuvo una buena racha jugando a los dados, y me ha dado lo que ganó.

—Jo, eso es genial. Me alegro mucho por ti.

Pero no parecía contento. Tenía aspecto de estar totalmente abatido. Normal. Acababa de perder a su padre, y ahora yo le decía que me iba a trasladar a la otra punta del país.

—A mí también me da pena. Pero no te preocupes, estaré contigo para ayudarte con las cosas de Charlie. Volveré a casa en las vacaciones, y tú me vendrás a visitar, por supuesto. Recorreremos Massachusetts en busca de libros. Será muy divertido. —Posé la mano sobre su pierna—. Estoy muy contenta con cómo nos han salido las cosas. No me puedo creer que haya estado tan ciega todos estos años. —Me acerqué para darle un beso.

—Jo... —Me frenó y bajó la cabeza. Sus hombros se sacudieron. Estaba llorando.

—¿Qué pasa? —pregunté.

Las lágrimas brotaban de sus ojos.

—Lo siento mucho, Jo. Si pudiera, te... te escogería a ti.

Las puntas de mis dedos se helaron. «Escogería.» Condicional del verbo escoger. «Tomar o elegir una o más cosas o personas entre otras.» Lo miré.

—¿Hay alguien más?

Guardó silencio por un rato, y luego asintió con la cabeza.

—Me siento fatal, soy horrible. —El llanto de Patrick se convirtió en profundos sollozos. Lloraba tan fuerte que todo su cuerpo temblaba.

Permanecí sentada, inmóvil, con mi orgullo herido luchando contra mi deseo de consolar a mi mejor amigo.

—No sé cómo ha podido suceder. Es todo un lío gordísimo. He hecho daño a mucha gente —dijo entre gemidos. Me miró—. James —susurró.

Busqué sus ojos desesperados, y de repente comprendí.

Aparté la mirada de él.

—¿James sabe lo que sientes?

—Eso creo.

Me atraganté. Las palabras peleaban con el nudo que atenazaba mi tráquea.

—Conocí a Kitty en el funeral —musité—. No sentí que hubiera mucha chispa entre ellos. Igual no pasa nada.

Los ojos de Patrick se cruzaron con los míos.

—¿No estás enfadada?

Respiré hondo.

—Me siento ridícula porque pensaras que tenías que fingir delante de mí. Pero Kitty es una chica preciosa... Eso me pareció cuando la conocí. Y es inteligente. ¿Cómo voy a culparte por enamorarte de ella? Pero tendrás que ser franco con James. Sé sincero. Cuando lo hagas, te sentirás mucho mejor.

Patrick me miró fijamente y luego bajó la vista al suelo.

Abochornada y un poco humillada, así era como me sentía, y desencantada. Patrick y yo encajábamos muy bien. Estábamos cómodos juntos, y él me había besado. Yo me había montado una película entera en mi cabeza sobre cómo crecería y avanzaría nuestra relación. Me sentía estúpida por haber llegado a pensar esas cosas. El corazón de Patrick pertenecía a otra. Estaba claro que Betty Lockwell era un incordio molesto, pero Kitty era una joven sofisticada.

La conversación se desvaneció en un incómodo silencio. Fui a por la caja con forma de corazón de Charlie. Las flores de plástico rojas de la tapa estaban deformadas tras meses de afecto. Abrí la tapa.

Contemplé el contenido de la caja.

—¿De dónde los sacó?

Patrick se encogió de hombros.

Dentro había un par de bellotas gemelas, con sus cáscaras tocándose, unidas por el cuello, brotando la una de la otra.

Permanecimos sentados sobre las tablas del suelo en silencio, descansando la cabeza en la cama de Charlie. Las voces y aplausos de unos niños jugando al béisbol se colaron por la ventana abierta y flotaron ante nosotros junto a las partículas de polvo bañadas por el sol.

Miré el papel que tenía sobre las rodillas.

—A-M-R —leí en voz alta, en un intento de romper el incómodo silencio—. ¿Piensas que es «amor»? —pregunté.

Se volvió lentamente hacia mí.

—No, sé lo que es.

—¿Sí?

Patrick asintió.

—Es el título del primer capítulo del libro que estaba escribiendo. «Amarás» —dijo en voz baja.

Contemplé la hoja de papel y las bellotas. Pasé mi brazo por encima del hombro de Patrick y besé su cabeza.

Y él lloró.

44

Patrick quería a otra persona. Yo quería que fuera feliz, pero ¿por qué no podía ser feliz conmigo? Sabía la respuesta. Él no podía escogerme a mí. Patrick quería una vida literaria, llena de viajes, erudición y vida social. Yo era una chica rudimentaria del Barrio Francés, que intentaba salir adelante. No importaba a qué lado me hiciera la raya del pelo, siempre había una raya de la que no podía pasar.

Anhelaba tener una amiga en el Barrio Francés, alguien como Charlotte. Alguien con quien compartir secretos, para derrumbarme en el suelo de su cuarto y vomitar lo que llevaba dentro sobre Patrick. Veía a tantas chicas paseando del brazo, riéndose, compartiendo una intimidad inexplicable y el alivio de contar con una protectora y confidente. Tenían alguien en quien confiar.

Había un hombre apoyado en un coche frente a la librería. Al ver que me acercaba, echó a andar hasta llegar a mi altura en la acera. Era el inspector Langley.

—Señorita Moraine. Qué bien que la he esperado. Me gustaría poder hacerle unas preguntas más.

Miré a ambos lados de la calle, para comprobar si había alguien por ahí que pudiera ir con el cuento a Frankie.

—Podemos entrar en la tienda si lo prefiere —me dijo.

Abrí la puerta, encendí las luces y caminé hasta el mostrador. Respiré hondo para calmar mis nervios.

—¿En qué puedo ayudarle, inspector?

El hombre se secó el sudor de la frente y sacó una libreta desgastada.

—El día que estuvo usted en la comisaría, nos dijo que el señor Hearne había comprado dos libros.

Asentí con la cabeza.

—Bueno, encontramos los libros en la habitación del hotel, y en uno de ellos había un recibo de compra. Sin embargo, la esposa del fallecido nos ha dicho que el cheque no se ha cobrado, y le resultaba extraño. El cheque aparece en el registro de la chequera que encontramos.

Mi mente se aceleró, intentando seguir el ritmo de mi corazón. Le señalé el cartel que teníamos junto a la caja registradora.

—No aceptamos cheques, inspector. ¿Igual el señor Hearne escribió el cheque antes de ver el cartel y luego pagó en metálico?

Apuntó hacia el cartel con su bolígrafo.

—Eso debe de ser. Gracias.

—Le acompaño a la salida.

—Una cosa más. —Se rascó la cabeza—. Seguro que sabe que estamos interrogando a su madre. La vieron con Hearne la noche de su muerte. ¿Sabe dónde pasó la Nochevieja su madre, señorita Moraine?

Observé al inspector Langley. La historia de su vida resultaba evidente: todos los domingos conducía hasta casa de su madre para comer con ella. Su madre, que probablemente se llamaría Ethel, tendría los tobillos rollizos, unos rizos canosos y anodinos, y llevaría un vestido de andar por casa con estampado de flores. Un solitario pelo negro y tieso saldría de un lunar en su barbilla. Se pasaría el día trajinando en la cocina, preparando la visita semanal de su hijo. Le cocinaría algo especial, quizá con merengue espumoso, de postre. Él se comería hasta el último bocado. Después de que se hubiera marchado en su coche, Ethel fregaría los platos, se permitiría un chupito de licor de mora, y se quedaría dormida en el sillón del salón, con el delantal puesto.

—¿Señorita Moraine? —interrumpió mis pensamientos—. Le he preguntado si sabe dónde estuvo su madre en Nochevieja.

–¿Conoce usted a mi madre, inspector?

–Sí.

–Entonces, estoy segura de que no se sorprenderá si le digo que hace bastante que estamos algo distanciadas. Llevo viviendo en el cuarto de encima de esta librería desde que tengo doce años. –Miré fijamente al inspector–. Nunca he pasado una Nochevieja con mi madre, y no tengo ni idea de dónde pudo estar.

Se llevó el bolígrafo a la oreja para rascarse un picor o sacarse algo de cera.

–Bueno, el comisario se empeñó en que viniera a hablar con usted. Le dije que era como intentar sacar lana de una cabra, pero tiene una lista que cumplir, ya sabe.

¿Me estaba comparando con una cabra?

–Entonces, señorita Moraine, si no estuvo con su madre, ¿dónde pasó usted la Nochevieja?

–Aquí mismo, en mi cuarto de arriba. –Señalé las escaleras y me arrepentí en cuanto mi mano se movió.

El inspector Langley miró hacia las escaleras al fondo de la tienda. ¿Y si quería registrar mi cuarto? ¿Cómo le iba a explicar de dónde habían salido los miles de dólares que había ganado Cokie en apuestas y que guardaba bajo la tabla del suelo? Probablemente pensaría que era el dinero que le faltaba al señor Hearne. Gotitas de sudor brotaron en mi nuca.

Se apoyó en el mostrador.

–¿Alguien la vio aquí en Nochevieja?

–Sí, Patrick Marlowe, el dueño de la tienda. Vino con un amigo a eso de la medianoche.

–¿Y luego salieron juntos?

–No, Patrick le confirmará que yo estaba un poco indispuesta, en camisón y con el pelo recogido con horquillas.

El inspector se mordió el labio, pensativo. Casi me parecía ver la tenue luz de una bombilla parpadeando encima de su cabeza.

–¿Y si le digo que alguien la vio por ahí en Nochevieja? –dijo.

–Pues yo le diría que le han mentido, con la esperanza de que me presione para decir algo distinto. Le he contado la verdad, inspector. Pasé toda la noche aquí el día de Nochevieja. Puede hablar con Patrick Marlowe y con James, de la librería Doubleday. Los dos me vieron aquí.

Casi me sentía mal por el pobre tipo. No saldría nunca a flote en el Barrio Francés con unos métodos tan transparentes.

Me dio las gracias por mi tiempo y se marchó. Cerré la puerta, apagué las luces y observé cómo se alejaba su coche. Luego, crucé corriendo la calle para llamar a Willie.

Le conté todos los detalles.

—¿Se acaba de marchar? —me preguntó.

—Sí, se fue en el coche.

—Siguen indagando. Eso significa que todavía no tienen nada —dijo.

—Willie, ¿Madre tiene una coartada?

—Hazme caso, no quieras saber lo que tiene tu madre. Vuelve a tu casa y ciérrate con llave. —Colgó el teléfono.

Crucé corriendo la calle oscura. Rebusqué entre mis llaves, intentando dar con la correcta en la escasa luz. Oí un ruido. Alguien tiró con fuerza de mi pelo, arrancándomelo del cuero cabelludo, y me lanzó contra la puerta de cristal. Sentí algo duro en mi espalda.

—¿Qué tal, Josie la Loca? Eso que has hecho ha sido una muy, pero que muy mala idea. ¿En serio te pareció inteligente ir a hablar con la Policía? —El aliento rancio de Cincinnati me calentó la oreja.

—Yo no he hablado con la Policía.

Me oprimió otra vez contra la puerta.

—Te he visto. Estaba mirando mientras hablabas con ese de la pasma. —Tenía la mano en mi nuca y aplastaba mi mejilla contra el cristal.

—No estaba hablando con él. Solo... me hizo una pregunta.

Clavó su cuchillo en la puerta, a la altura de mis ojos.

—Eres —musitó— una mentirosa.

Mi cuerpo se estremeció.

Vi a una pareja que bajaba por Royal Street en nuestra dirección y abrí la boca para gritar. Cincinnati me apartó de un tirón de la puerta, pasó el brazo alrededor de mi cuello y me obligó a caminar con él.

—Ni se te ocurra gritar —masculló entre dientes.

Intenté seguir su paso, mientras con su llave prácticamente me arrancaba la cabeza. Con la mano izquierda apretaba la hoja del cuchillo en mi cintura. Sentí el pinchazo de la punta en mi carne. Recorrimos una manzana hasta Bourbon Street, y me metió a empujones en un pequeño bar. Vi a mi madre sentada en una mesa al fondo, cerca de una ventana, con un montón de vasos vacíos delante.

Me lanzó a una silla y rápidamente acercó otra detrás.

—Mira lo que me he encontrado —dijo Cincinnati.

—Hola, Jo. —Madre parecía adormilada. Sus párpados pintados de azul se batían como los últimos aleteos de un pájaro moribundo.

—Te dije que era el inspector el que pasó con el coche. Y cuando salí a mirar, adivina con quién estaba charlando. —Cincinnati prendió un cigarrillo y me echó el humo en la cara.

Madre se enderezó en la silla y su tono cambió un poco.

—¿Por qué estabas hablando con el inspector, Jo?

Corrí la silla apartándome de Cincinnati y acercándome a mi madre.

—El señor Hearne estuvo en la tienda el día que murió. Compró dos libros. La Policía encontró los libros y el recibo en su habitación de hotel. El inspector vino a preguntarme por ellos.

—¿Y vienen a preguntarte precisamente ahora? —dijo Cincinnati—. ¿Por qué no lo han hecho antes?

—No lo sé —respondí, mirando a mi madre. No podía soportar mirar a Cincinnati.

Madre agarró la mano de Cincinnati.

—¿Lo ves, cari? No es nada. Solo le estaban preguntando por unos libros.

—Cierra el pico, Louise. Está mintiendo. Esta niña es astuta como yo, no una imbécil como tú.

—¡Yo no soy imbécil! —replicó Madre—. Tú eres el imbécil.

241

—Cuidado con lo que dices.

Madre puso un mohín de enojo.

—Bueno, ya no soy sospechosa. Han confirmado mi coartada, y nos volvemos todos a Hollywood. Esta ciudad se nos queda pequeña —me dijo.

—¿Cuándo os vais? —pregunté.

—Mañana a primera hora —dijo Cincinnati—. ¿Qué pasa, quieres venir con nosotros, Josie la Loca? —Posó la mano en mi muslo. Se la aparté.

—Yo no quiero salir tan temprano —protestó Madre—. Mañana me apetece comer en el Commander's Palace. Quiero que todas esas señoras de la zona alta me vean y sepan que me vuelvo a Hollywood.

—¡Cierra el pico! Ya te lo he dicho, tenemos que salir de aquí. Si mantienes la boquita cerrada, te llevaré al Mocambo en cuanto estemos en Hollywood.

Madre sonrió, aceptando el compromiso.

—Cinci se ha echado unos buenos colegas en Los Ángeles. —Sus ojos deambulaban como los de un niño impaciente—. ¿Dónde está ese reloj tan bonito?

—En mi cuarto. No me lo pongo mucho. Es demasiado elegante.

—Entonces deberías regalármelo. Yo lo llevaría todo el rato.

—Yo conseguí una vez un reloj bonito, pero tu mami me lo perdió —dijo Cincinnati.

—¡Yo no lo perdí! —soltó Madre—. Evangeline debió de robármelo. Te lo he dicho un millón de veces.

—O igual Josie la Loca lo encontró, lo vendió y se compró un buen reloj. —Cincinnati me clavó su mirada.

—El mío es un regalo. —Miré a Madre—. Por cumplir los dieciocho.

—Vaya, ya tienes edad legal —dijo Cincinnati entre risitas.

Un agente uniformado apareció por la puerta y saludó a un amigo en una mesa cercana.

Me levanté.

–Que tengas un buen viaje a California, Madre. –Me incliné y le di un beso en la mejilla–. Por favor, envíame tu dirección para poder escribirte.

Caminé lo más rápido que pude sin echar a correr. En cuanto estuve en la calle, saqué mi pistola de debajo de la falda y salí pitando.

Todavía sentía el calor de la mano de Cincinnati en mi muslo, y el viento de la tarde se colaba por la raja que el cuchillo me había hecho en la blusa. Pasé frente al Sans Souci y pensé en Forrest Hearne, muerto en la mesa.

«Si soy yo el héroe de mi propia vida o si otro cualquiera me reemplazará, lo dirán estas páginas.»

45

No me podía quitar de la cabeza sus palabras, que se repetían en un bucle infinito. «Esta niña es astuta como yo, no una imbécil como tú.»

El hecho de que Cincinnati pensara que nos parecíamos en algo me daba asco. Me entraban ganas de echar a correr y esconderme. Cuando era niña en Detroit y me asolaban los temores, corría a meterme en mi escondite, un pequeño hueco bajo el porche de la casa de huéspedes en la que vivíamos. Deslizaba mi cuerpecillo entre la fría tierra marrón y me quedaba allí tumbada, escapando de las cosas feas que inevitablemente tenían lugar encima de mí. Me tapaba los oídos con las manos y tarareaba para aislarme de la lengua viperina de Madre o del afilado revés de su mano. Eso de tararear se transformó en un hábito y, una década después, aún lo hacía. La vida se volvía fría de nuevo, ya no tenía la seguridad que me proporcionaba el cobijo bajo el porche, y tumbarme sobre la tierra se había convertido en una metáfora de mi vida.

Shady Grove era ahora mi hueco bajo el porche. Pero estaba demasiado lejos para ir corriendo a refugiarme cada vez que lo necesitara. Cuando volví a la tienda después de escapar de Cincinnati, encontré un papelito en el suelo, bajo el buzón.

¿Ya es oficial? ¿Eres Massachusetts en vez de Motor City?

Jesse

Quería ser Massachusetts. Todavía quería creer que era posible, que mis alas, no importa lo finas y rasgadas que estuvieran, aún podían llevarme lejos de una vida de mentiras y de hombres pervertidos. Quería usar mi cerebro para el estudio y la investigación, en vez de para el engaño y los trapicheos callejeros.

Pensé en hacer una visita a Jesse, pero me sentí culpable. ¿Me acordaba de él solo porque Patrick no me quería?

—Tu madre no sabe dónde se está metiendo —dijo Willie la mañana siguiente. Me entregó el libro negro para que lo guardara en su escondite detrás del espejo—. Se piensa que está viviendo algo glamuroso, que es la chica de un gánster y que su novio es una especie de Al Capone. Y ese jamelgo se piensa que es alguien, pidiendo favores. Es un pobre pelagatos, demasiado tonto para darse cuenta de que ahora es él quien lleva la mano en la espalda.

La mano negra. A eso se refería Willie. En Nueva Orleans, la huella de una mano negra significaba que estabas marcado, una amenaza para que la viera todo el mundo a menos que obedecieses a la mafia e hicieses lo que quisiera Carlos Marcello. Una vez vi una en una puerta, en Esplanade Avenue. Se me puso la piel de gallina al saber que la vida de esa persona estaba en peligro, y me pregunté cómo alguien podía ser tan estúpido como para meterse con la mafia.

—Madre quería quedarse y cenar en el Commander's Palace esta noche —le conté a Willie.

—¿Estás de broma? Esperemos, por la cuenta que nos trae, que esta noche estén ya a medio camino de California —dijo Willie. Se acomodó entre sus almohadas—. Creo que dormiré una hora más. Me lo he ganado.

Abrí la puerta y me preparé para llevarme la bandeja del café de vuelta a la cocina. El eco de un prolongado eructo se coló rebotando por la puerta.

—¿Qué demonios ha sido eso? —preguntó Willie, alcanzando su pistola.

—Es Dora. Está bebiendo soda, dice que tiene gases del arroz con frijoles que se comió cuando se marcharon los clientes.

Willie blandió la pistola en el aire.

—Te juro que estoy a esto de vendérsela al circo de P. T. Barnum. ¿Me oyes? —Volvió a meter la pistola bajo la almohada y se recostó—. ¡Vete! Y dile a Dora que se lleve sus escapes de gas a su cuarto o llamo a la caravana del circo para que se la lleven.

Entré en la cocina.

—Willie dice que te lleves tus escapes de gas a tu cuarto.

—Mira, no puedo dormir, cari. Necesito sacar esto. —Me hizo un gesto con una mano—. Jo —susurró, señalando a Sadie, que estaba de espaldas en la cocina. Dora dio un trago de soda. Unos segundos después, un eructo atronador retumbó en la cocina. A Sadie casi se le sale el corazón por la boca. Se volvió, furiosa, y empezó a atizar a Dora con una cuchara de palo. Dora salió corriendo de la cocina entre risas, dejando a su paso un remolino de satén color verde trébol.

Sadie me quitó la bandeja de las manos.

—Sadie —murmuré—. Todavía no te he dado las gracias.

Me miró con un gesto perplejo.

—Por tu aportación, el dinero que le diste a Cokie.

Alzó una mano y sacudió la cabeza. Eso significaba que no había más que hablar. Pero me fijé en su sonrisa cuando dejó los platos en el fregadero.

Regresé a la tienda, atenta a ver si me cruzaba con el cartero. ¿No tendría que haber recibido ya noticias de Smith? Patrick estaba en el mostrador ordenando una caja de libros cuando llegué al local. Deseé poder pasar volando hasta mi cuarto, evitándolo totalmente.

—Jo, cuánto me alegro de verte. Me preocupaba que no vinieses.

—Vivo aquí, Patrick.

—Ya sabes a qué me refiero —dijo—. Quiero pedirte disculpas por todo. Tengo la cabeza muy dispersa últimamente.

Me acerqué al mostrador.

—Es comprensible. Tu padre acaba de morir.

—Solo necesito algo de tiempo. He decidido aceptar la invitación de mi madre y pasar una temporada con ella.

—¿Cuánto tiempo? –pregunté.

—Hasta Navidad.

—¿Navidad? ¡Eso es mucho!

—Primero voy a ir a los Cayos de Florida, a llevar cosas a unos amigos de Charlie. Me quedaré una semana, y luego tomaré un barco a La Habana, para pasar unos días de vacaciones con mi madre y su marido. De allí nos iremos a Trinidad. Es donde viven ahora. El marido de mi madre tiene un contrato con una petrolífera allí.

—¿Y qué vas a hacer tú en Trinidad?

—Poner orden en mi cabeza. Randolph dice que Estados Unidos podría invadir Corea. Igual me enrolo cuando vuelva. No sé...

¿Patrick en el ejército? Intenté recordar la referencia a la cabra y la oveja que había usado el inspector Langley. Podía imaginarme sin problemas a Jesse en la armada. Sería un buen soldado. Pero ¿Patrick?

—Randolph me contó que algunas divisiones organizan bandas de música durante la guerra –dijo Patrick.

—Ah, entonces vas como músico, no como soldado.

—Bueno, no, sería las dos cosas. –Patrick jugueteó con un folio que tenía delante en el mostrador–. ¿Qué? ¿Suena un poco loco?

Patrick en el ejército. Sí, sonaba completamente ridículo.

—¿Sabes qué? –dije–. Yo en Smith y tú en el ejército. Las dos cosas son una locura. –Me eché a reír.

Patrick también estalló en carcajadas.

—Nos mandaríamos fotos. Tú con una sudadera con las iniciales de la universidad, y yo de uniforme. –La idea de Patrick en uniforme me provocó una risotada. Una mujer pasó frente a la tienda. Lanzamos nuestras manos sobre el mostrador intentando ganar al otro con la señal. Patrick estaba con las rodillas dobladas, casi dispuesto a embestir. Yo dejé caer mi bolso al suelo de la emoción. Los dos posamos nuestros dedos rosados sobre el mostrador. Novela romántica. Nos reímos a carcajadas, tan altas y escandalosas que la mujer apartó la mano de la puerta y se escabulló.

—¡Vuelva! —gritó Patrick—. ¡Le meteré el libro en una bolsa de papel! ¡No lo verá nadie!

—Para, me duele la tripa —le dije. Recogí el bolso del suelo.

—Voy a echar esto de menos. El rostro de Patrick se volvió más serio—. Quería contarte una cosa. Doubleday ha hecho una oferta por buena parte de nuestro fondo. Necesito darles una respuesta para mañana. Creo que voy a aceptar.

—¿Vas a vender la librería?

—La tienda no, solo un montón de libros. Yo me voy fuera, y tú estarás en Smith. Si, cuando vuelva, decido quedarme aquí, solo tendré que adquirir más existencias. Ya sabes que me encanta comprar, salir a la caza.

—Claro —dije. Eché un vistazo a la tienda, triste al pensar en todas las estanterías medio vacías.

—Jo, me gustaría que la conversación que tuvimos el otro día se quedara entre nosotros. De todos modos, ahora que me marcho, lo que te conté ya no importa mucho.

Miré a Patrick. Marcharse suponía que ya no podría ver a Kitty, la chica a la que amaba, pero tampoco correría el riesgo de traicionar a su amigo James. Era una salida honrosa.

—No se lo contaré a nadie —le aseguré.

—Tengo que enviar un telegrama a mi madre. ¿Puedes cuidar de la tienda? —me pidió.

—Pues claro. Deja que me cambie. Vengo asquerosa de casa de Willie.

Pasé entre las pilas de libros y subí las escaleras, sintiendo de repente un profundo cariño por todos ellos, preguntándome cuáles tendría que visitar en las estanterías de Doubleday. Mi puerta se abrió sola cuando apoyé la llave en la cerradura. Retrocedí un paso. No me había olvidado la puerta abierta.

Abrí de una patada y eché un vistazo al interior desde el rellano. La cortina se levantaba y se mecía por la corriente de la ventana entreabierta encima de mi mesa. Entré lentamente en mi habitación. Mis ojos se fijaron de inmediato en la caja verde de Adler's, tirada en el suelo junto a mi mesa. La tapa estaba abierta, y sobre el forro de seda blanca de su interior no había nada más que la marca donde había estado el reloj. Miré el armario de mi habitación. Estaba abierto apenas una rendija. Retrocedí hacia mi cómoda, sin apartar los ojos del armario, y lentamente abrí el pequeño cajón superior. Pasando un brazo por mi espalda, introduje la mano. Rebusqué al fondo del cajón. Mi pistola no estaba. La puerta del armario se movió un poco. Me acerqué con sigilo y agarré el bate que tenía apoyado en mi mesa. Aferrándolo con los dedos, alcé el palo por encima de mi hombro. Abrí el armario de golpe.

No había nadie dentro.

Respiré aliviada y bajé el bate. Me agaché para recoger la caja del reloj. Entonces fue cuando lo vi.

Habían movido mi cama. Solo un poquito, apenas perceptible. Tiré la caja y me metí debajo de la cama. Estaba tan nerviosa que casi no era capaz de sacar la tabla. Introduje la mano en el suelo y la saqué con el sobre arrugado.

El dinero no estaba.

46

La estancia se desdibujó. Los gritos brotaron de mí, profundos y salvajes, como si surgieran del centro de la Tierra, atravesaran el suelo y se liberaran a través de mi boca. Mi cuerpo sufrió violentas convulsiones a medida que la comprensión de lo que había sucedido iba tomando forma delante de mí.

Ella se lo había llevado. Se había llevado todo. Ahora mismo, estaría volando por la autopista, con un pañuelo rojo de lunares alrededor de su pelo chamuscado de tanto tinte. Su muñeca, escuálida por la dexedrina, estaría apoyada en la ventanilla abierta, con un reloj con la inscripción «Jo cumple 18» por detrás.

—Jo, me has dado un susto de muerte. —Patrick corrió hacia la ventana y la cerró—. Cálmate. La gente va a pensar que te estamos asesinando.

Puso sus manos en mis hombros.

—Jo, para. —Me sacudió con fuerza—. ¡Para!

Me resistí. La frustración que reinaba en mi vida salió ardiendo de mi interior, en forma de una rabia tan absoluta que no podía contenerla. Patrick se apartó de un salto y pegó la espalda contra la puerta del armario, con los ojos muy abiertos del pánico.

Mis gritos se redujeron a gruñidos, luego a gemidos, y terminaron en sollozos cuando me derrumbé en el suelo.

Patrick se arrodilló a mi lado.

—Se lo han llevado todo —dije con la voz entrecortada por el llanto—. Me han quitado el dinero de Cokie. Todo.

—¿Quién te lo ha quitado? —preguntó Patrick.
Alcé la mirada hacia él.
—Madre.

Me pasé toda la tarde tirada en el suelo, abrazando la caja verde, mirando al techo.

Patrick atendía a los clientes abajo en la tienda, y yo escuchaba, vacía por dentro, las conversaciones. Entraban por mis orejas y rebotaban en el interior de mi cuerpo, semejante a un cadáver. Jesse se pasó a buscarme. Patrick le dijo que estaba enferma en mi habitación. Cokie se pasó a buscarme; le dijo que estaba entregando un pedido de libros. Me dolía la espalda de las horas que llevaba en el suelo, pero no me importaba. Era un castigo a mi estupidez. Pues claro que mi madre sabía dónde escondía las cosas. Hace diez años, fue un monedero rosa debajo de mi cama. Hoy, miles de dólares. ¿Cómo le iba a explicar a Cokie que había perdido el dinero?, ¿a Willie que había perdido el reloj? Si ahora me admitían en Smith sería una broma cruel. No tenía dinero para ir.

La luz del sol de última hora de la tarde inundó el suelo. Patrick llamó a mi puerta.

—Eh, ¿estás segura de que no quieres venir conmigo a mi casa?

Sacudí la cabeza.

Dejó dos bolsas en el suelo.

—En esta hay un bocadillo. —Vació la bolsa más grande en el suelo. Su contenido hizo un fuerte ruido metálico—. He pasado por la ferretería. —Levantó unas cadenas—. Cuando me marche, quiero que bajes a la tienda y pongas estas cadenas en la puerta. Ciérralas con este candado y sube la llave a tu habitación. Así te sentirás un poco más segura, ¿vale?

Asentí sin decir nada.

Patrick se encaminó hacia la puerta.

—¡Patrick! —Se detuvo—. Necesito preguntarte una cosa. —Giré la cabeza hacia él, en la puerta—. ¿Me besaste por lástima?

251

Abrió la boca, y luego bajó la mirada al suelo.

–No, Jo. No es eso, para nada.

Cerré los ojos y aparté la cabeza. No volví a mirarlo, aunque podía sentir que seguía allí, en pie, intentando explicarse o justificarse. Pasó así un buen rato, esperando. Finalmente, oí sus pisadas en las escaleras, y abrí los ojos, dejando que las lágrimas se derramaran sobre el suelo de madera.

47

Me pasé días evitando a todo el mundo. Se me partía el corazón cada vez que Cokie me preguntaba si había recibido noticias de Smith. Sweety y Dora me preguntaban constantemente si algo iba mal. Sadie me miraba raro, e incluso Evangeline me preguntó si estaba enferma. Willie fue más directa y me vociferó:

—¿Te crees que eres la única que tiene problemas, bonita? Estoy harta de que vayas de amargada. ¿Es porque Patrick se ha ido a ver a su madre? Ya vale de tanto dramatismo.

Seguí recluyéndome, y me quedaba en mi cuarto, la puerta de la tienda cerrada con cadenas y candados. Estaba leyendo la última carta de Charlotte cuando oí el grito.

—¡Eh, Motor City!

Era Jesse. Una vez más. Se pasaba todos los días y me llamaba a voces desde debajo de mi ventana. Yo nunca contestaba. Esa noche tenía la luz encendida, así que Jesse sabía que estaba en casa. Siguió gritando, «¡Eh, Motor City!», cada vez más alto, alternando entre tonos agudos y graves, e incluso cantando.

—¡Cállate ya! —gritó alguien desde una ventana cercana.

—Que baje, y me callaré —respondió Jesse, y siguió llamándome.

—Vamos, guapa, baja antes de que llamemos a la poli para que se lleven al chaval —gritó otro vecino.

—¿Has oído, Jo? Van a llamar a la Policía —dijo Jesse también a gritos.

Me sacaba de quicio. Avancé hasta la ventana y descorrí las cortinas. Una multitud se había reunido en la calle alrededor de

Jesse, y todos soltaron vítores cuando me asomé. Abrí la ventana, y la gente empezó a gritarme:

—Venga, muñeca, baja a ver al pobre chaval.

—Josie, haz el favor de bajar para que este tío deje de armar jaleo. Tengo que trabajar temprano.

Mientras quitaba el candado y las cadenas de la puerta, la gente se dispersó por la calle.

Jesse se rio, mostrándome una amplia sonrisa.

—Lo siento, Jo. No te enfades.

Rehuí su mirada. Hizo un amago de darme un puñetazo en el brazo.

—¿No vas a invitarme a pasar?

—No. —Cerré la puerta y me senté en el escalón de la tienda. Jesse se agachó a mi lado.

—Supuse que dirías eso. Así que he venido preparado. —Jesse sacó dos botellas de refresco de su chaqueta, las abrió con una llave, y me pasó una. Giré la botella en mi mano. En el vidrio verde se leía: «Embotellado por Coca-Cola, Chattanooga, Tenn». Tennessee. Aquello me recordó al señor Hearne... y su reloj que seguía haciendo tictac bajo el lilo de Shady Grove.

Jesse acercó su botella a la mía para un brindis.

—Chinchín.

—Chinchín —acepté.

Bebimos sentados en silencio. Era algo que apreciaba en Jesse. Él no sentía la necesidad de llenar cada momento con palabras o cualquier tipo de conversación banal. Podíamos sentarnos simplemente sin decir nada, él con la espalda apoyada en la puerta y sus botas de motorista cruzadas a la altura de los tobillos, y yo sosteniendo la botella en equilibrio sobre mi rodilla. Exactamente igual que en el banco de Jackson Square o en el porche de Shady Grove. Y, por algún motivo, el silencio hizo que me entraran ganas de contárselo todo.

—No he estado enferma.

Asintió e indicó con su botella hacia las cadenas que tenía a mis pies.

—Esas son unas buenas cadenas. Las he visto en la puerta desde la semana pasada. ¿Va todo bien?

Sacudí la cabeza.

—Me han robado.

Jesse se inclinó hacia delante.

—¿Estás bien?

Me encogí de hombros.

—¿Estabas dentro cuando pasó? —preguntó.

—No, fue muy temprano. Estaba en casa de Willie.

—¿Sabes quién lo hizo?

Respondí afirmativamente con un gesto lento de la cabeza y di un trago al refresco.

—Cuéntame. —La mano de Jesse se cerró en un puño.

Me giré hacia él. El resplandor de la farola iluminaba su rostro. Con la excepción de su cicatriz, tenía la piel inmaculada. La luz en su pelo adquiría reflejos brillantes de color rojo siena.

—Cuéntame, Jo. —Sus ojos, por lo general inquietos, estaban fijos en los míos.

Era Jesse. Podía contárselo.

—Ha sido mi madre.

Su rodilla empezó a temblar y agachó la cabeza por un momento, reconociendo que comprendía la situación.

—¿Con su novio?

—Oh, estoy segura.

Guardó silencio por un tiempo.

—¿Qué se han llevado? —preguntó por fin.

Ya no me dejaba llevar por la sensibilidad; la repugnancia ante lo sucedido solo me producía indiferencia.

—Vamos a ver, se llevaron el reloj de Adler's que me regaló Willie al cumplir los dieciocho, se llevaron mi pistola, se llevaron una caja de puros con mis ahorros y —miré a Jesse— se llevaron un sobre con dos mil dólares. Dos mil dólares que me habían dado Cokie, Sadie y Sweety para que pagara mi primer año de estudios en Smith.

El gesto en el rostro de Jesse no era de sorpresa o impresión, solo de negativa a admitir la realidad.

255

—Jo, el novio de tu mami está hasta el cuello de mierda. Se dice que forma parte de la banda que le echó un *Mickey* en la bebida a aquel tío de Tennessee en Nochevieja. Y ha pringado a tu mami en esto, también.

—Sí, pero él nunca había visto mi reloj. Él no sabía que desde niña escondo las cosas debajo de mi cama. Eso es algo que solo sabe mi madre.

Jesse daba vueltas a la chapa de una botella entre el pulgar y el índice.

—Te comprendo, ya sabes. Cuando tenía seis años, mi padre encontró mi colección de cromos de béisbol escondida en mi armario. Los vendió para comprar bebida.

—Exacto —dije.

Pasaron un par de coches y sus faros iluminaron restos de basura sobre la calle.

—Entonces, ¿te han aceptado en esa universidad?

—No, todavía no he recibido noticias. Pero ¿qué más da? No tengo dinero para ir, y ahora debo encontrar un modo de devolvérselo a Cokie.

—Bueno, espera un poco. Igual te dan una beca —dijo Jesse.

—Lo dudo. No incluí ninguna actividad extraescolar en mi solicitud, mi linaje familiar es deplorable, y mi única carta de recomendación la hizo un empresario vicioso.

Jesse volvió a apoyar la espalda en la puerta, estirando las piernas. Terminamos los refrescos, sin hablar.

Jesse se levantó y me ofreció su mano.

—Ven conmigo.

Le di la mano y dejé que me levantara. Nos quedamos en la calle, agarrados de la mano.

—¿Te acuerdas de aquel día tan bonito que pasamos en Shady Grove?, ¿cómo tirábamos piedras a un árbol? —me preguntó.

Yo asentí.

Soltó mi mano, furioso, y lanzó su botella a la farola que había al otro lado de la calle. Se rompió en pedacitos.

—Esos son tu madre y su novio.

Arrojé mi botella. No acerté a la farola y reventó contra un edificio.

—¿Qué pasa ahí fuera? —gritó alguien desde arriba.

Nos reímos. Jesse se despidió con la mano y se alejó.

—Nos vemos, Jo.

Me quedé en el escalón, esperando a que se diera la vuelta y volviera. No lo hizo.

Un coche que estaba aparcado calle abajo encendió las luces. Avanzó lentamente al pasar a mi lado. Tenía las ventanillas tan oscuras que no pude ver al conductor. En cuanto dejó atrás la tienda, aceleró y se marchó.

Puse las cadenas en la puerta y cerré el candado.

48

James y un hombre de Doubleday vinieron a recoger los libros. Patrick dijo que no podía soportar ver cómo se los llevaban. Contemplé las estanterías desnudas. Unas baldas sin libros eran algo desolador y totalmente injusto.

James me entregó un cheque y levantó la última caja.

–Pensé que Patrick estaría por aquí –dijo–. Llevábamos meses negociando la lista.

–Creo que es duro para él. Además, está ocupado preparando su gran viaje.

–¿Gran viaje? –preguntó James, posando la caja sobre el mostrador–. ¿Adónde se va?

–Seguro que te lo ha contado. Se va a los Cayos, luego a La Habana, y después tiene pensado pasar el resto del año en Trinidad con su madre.

James me miró fijamente.

–Josie, estás bromeando, ¿verdad?

–No. ¿Patrick no te lo había contado?

James tenía los ojos como platos de la sorpresa.

–No, no me lo había contado. –De repente, se enfadó–. ¡No puedo creer que me esté haciendo esto! –Agarró con violencia la caja del mostrador y se marchó dando un portazo.

Observé a James caminando por la acera. Resultaba evidente que la noticia lo había alterado. ¿Qué sería eso que le estaba haciendo Patrick? Mis dedos, de forma involuntaria, hicieron una seña sobre el mostrador. Contemplé mi mano, y luego a James en la calle. No era Kitty de quien se había enamorado Patrick.

Cokie nos condujo a la estación de autobuses. Llovía. Patrick recitó de un tirón instrucciones sobre la casa y la tienda. Me las sabía prácticamente de memoria. La señora Paulsen iba a pasar a ver la casa. Un profesor visitante de Loyola la alquilaría la semana siguiente. El hombre del piano vendría la semana previa a Navidad para asegurarse de que el Bösendorfer estaba afinado y regulado antes de que volviera Patrick. Yo tenía una lista de nombres en los Cayos de Florida, los datos de contacto del hotel Nacional de Cuba y la dirección en Trinidad.

–Tienes que mantenerme al día de lo que pase –dijo Patrick–. Quiero saber todo lo que sucede, sobre todo cuando recibas noticias de Smith.

Cokie descargó el baúl de Patrick en la estación y le dio unas palmaditas en la espalda.

–Cuídate mucho. La próxima vez que veas a Josie, estará volviendo a casa de la universidad para las vacaciones de Navidad. –Puso una sonrisa radiante–. Bueno, me piro. Tengo que recoger a alguien en el hotel Roosevelt.

Entramos en la estación, escapando de la lluvia.

–¿Todavía no se lo has dicho? –me preguntó Patrick cuando el coche de Cokie se alejó.

–No sé cómo hacerlo. Creo que está más ilusionado que yo. Hablando de contar cosas, me sorprendió que no le hubieras contado a James lo de tu viaje. Parecía muy molesto cuando le dije que te ibas. –Lo miré detenidamente–. ¿Piensas que sospecha de tus sentimientos... hacia Kitty?

Patrick rehuyó mi mirada.

–Dale mi dirección en Trinidad si quieres.

Leímos el billete de autobús de Patrick. Tenía unas cuantas paradas, pero solo tres transbordos. Uno en Mobile, otro en Jacksonville y otro en West Palm Beach. Hombres con traje y corbata y mujeres con vestidos elegantes hacían cola en la estación con sus maletas, dispuestos a partir rumbo a destinos emocionantes. Patrick llevaba el pelo rubio bien peinado con raya. Estaba muy atractivo con su traje color canela y su camisa azul claro.

—Treinta y dos horas de confort, y estarás en la playa, lejos de esta lluvia —le dije—. Me das envidia.

—Sí, estos autobuses son muy buenos. Ojalá pudieras venir conmigo. Gracias, Jo, por todo. Has hecho mucho por Charlie, por la tienda y por mí.

Anunciaron la salida del autobús de Patrick para Mobile.

—Sé que te he decepcionado —se apresuró a decir—. Eres la última persona a la que querría hacer daño, te lo juro. —La luz reflejaba la humedad en sus ojos.

Se me hizo un nudo en la garganta.

—Eres tan importante para mí —susurró—. Por favor, créeme.

—Vamos a asegurarnos de que meten tu baúl —dije rápidamente, luchando por contener las lágrimas.

Nos acercamos al costado del autobús Greyhound que tenía un letrero luminoso en el que ponía MOBILE encima del parabrisas. Permanecimos juntos bajo el paraguas y observamos cómo colocaban su baúl en el maletero del vehículo.

Miré a Patrick.

—¿Candace Kinkaid o Agatha Christie?

Se rio.

—Sin duda, Candace Kinkaid. Mucho más divertida. ¿F. Scott Fitzgerald o Truman Capote? —me preguntó.

Sonó la última llamada para Mobile.

—¡Oh, por favor! Fitzgerald, por supuesto que Fitzgerald. Anda, sube al autobús.

Patrick me dio el paraguas. Me estrechó entre sus brazos y me plantó un beso directamente en los labios, fuerte y largo. Me pareció estar viendo el beso desde fuera, en lugar de encontrarme dentro de él. Salió corriendo de debajo del paraguas a refugiarse en las escaleras del autobús.

—¡Nos vemos en Navidad! —me dijo.

Miré cómo se abría paso por el pasillo hasta un asiento junto a la ventanilla a mitad del autobús.

Las puertas silbaron y luego se cerraron. El agua corría por el techo del autobús, cayendo a chorros por la ventana de Patrick.

Sonrió y puso un dedo en el cristal, haciendo la seña de biografía.

Le devolví otro gesto: poesía.

El autobús arrancó, llevándose con él a Patrick Marlowe y su secreto. Me quedé allí, contemplando cómo se alejaba. Recordé el verso de Keats y mi conversación con el señor Hearne.

«Te amo más porque creo que te he atraído por mí mismo y no por otra razón.»

La lluvia repiqueteaba sobre mi paraguas negro.

49

Me puse a barrer las baldosas del suelo entre las estanterías. Al mover los libros se habían desprendido motas de polvo fosilizado. Solo hacía unos días que se había ido Patrick, pero en la tienda reinaban una calma y una desolación extrañas. Anoté en mi agenda traer la radio de casa de Patrick. Me haría compañía.

La campanilla de la puerta tintineó.

—Vaya, muy buenas. Pasaba por el barrio y se me ha ocurrido dejarme caer a ver cómo va todo —dijo John Lockwell.

Me apoyé en la escoba.

—Parece que últimamente pasa usted mucho tiempo en el barrio.

—Sí, ¿te he dicho que tengo un pisito en St. Peter Street?

—Varias veces.

Echó un vistazo al local.

—¿Vais a cerrar?

—Es temporal. Volveremos a abrir después de Navidad. El propietario ha fallecido, y Patrick está visitando a su madre en las Indias Occidentales.

—¡Qué bohemio! Pero esta gente de los libros siempre es así. Son buenos para las fiestas, siempre está bien tener a mano a algunos excéntricos para entretener a esos estirados de la zona alta. Entonces, vas a necesitar un trabajo. ¿Seguro que no quieres pensártelo? Con unos vestidos bonitos, serás toda una modelo en la oficina. Tendrás una mesa y máquina de escribir propias, y, por supuesto, el privilegio de tomar cócteles con el jefe fuera del horario laboral.

–Por ahora estoy bien, pero le aseguro que lo tendré en cuenta.

–Hazlo. Al principio, pensaba que me alegraría perderte de vista, pero tienes algo, Josephine. –Me ofreció una sonrisa babosa–. Bueno, será mejor que me vaya. Tengo una cita.

Lockwell salió a la calle, cruzándose con un hombre alto con una gabardina oscura que entraba en la tienda. Su estatura empequeñeció a Lockwell, que se giró y miró al tipo antes de marcharse.

–Lo siento, señor, estamos cerrados por defunción en la familia. Abriremos de nuevo dentro de unos meses. Doubleday ha adquirido casi todos nuestros libros. Están en el número 600 de Canal Street.

El hombre no dijo nada. Permaneció inmóvil en el umbral, con las manos en los bolsillos de su gabardina negra. Su constitución era enorme, por lo menos un metro noventa, con las espaldas tan anchas que podría llevar a hombros a una familia de cuatro miembros. Tenía el sombrero ligeramente inclinado, y el ojo izquierdo, con algún tipo de defecto, se le iba ligeramente hacia el puente de su nariz aplastada.

Avancé con la escoba.

–Estamos...

–¿Dónde está tu madre? –preguntó.

–Perdón, ¿le conozco de algo? –miré sus manos, que permanecían dentro de los bolsillos.

–¿Dónde está tu madre? –repitió, despacio y en voz alta. Su tono me asustó.

–En California –dije.

–Vaya. Verás, eso es un problema. Tu madre le debe pasta al jefe.

–Yo no sabía...

–Su novio la pidió prestada para comprarle una coartada que los librara de una acusación de asesinato. Dijo que le devolvería el dinero al jefe, pero luego se largó de la ciudad sin avisar. El jefe tiene gente en Los Ángeles buscándolos, pero se han evaporado. El jefe quiere su dinero, pues la fecha de pago ya venció, así que ahora la marca cae sobre la familia... El novio no tiene familia, así que cae sobre ti. Eso se llama herencia. El jefe pagó cuatro mil por el caso de la señorita. Contando los intereses, debes cinco mil. He venido a cobrar.

Cuanto más hablaba, más se movía su ojo izquierdo. Yo permanecía inmóvil, aferrando el palo de la escoba.

–Debe de haber algún error.

–¿Por qué la gente siempre tiene que decir que hay algún error? No hay ningún error. A tu madre la acusaron de asesinato, se libró... ¡Hay que pagar!

–Yo no hice ningún trato con tu jefe.

–No hace falta. Debes, pagas. Hemos estado siguiéndote, a ti y a los chiflados de tus amigos. Te hemos visto despidiéndote entre lágrimas en la estación de Greyhound, tomando refrescos con el chaval de la moto, de palique con el taxista morenito. Willie Woodley conoce al jefe. Se respetan, pero no hacen negocios juntos. Esta deuda es tuya, ¿vale? No acudas a ninguno de ellos. Si te vas de la lengua con ellos, nos los cargamos. Personalmente, me gustaría acabar con el viejo taxista hoy mismo, pero como es mi primer aviso, y estoy de buen humor, te daré siete días... Eso se llama cortesía. Consigue la pasta como mejor te parezca, pero no le digas a nadie a quién se la debes. Solo hablarás conmigo, Lou Ojo Chungo. Puedes encontrarme en el restaurante Mosca, en la autopista 90.

Se volvió y salió a la acera. Un coche negro arrancó. Se montó en el asiento trasero. La puerta se cerró, y el coche se fue.

Dejé caer la escoba y levanté las cadenas. Cerré la puerta y eché el candado, con las manos temblorosas. Apagué las luces y corrí a mi cuarto. Arrastré la mesa hasta colocarla delante de la puerta y me senté en cuclillas en la cama, apoyada en la fría pared de yeso, con el bate de béisbol en la mano.

Me quedé así toda la tarde hasta que anocheció, y la noche entera. No dormí y no estaba cansada. Carlos Marcello decía que le debía dinero. Lo que había dicho Ojo Chungo sobre Cokie me aterraba. A Cokie, no.

Esperé a que saliera el sol. Afilé la cuchilla de encuadernar y me la guardé en el bolsillo. Salí con sigilo de la tienda, puse las cadenas y el candado desde fuera, y eché a correr calle abajo.

Miré la casa. No recordaba qué ventana era, pero apostaría a que era la que tenía un cigüeñal en la repisa. Silbé. Nada. Encontré una piedrecita y la lancé a la ventana. Tampoco. Busqué una más grande y la tiré. La piedra atravesó la ventana y el eco del cristal rompiéndose resonó por la calle adormecida.

El torso de Jesse se asomó a la ventana. Le indiqué por gestos que bajara.

Salió por el portal, descalzo y sin camisa, subiéndose la bragueta del vaquero. Se alisó con los dedos el pelo revuelto de dormir y me miró con los ojos entrecerrados.

—¿Qué demonios te pasa?

—Necesito tu ayuda —murmuré.

Bajó las escaleras y se acercó a mí en la acera.

—Jo, estás tiritando.

—Por favor, entiéndeme, no puedo contártelo todo. —Me temblaba la voz—. Es por mi madre. Necesito cerrar a cal y canto la tienda, con tablones o rejas en el escaparate, y tiene que ser esta mañana. ¿Podrías hacerlo por mí? —Le ofrecí unos billetes arrugados.

Me agarró la mano.

—Siéntate.

—No tengo tiempo.

La abuela de Jesse apareció en el portal.

—Vuelve a la cama, abuela. No pasa nada —dijo Jesse.

La anciana nos gritó:

—La muerte ronda a esa chica. Puedo verlo. Muchacha, tienes que conseguir que los asesinos confiesen, para liberar al espíritu del muerto. Pon un platito con sal sobre el pecho del asesino mientras duerme. Confesará.

Me eché a llorar. Jesse subió las escaleras y se llevó a su abuela al interior de la casa. Me volví y me alejé.

—Jo, espera —me llamó Jesse.

265

—Tengo que ir a casa de Willie —grité sin detenerme—. Por favor, ayúdame con lo de la tienda. Siento lo de tu ventana. —Empecé a correr.

El sol ya había salido cuando llegué a casa de Willie. Entré por la puerta lateral y me puse a comer lo que fui capaz de encontrar en la cocina. No había probado bocado ni bebido nada desde que Ojo Chungo salió de la librería. La leche salpicaba las paredes del vaso cuando lo llevé temblorosa a mis labios. Me había pasado toda la noche reflexionando sobre mis opciones. Nadie se libraba de una deuda con Carlos Marcello; al menos, no con vida. Cinco mil dólares era una enorme suma de dinero, más de dos años de estudios en Smith. Podría reunir algo, pero no toda la cantidad. No había otra solución.

Tenía que quitárselo a Willie y luego buscar el modo de devolvérselo. No podía contárselo, no después de la amenaza de Ojo Chungo.

Sadie supo que algo iba mal en cuanto me vio. Le dije que no había podido dormir. Se dedicó a palparme la frente y el cuello. Me hizo abrir la boca para mirarme la lengua y la garganta. Preparó té con limón y me hizo unos huevos fritos con beicon.

—Huelo a cerdo —dijo Willie cuando le llevé el café a la habitación—. ¿Para quién está cocinando Sadie?

—Para mí. Ayer bebí demasiados refrescos y me he pasado toda la noche con el estómago revuelto.

Willie me miró fijamente.

—Así que refrescos, ¿eh? Sí, claro. Dame los periódicos. —Willie leyó una de las noticias de portada—. Van a ponerse serios, Jo. Aquí dice que van a contratar más policía y que piensan limpiar el Barrio Francés. —Arrojó el periódico sobre la cama—. Estoy demasiado mayor para redadas. Antes me encantaban, eso de darles esquinazo y despachar a la gente era muy emocionante, pero ya no tengo energías para aguantarlo. Llevo años sin usar la sirena.

—¿Y qué vas a hacer?

Willie reflexionó por un momento.

—Tendré dos conductores listos cada noche. Sadie vigilará en la ventana y hará sonar la sirena si ve a la pasma. Todos saldrán corriendo por el patio y montarán en los coches directamente por la trampilla. Enviaré un coche a la librería... Me dijiste que estaba cerrada, ¿verdad?

—Sí. —Escogí con tacto mis palabras—. Le he pedido a Jesse que tape el escaparate con tablones o rejas. No quiero que la gente la vea vacía.

—Muy buena idea. Retira las estanterías. Le diré a Elmo que lleve algunos muebles para que nos podamos sentar.

—Willie, ¿tienes noticias de Madre?

—No, y no queremos recibirlas. Espero que haya saldado sus cuentas en esta ciudad y no vuelva. No necesito sus problemas, y tú, tampoco. Ya sé que sientes una especie de vínculo con ella, pero hazme caso en esto: esa mujer te hundirá, Jo. Nos hundirá a todos.

Ya lo había hecho, me hubiera gustado decirle.

—Yo en tu lugar, pensaría en cambiarme de apellido. Ya tienes dieciocho años, puedes hacerlo. Corta el cordón.

Willie ató con una goma un fajo de billetes y me los entregó.

—Guarda esto en la caja.

Siguió hablando sobre la represión policial. Contemplé los montones de billetes en la caja fuerte. Si pudiera soplarle dos billetes de cien dólares, ir al banco, y cambiarlos por doscientos billetes de dólar, podría darle el cambiazo con fajos de billetes de uno. Igual Willie no se daba cuenta. Intenté hacer un cálculo rápido de cuánto sumaría. El sudor salpicó mi frente.

—¿Qué demonios estás haciendo ahí? —me preguntó Willie.

¿Qué estaba haciendo? «Las decisiones —susurró la voz de Forrest Hearne—, son lo que moldea nuestro destino.»

Sí, las decisiones de Forrest Hearne lo condujeron a su destino. La muerte.

50

–Con el señor Lockwell, por favor –susurré al teléfono–, de parte de Josephine Moraine.

Esperé unos cuantos minutos. Al final, me dio señal.

–Ya has recibido la carta –dijo la voz turbia al otro lado de la línea–. ¿Quieres celebrarlo?

–La verdad es que todavía no he recibido noticias. Llamaba por... –me detuve. ¿De verdad podía hacer esto?–, por lo del trabajo.

Lockwell guardó silencio. No se oía más que las caladas húmedas que daba a su puro.

–Ajá. Te lo has pensado mejor, ¿eh?

–Digamos que estoy pensándomelo. Me gustaría saber algo más sobre el puesto.

–Ven a verme a mi piso de St. Peter Street a mediodía. –Recitó la dirección de un tirón–. Tengo ganas de hablar contigo... sobre el puesto. –Soltó una risita y colgó.

Cuando salí de la tienda para ir al piso de Lockwell, Jesse estaba instalando unas rejas en el escaparate y las puertas.

–Las iban a tirar en un edificio de Chartres Street. La de la puerta tiene hasta una rendija para echar el correo. No encajarán perfectas, pero al menos servirán para que tengas algo de intimidad. –Jesse me miró y sonrió.

Bajé la vista a la acera.

–Porque para eso las quieres, ¿verdad? Si no, cuéntame.

Miré a Jesse.

–Maldita sea, Jo. Di algo.

Quería contárselo todo, pero no podía. No podía meter a Jesse, Cokie o Willie en esto. Así que permanecí callada.

Jesse dejó caer el martillo, frustrado.

—¿Sabes qué? Estoy cansado de esto. Vienes a llamar a mi puerta o a romperme la ventana cuando necesitas algo, y si me dices que salte, yo voy, y salto. Pero si te pregunto algo o me paso a verte, me dejas aquí tirado en la calle. Tengo clases, coches que arreglar, y hoy lo he dejado todo para hacer esto. No soy una especie de perrito faldero. Te quejas de que tu madre es una aprovechada, pero últimamente tú también lo pareces bastante.

Me di la vuelta y me alejé de él, luchando contra las lágrimas y la necesidad de volver corriendo y contarle todo, pedirle ayuda.

La entrada al piso de Lockwell estaba discretamente oculta al fondo de un patio enrejado. Me había dicho que los otros dos apartamentos, por lo general, estaban vacíos, pues sus dueños no vivían en la ciudad. Muy conveniente para él.

El piso era pequeño pero encantador. Una vieja tarima de roble cubría el suelo de la salita, alargada y estrecha. Los techos altos hacían que pareciera más grande. Tenía pocos muebles, pero los que había tenían estilo, sobre todo el escritorio del rincón, en el que descansaba una foto enmarcada de Lockwell en una partida de caza. Se dio cuenta de que estaba mirándolo.

—Bonito, ¿verdad? No todo es diversión A veces, también trabajo aquí. ¿Quieres que te lo enseñe?

El apartamento era pequeño. No cabía más que el pequeño salón, una cocina y un dormitorio.

—No, gracias —respondí, sentándome en una silla.

Lockwell encendió su puro y se sentó frente a mí.

—Así que, aquí estamos. Ha llovido bastante desde que nos conocimos. Me gusta cómo han progresado las cosas.

Asentí con la cabeza, cansada, poco dispuesta para mi habitual combate dialéctico con Lockwell. El encuentro que había tenido con Jesse todavía me irritaba.

—De acuerdo, admitámoslo. Hemos completado el círculo. Predije que volverías a pedirme dinero, y aquí estás.

Abrí la boca para objetar algo.

Lockwell alzó la mano a modo de protesta.

—A ver, tengo que admitir que no eres la chantajista que pensé en un principio, pero te he ofrecido trabajo varias veces, y siempre lo has rechazado al instante. Ahora estás aquí pidiéndome el trabajo, y no pareces tú misma, Josephine. —Dio una calada al puro—. Necesitas dinero, o no estarías aquí. Puede que sea para la universidad, puede que sea para otra cosa, pero necesitas dinero. ¿Cuánto?

Intenté calcular lo que pensaba que podría tomar prestado de la caja fuerte de Willie.

—Dos mil dólares —le dije.

Lockwell echó la cabeza hacia atrás, sorprendido.

—Eso es una suma considerable.

—Por eso le pregunto por el trabajo.

—Necesitarías dos años de secretaria para ahorrar dos mil dólares. Igual más.

No disponía de años. Solo de días.

—A no ser... —prosiguió, recostándose en la silla— que prefieras un acuerdo más íntimo. Te adelantaré algo de dinero, y podríamos tener un trato semanal aquí.

Tragué saliva, con dificultad.

—¿Y cuánto exactamente estaría dispuesto a adelantar? Necesito los dos mil dólares.

Lockwell giró el puro en sus labios. Yo era una marioneta, y le encantaba mover los hilos. El poder lo excitaba.

—Mil.

—Mil quinientos, en metálico —respondí.

Me miró.

—Pero no puedes venir con esas pintas. —Sacó la cartera y me entregó un billete de cincuenta dólares—. Ve a los almacenes Maison Blanche, elige un vestido bonito y unos zapatos de tacón. Tacones de verdad, no unos mocasines, o como los llames. Ve a la peluquería, y arréglate las uñas, también. Cómprate una colonia si quieres. Vuelve pasado mañana a las siete. Encargaré que nos traigan la cena.

270

Apoyó el puro en el labio inferior y me miró fijamente. Sostuve su mirada.

—Bueno, tengo una cita. Te acompaño a la salida.

Podía sentir sus ojos recorriendo mi espalda mientras caminaba hacia la puerta. Apreté mi bolso contra mi costado izquierdo, intentando ocultar el corte que el cuchillo de Cincinnati había hecho en mi blusa.

Mil quinientos. Eso suponía que tenía que robar más de tres mil a Willie. Salí por la puerta y me di la vuelta.

—Hasta pronto, Josephine —dijo, guiñando un ojo.

Lo miré fijamente, arrugando la nariz, y me pareció que podía oler el vinagre que corría por sus venas. ¿Sería capaz de hacerlo? Pero, sin saber muy bien cómo, las palabras salieron de mi boca:

—Hasta pronto.

51

Pasaron dos días. Todavía no tenía un centavo. Cinco días más, y los hombres de Marcello vendrían a buscarme. Willie no me pidió que guardara el dinero en la caja de caudales esa mañana, como si hubiera leído mi mente y supiera lo que estaba pasando. Recibí una postal de Patrick contándome que los Cayos eran preciosos y que me echaba de menos. También llegó otra carta de Charlotte, preguntando si podía confirmarle la visita a los Berkshires en agosto. Me imaginé a Lou Ojo Chungo presentándose en la casa de campo de la familia Gates en los Berkshires, buscándome para que pagara los cinco mil dólares que decía que le debía a Marcello.

La pasma hizo una redada en casa de Willie la noche anterior. Un coche llevó a Dora, a Sweety y a dos clientes hasta la tienda para esconderlos. Cuando abrí la puerta, entraron todos corriendo, Dora con una botella de licor de menta bajo el brazo y Sweety agarrando de la mano a un sudoroso y tembloroso Walter Sutherland, que solo llevaba puestos unos calzoncillos bóxer y una corbata.

—¡La fiesta de la redada! —gritó Dora. Encendió la radio y se pusieron a bailar entre las estanterías. Me senté en las escaleras y observé a Sweety, hermosa y todo corazón, entre los brazos sonrosados y rechonchos de Walter Sutherland. Él tenía los ojos cerrados y descansaba la cabeza en el hombro de ella, mientras iba deslizándose hacia el país de los sueños. Me dio náuseas. Sweety era tan bonita y atenta, no tenía que hacer eso. Yo tampoco tenía que hacerlo. Podía huir, escaparme a Massachusetts sin decírselo a nadie.

Acababa de regresar de casa de Willie y estaba limpiando la tienda después de la fiesta de la redada cuando oí un ruido en la puerta. Me volví y esperé a que alguien llamara, pero nadie lo hizo. Entonces, lo vi. Habían metido un sobre grande de color marrón entre las rejas de Jesse y el cristal de la puerta. Me sacudí el polvo de las manos y saqué las llaves del bolsillo. Abrí la puerta y el sobre cayó sobre las baldosas, mostrándome el anverso. Vi la dirección del remitente y se me cortó la respiración.

SMITH COLLEGE

Di vueltas de un lado a otro de la tienda tarareando con el sobre en la mano. Parecía contener más que un simple folio. Eso era prometedor. En caso de rechazo, una simple hoja sería suficiente. Con la cuchilla de encuadernar rasgué la solapa. Eché un vistazo al interior. Había otro sobre lacrado grapado a un papel.

Di unas cuantas vueltas más, con las manos sudorosas y el corazón latiendo desbocado. Me detuve y rasgué el papel del sobre. Las palabras me llegaron a cámara lenta.

Estimada señorita Moraine:

Le agradecemos que haya solicitado una plaza en el Smith
College.

El Comité de Admisiones se congratula por haber recibido
tantas solicitudes este año.

Tras largas y detenidas consideraciones,

lamentamos comunicarle que no podemos ofrecerle una plaza para el curso de 1954.

Rechazada.

¿Por qué había sido tan ilusa de soñar que era posible, que podía escapar del humeante pozo negro de mi vida en Nueva Orleans y aterrizar en un mundo con cultura y contenido en Northampton?

La nota continuaba, diciendo que mi solicitud no era lo bastante oportuna como para ser tenida en cuenta. El resto de la carta contenía cumplidos de cortesía, deseándome buena suerte en mis futuras empresas. Tendría que contárselo a Charlotte. Peor aún, tendría que contárselo a Cokie. Solo de pensar en él se me revolvía el estómago. Miré el sobre que venía grapado a la carta de rechazo. «Señorita Josephine Moraine», ponía con letras escritas con tinta en el sobre de color crema. Dentro había una carta en papel a juego.

Querida señorita Moraine:

Le escribo por recomendación de mi apreciada amiga y exalumna de Smith Barbara Paulsen. Soy profesora de Literatura en el Smith College, autora de novelas históricas, y mecenas de artistas en el estado de Massachusetts.

Barbara me ha informado de sus dotes como dependienta en una librería y también como empleada del hogar. Soy una mujer soltera, que vive sola y actualmente necesito de una asistenta. Aunque no estoy en posición de financiarle el desplazamiento, si pudiera venir a Northampton, estoy dispuesta a ofrecerle un salario semanal de ocho dólares y una habitación con cuarto de baño privado a cambio de sus tareas como ama de llaves y asistente administrativa. El empleo requiere cinco días a la semana, y ocasionalmente, algunas obligaciones en fines de semana.

Espero una respuesta favorable por su parte a lo largo de este mes.

Reciba un cordial saludo,
Lda. Mona Wright

La carta confirmaba lo que, en el fondo de mi corazón, yo ya sabía. No me querían. Les servía para limpiar sus cuartos de baño y quitar el polvo a sus libros, pero no para unirme a ellos en público. La señora Paulsen había conocido a Madre en el funeral de Charlie y probablemente había hablado con el Smith College. Igual les había dicho que denegaran mi solicitud, que yo era una indeseable. Para suavizar el golpe y complacer a Patrick, se había puesto en contacto con una solterona y me había recomendado para limpiarle los ceniceros. ¿Ocho dólares por semana? Sweety conseguía veinte solo por bailar durante una hora con Walter Sutherland. Yo iba a sacar mil quinientos por... ¿por qué? Vomité en la papelera.

Lockwell me había dicho que fuera con los cincuenta dólares a los almacenes Maison Blanche. Eso era muy arriesgado. ¿Y si me cruzaba con alguien y empezaba a hacerme preguntas? Fui a una casa de empeños y me compré una pistolita, luego tomé un autobús a una tienda del barrio de Gentilly. Elegí un vestido de fiesta azul celeste con un escote tipo barco y unos guantes a juego. Le dije a la vendedora que era para la fiesta de jubilación de mi tío. El vestido me apretaba en el pecho y las caderas, pero la dependienta me aseguró que estaba de moda ir ajustada, incluso a una fiesta de jubilación. Me ayudó a elegir unas medias y la ropa interior. Me aconsejó unos zapatos a juego, pero preferí unos negros con tacón. El negro era más práctico. Me podrían enterrar con ellos si las cosas no salían bien. Al principio me tambaleaba con los tacones, sentía que mis tobillos pálidos eran de chicle. La mujer me aconsejó que anduviese un poco con los zapatos puestos para acostumbrarme a la sensación. Subí al piso de arriba a lavarme y rizarme el pelo en el salón de belleza. Mientras la peluquera me peinaba, otra mujer me limaba las uñas y me maquillaba. Intentó convencerme para comprarme el kit de maquillaje, asegurando que había quedado deslumbrante.

—Solo necesito estar guapa esta noche. Para la fiesta de jubilación.

—Bueno, todas las miradas estarán fijas en ti, eso tenlo por seguro. —Apoyó el codo en la cadera, con un cigarrillo mentolado

278

colgando de sus dedos–. Tómatelo como un cumplido, cariño. Muchas mujeres matarían por tener un pelo brillante y un chasis estilizado como el tuyo –dijo la mujer–. Espera a que te vea tu novio.

Contemplé mi reflejo en el espejo roto de la pared de mi cuarto. El vestido, los guantes, los zapatos, el maquillaje, el pelo... Me quedaban bien, pero sentía que era un disfraz. Ladeé la cabeza. ¿Era el espejo lo que estaba mal, o era yo? Con el nuevo sujetador, parecía que tenía más pecho y menos cintura. Me paseé por la habitación, intentando adaptarme a los tacones.

Lockwell había dicho que encargaría que nos trajeran la cena. Y luego ¿qué? Se me revolvió el estómago. Recordé a Madre hablando del tema en la cocina de casa de Willie. Decía que ella se preparaba mentalmente. Sonreía, cerraba los ojos y luego simplemente pensaba en otra cosa, como en comer ostras o ir a la playa, y antes de que se diera cuenta, todo había acabado. Por mil quinientos dólares, ¿sería yo capaz de comer ostras o dar un paseo por la playa con mi mente?

Metí el pintalabios en mi bolso nuevo, junto a un bolígrafo y pañuelos. Miré la pistola sobre mi mesa. Me la había comprado para sentirme más segura en la tienda, por si Ojo Chungo decidía pasarse a verme. Esta noche no la iba a necesitar, ¿o sí?

Procuré cerrar la tienda lo más rápido que pude. No quería que nadie me viera, sobre todo Frankie. Eché a andar en dirección contraria a mi destino, realizando un recorrido enrevesado que finalmente conducía a St. Peter Street. Pero cada vez que me acercaba a la calle, mis pies continuaban avanzando, y terminaba yendo en otra dirección. Los hombres se levantaban el sombrero al pasar a mi lado. Otros se volvían y sonreían. Una sensación gélida se adueñó de mi nuca y mis hombros, y rápidamente se transformó en un sudor frío. Algo regurgitaba en mi campanilla, recordándome el incidente del arroz con frijoles en la acera de la tienda de los Gedrick.

Llevaba muchos años intentando resultar invisible. Las miradas y las sonrisas significaban que la gente me veía. ¿En serio el maquillaje y un vestido bonito conseguían algo así? Vi los capítulos de *David Copperfield* desfilando delante de mí:

I. Nazco.

II. Observo.

III. Un cambio.

IV. Caigo en desgracia.

La luz se fue desvaneciendo, igual que mi confianza. Giré por otra calle. Había tres jóvenes en la acera, frente a un taller de reparación de coches. Uno de ellos soltó un silbido cuando me acerqué. Se me hizo un nudo en el estómago. Uno de los tres era Jesse.

Los otros dos me gritaron algo. Jesse ni siquiera levantó la vista, concentrado en una pieza de motor que tenía entre las manos. Aliviada, aceleré el paso, rezando para que no alzara la mirada.

—¿Adónde vas con tanta prisa, guapa? —preguntó uno de los chicos, cruzándose en la acera para cortarme el paso.

Jesse lanzó una rápida mirada en mi dirección y sus ojos volvieron al tubo que tenía entre manos. De repente, volvió a levantar la cabeza. Bajé la vista al suelo e intenté esquivar a su amigo.

—¿Jo?

Me detuve y me giré.

—¡Hombre! ¿Qué tal, Jesse? ¿Qué haces por aquí? —pregunté, intentando desviar la conversación para evitar las inevitables preguntas.

Jesse me miró. Sus ojos no recorrían mi cuerpo como hacían sus amigos, y sus labios no se contraían como los de los hombres que me había cruzado en la calle. Él solo me miraba. Su mano, pringada de grasa hasta el codo, señaló con desgana el taller que tenía detrás.

—Mi coche. Aquí es donde preparo el Merc.

Uno de los chicos le dio un codazo.

—Enséñale a la señorita el Merc, Jess. Espera a ver este coche.

—Igual quiere dar una vuelta —dijo el otro con una sonrisita—. ¿Tienes unas amigas para nosotros, muñeca?

En ese momento, lo que más deseaba era poder montarme en el coche con Jesse Thierry, marcharme de Nueva Orleans, conducir hasta Shady Grove, contárselo todo y pedirle ayuda. Pero su rostro tenía el mismo gesto confundido que cuando tiró el martillo delante de la librería. Me hacía sentir incómoda, culpable.

—Venga, Jesse, ¿no vas a invitarla a salir? —preguntó su amigo.

Jesse sacudió la cabeza mirándome fijamente.

—Está claro que ya la ha invitado otro. —Jesse entró en el taller. Sus amigos lo siguieron, volviendo la cabeza para mirarme.

Jesse me estaba juzgando. ¿Cómo se atrevía? No me conocía. Me di la vuelta y avancé directamente hacia casa de Lockwell, con una ampolla ardiéndome en el talón.

52

El cielo estaba oscuro y encapotado cuando atravesé el portal. Las lámparas de gas titilaban y las palmeras se mecían, diseminando sombras sobre la decrépita fuente en el centro del patio de la que manaba un hilillo de agua. Un viento fresco tensó la piel de mis brazos. Del piso de Lockwell, en una esquina, brotaba música. Lo encontré apoyado en la pared del rellano, bajo la lámpara de gas, fumando un puro. Observó cómo me acercaba, con el humo enroscándose en torno a su rostro y a sus hombros como una organza gris. No podía verle los ojos, pero podía sentirlos. Primero los zapatos, luego subiendo por mis medias, deteniéndose en las caderas y luego en el pecho, continuando hasta mis labios, y luego hacia abajo de nuevo.

Me abrió la puerta, en silencio. El sensual saxo alto de Charlie Parker me presionó con un *crescendo*. Las luces eran de un dorado tenue. Tragué saliva, intentando liberar la mariposa que estaba atrapada en mi garganta, dificultándome la respiración con su aleteo. Sentí el calor del señor Lockwell detrás de mí.

—Pensé que igual habías cambiado de opinión —me dijo en voz baja al oído.

Sacudí la cabeza y avancé un paso para escapar de la jaula de su presencia. Apoyé la mano en el respaldo del sofá para mantener el equilibrio. El sudor de mis manos se filtraba a través de mis guantes azules nuevos. Tiré de ellos para quitármelos. Al instante, sus manos se posaron sobre las mías.

—Más despacio —dijo, rodeándome para situarse delante de mí—. Uno a uno. —Se acercó a la mesa y tomó una copa de licor.

Me observó mientras yo sacaba cada dedo de los largos guantes azules.

—Siéntate —dijo, indicando el sofá—. ¿Qué quieres beber?

—Nada, gracias.

—Tomarás champán. A todas las chicas les gusta el champán.

A todas las chicas no les gustaba el champán. Yo prefería la zarzaparrilla. Willie prefería cualquier cosa que oliese a gasolina y quemara la garganta. Aguantaba el alcohol mejor que cualquier hombre, y en aquel momento deseé que estuviera allí para ayudarme a bregar con John Lockwell.

Observé la espalda de Lockwell, su pelo recién rasurado por el cuello, revelando un moreno de jugar al golf. Su camisa blanca, antes almidonada del planchado, estaba ahora empapada de humedad y expectación. Usó una toalla de lino para sacar el corcho y luego sirvió el champán. Se sentó a mi lado y me ofreció la copa alargada.

Alzó su bebida.

—Por los nuevos comienzos.

Dio un trago largo. Yo incliné la copa y dejé que el champán tocara mis labios cerrados. Posé la copa en la mesa, delante de mí.

—Estás preciosa, Josephine. El escote es un poco escaso, pero tu modestia te hace parecer más *sexy* todavía. —Deslizó su mano por mi muslo.

La mariposa aleteó con más fuerza en mi tráquea.

—Así que, ¿esto es lo que consiguen cincuenta dólares? —dijo—. Me gusta.

Tragué saliva con dificultad, con la esperanza de quitarme la bilis nerviosa de la garganta.

—La verdad es que le he traído el cambio. No me compré perfume, solo me eché el Chanel que tienen de muestra en la tienda. —Alcancé mi bolso.

—¿Lo dices en serio? —preguntó.

—Sí. Debería ser usted más cuidadoso con los presupuestos. Me dio dinero para comprar ropa, y si no lo he gastado todo, tengo que devolvérselo. Puede que necesite dinero, pero no soy una ladrona, señor Lockwell.

—Ya te lo he dicho antes, llámame John —dijo, aflojándose el nudo de la corbata—. Y sí, creo que eres una ladrona. Estás robándome el corazón.

Sonrió, complacido con su gracia. Intenté desesperadamente no entornar los ojos ante ese chiste patético, un chiste que habría hecho que Madre se derritiera del todo. El recuerdo de Madre me devolvió a la realidad.

—Recordará nuestro acuerdo monetario —dije.

—Mírate, directa al grano. Me gusta. Yo también estoy ansioso. —Se levantó de un brinco, se acercó a su mesa y sacó del cajón un fajo de billetes. Me lo entregó para que lo inspeccionara. Lo conté rápidamente. Mil quinientos. ¿Por qué no le había pedido tres mil? Era una idiota. Lo arrancó de mis manos y se lo metió en el bolsillo del pecho de su camisa.

—Baila conmigo.

Me levantó del sofá tirando de mi brazo y me apretó contra su cuerpo. Con los tacones, teníamos la misma altura. Nariz con nariz. Giré la cara y sentí su aliento caliente en mi mejilla. El saxo de Charlie Parker gemía por un desengaño amoroso mientras la mano derecha de Lockwell bajaba por mi espalda.

Se detuvo de repente.

—¡Vaya, vaya, vaya! Esta sí que es buena. ¡Que me aspen! No sabes bailar, ¿verdad, Josephine?

No sabía bailar, no. Y me hubiera gustado que lo aspasen.

—Bueno, mira, es fácil. Solo tienes que seguirme. —Acercó mi cadera a la suya y respiró hondo en mi cuello. Intenté imitar sus pasos. Le gustaba. Mucho. Me llevó bailando hacia el aparador y se apretó más fuerte contra mí. Me eché a temblar de asco. Alcé la vista al techo e intenté hacer lo que contaba Madre. Comer ostras. Su mano subió hacia mi pecho. La playa. No estaba funcionando. Me hacía daño. Posó el pulgar sobre mis labios y me dijo que cerrara la boca. Pensé en la tierra fría y las tablas del suelo bajo el porche, donde una vez grabé mi nombre y juré que no sería como mi madre. Agarró mi mano y empezó a dirigirla hacia su cintura.

Sacudí la cabeza y me aparté.

—¿Qué pasa? —dijo, siguiéndome hacia el sofá–. ¿Estás asustada? —Me miró, inflamado de perversión–. Dios, qué boquita tienes.

—Ya basta.

—Bueno, bueno. No te hagas de rogar. Ven aquí. —Se desabrochó el cinturón.

Intenté alcanzar mi bolso, pero me agarró de la mano.

—Oh, no. Eso sí que no. No querrás que llame a Smith y les diga que no te acepten, ¿verdad? —Tenía la boca junto a mi oreja–. Venga, Josephine. Gánate tu dinero. Sé una buena putita.

Oí cómo se desencajaba su mandíbula cuando mi puño se estrelló en ella. Tras superar el asombro inicial, embistió contra mí con la furia de un toro, pero yo ya estaba en pie, apuntándole con la pistola. Retrocedió de un salto, estupefacto.

—Las manos en la cabeza —le dije. No se movió. Apunté a sus espaldas y volé en pedacitos su foto de caza.

—¡Vale, vale! —exclamó, levantando las manos. Le indiqué que se colocara en un rincón.

—Lo siento, tienes razón. He ido muy deprisa. Baja el arma, Josephine —me rogó–. Por favor, baja el arma.

—No me digas lo que tengo que hacer. Siéntate en el suelo —le ordené–. ¡Ahora mismo!

Se sentó en la esquina.

—Jesús, ¿qué pensabas que era esto? Vete, y haremos como que nunca ha pasado. Vete. No se lo contaré a nadie.

Me quité los zapatos de tacón y se los tiré encima.

—No vuelvas a llamarme puta, ¡nunca! —dije, apretando los dientes–. Cierra los ojos.

—Oh, Dios, no. Josephine, por favor.

—¡He dicho que cierres los ojos! —Cerró los ojos.

Me fui corriendo del piso, con los pies descalzos sobre la acera. El cielo estaba negro y tronaba. Abrí la boca.

Una enorme mariposa salió volando a la noche.

53

Lo encontré la mañana siguiente. Bajé de mi piso, y estaba mirándome al otro lado del cristal de la puerta.

Encajado entre las rejas. Un folio de papel blanco. Una mano negra.

Veinticuatro horas. Ojo Chungo volvería a la tienda, a pedir cinco mil dólares que yo no tenía y no podría conseguir. Le debía a Cokie dos mil dólares, una explicación y una disculpa. Le debía a la esposa de Forrest Hearne un reloj de oro. Pero también tenía una deuda con Carlos Marcello, y si no pagaba, lo pasaría un poco peor que con John Lockwell.

Urdí una historia para contar a Willie. Le diría que el distribuidor de bebidas tenía un pedido esperando en el restaurante de Sal y que necesitaba que le pagasen. Ella me ordenaría que cogiese el dinero de la caja fuerte. Aprovecharía para llevarme los cinco mil. La idea de robar a Willie me ponía de los nervios, pero una vez saldadas las cuentas con Marcello, se lo explicaría y le haría saber que estaba protegiéndolos a todos. Me costaría varios años pagarle la deuda. Pero Willie conseguiría lo que quería: retenerme en Nueva Orleans.

La mañana estuvo llena de contratiempos. Willie estaba alterada por la presión constante de la Policía. Me pidió que me llevara a casa el libro negro para guardarlo en mi apartamento.

—Ayer se pasaron a tocar las narices a las seis. ¡A las seis de la tarde! Hicieron como si fuera una visita de cortesía y se quedaron hasta la una de la madrugada. Perdí una noche entera de trabajo entreteniendo al comisario y sus amiguitos polis. Pero

¿qué podía hacer? Se pusieron a jugar a las cartas, y las chicas se quedaron en sus habitaciones, aburridas como ostras. Los ojos del comisario se fijaban en todo... Tenía que ir detrás de él. Estaba segura de que encontraría los escondites. Llévate el libro. A partir de ahora, te daré los recibos, y tú anotarás las entradas en tu casa.

Asentí y me quedé con el libro. Willie encendió un cigarrillo y reclinó la espalda en su cama.

—¿Sabes qué te digo? Ya estoy cansada de este jueguecito. ¿No crees que ya es hora de agarrar al cochinillo, meterle una manzana en el culo y asarlo de una vez?

—¿Qué quieres decir? ¿Estás cansada del negocio?, ¿de la Policía?

—Sí, de eso también. Pero estoy cansada de este jueguecito que te traes. He esperado, confiando en que acudirías a mí. Al principio me molestó que me creyeras tan estúpida. Pero solo tienes dieciocho años, por el amor de Dios. Supongo que debería alegrarme de que todavía tengas un ridículo lado inocente. Pero, a veces, es que me toca las narices.

—Willie, no sé de qué estás hablando.

—Ay, ¡para ya! Sé que estás molesta por lo de Charlie y Patrick, pero no estamos hablando de eso. Tu madre fichó a Forrest Hearne en cuanto lo vio, y lo sabes. Tú también lo fichaste, pero de un modo distinto. Tu madre le dijo a Cincinnati que tenía un blanco. Cinci pagó al camarero para que le echara un buen *Mickey* en la bebida, y así Hearne estaría roque el tiempo suficiente para desplumarlo. El camarero le echó un *Mickey* de los gordos, y Hearne acabó espichándola. Aunque todo quisqui tiene claro que ellos son culpables, se libran porque tienen una coartada. ¿Y quién puede permitirse comprar coartadas en esta ciudad? ¿Quién va a ser? ¡Carlos Marcello! Así que ahora tu madre está marcada con la mano negra.

Permanecí a los pies de la cama de Willie, abrazando el libro. Las lágrimas se acumulaban en mis ojos.

Willie meneó la cabeza y bajó el volumen de su voz curtida:

—¿Te crees que no entiendo lo que está pasando, Jo? ¿Te crees que no tengo ojos en esta ciudad? Frankie no es mi único soplón. Tengo gente en la calle que me cuenta cosas, y me han dicho que los hombres de Marcello han estado atosigándote, que había coches siguiéndote por toda la ciudad. Y además, de repente, te pones a actuar como una loca. Jesse vino a cambiar el aceite de *Mariah,* y el pobre muchacho estaba hecho un lío. Dijo que te cargaste su ventana rogándole que pusieras unas rejas en la librería y luego saliste corriendo. No hace falta que te diga que a ese chaval le has jodido pero bien. Y yo, todo el tiempo diciéndole a la gente que al final acudirías a mí. He estado esperando a que te presentaras.

—No podía —dije entre sollozos.

—¿Por qué demonios no podías? —preguntó Willie.

—Me dijeron que te matarían.

—¿Y te lo has creído? Jo, quieren su dinero, y te amenazarán con lo más sagrado para conseguirlo. Sé cómo manejar a Marcello.

—No, Willie, no puedes. No quiero que os pase nada a ti o a Cokie.

—Deja de lloriquear. No soy tonta. ¿Cuánto quieren?

Casi no podía mirarla.

—Cinco mil —respondí muy bajito.

Willie apartó el edredón y se puso a andar de un lado para otro, con la ceniza saliendo despedida de la colilla de su cigarrillo. Una vena palpitaba hinchada de rabia en su sien.

—A tu madre habría que colgarla de las orejas. ¿Pasar una deuda con la mafia a su propia hija? Mira, esto es lo que vamos a hacer: te daré el dinero para Marcello, pero antes irás a varios bancos y lo cambiarás en billetes pequeños y calderilla. Cuando le entregues la pasta a Ojo Chungo, tiene que parecer que lo has reunido rascando hasta en las alcantarillas. Centavos y peniques, incluso. Mételo en sobres y bolsas diferentes. Si llevas billetes grandes, sabrán que tienes una fuente y volverán a pedir más. Sonny te llevará hasta el restaurante Mosca esta tarde. Entrarás y les pagarás. Asegúrate de que te dicen que estáis en paz.

—¿Les voy a pagar? ¿Tengo que llevar cinco mil dólares a los hombres de Marcello? ¿No van a venir ellos a por la pasta?

—No querrás que vayan ellos a por el dinero. Si tienen que hacerte una visita, significa que te has retrasado en el pago y entonces les deberás más. Tienes que pagarles antes de que vengan a llamar a tu puerta. —La piel del cuello de Willie estaba arrugada y surcada por venitas rotas. Se acercó a la caja fuerte del armario y empezó a sacar fajos de billetes y a lanzarlos sobre la cama.

—Ahí hay cuatro mil. —Salió del armario, apoyándose en el marco de la puerta—. ¿Cuánto sacaste por tirarte a Lockwell anoche?

La miré sin responder.

—¿Cuánto? —insistió.

—Nada.

—¡Nada! ¿Qué pasa contigo? Podías haberle sacado unos cuantos cientos de dólares.

—Eran mil quinientos. —Alcé la vista y miré a Willie—. Pero no pude hacerlo. Bailamos juntos, me sobó y no pude aguantarlo. Saqué mi pistola y le apunté. Luego, salí corriendo.

Dio una calada larga y lenta a su pitillo, y asintió con la cabeza.

—Buena chica. Bien hecho, Jo. —Lanzó otros mil dólares a la cama.

Nos dirigimos a la orilla oeste. Yo iba sentada en el asiento del copiloto del coche de Sonny, con sacos de harina, bolsas de papel y sobres llenos de billetes pequeños y monedas a mis pies. Cinco mil dólares. Sonny conducía con una escopeta entre las piernas. No decía nada, solo fumaba y escuchaba atentamente el serial radiofónico *Young Widder Brown,* entre el crepitar de su radio de válvulas hecha a medida. Su enorme constitución se encorvaba sobre el volante, absorto en el último episodio de la viuda Ellen Brown y su romance con Anthony Loring.

Hubiera preferido que Sonny entregara el dinero mientras yo esperaba en el coche, pero Willie dijo que así no se hacían las cosas. Recordé la marca de una mano negra en la puerta de

Esplanade Avenue, y cómo había criticado a la gente que era tan estúpida como para meterse en líos con la mafia.

Sonny recorrió un tramo de carretera desierta y se detuvo frente a un edificio blanco de madera. Se llevó el dedo a los labios para que guardara silencio mientras escuchaba el final del programa y de la saga amorosa de Simpsonville. Luego, apagó la radio y agarró su escopeta.

–Asegúrate de que lo cuentan –me dijo.

Reuní las bolsas y los sobres en mis brazos y cerré la puerta del coche con la cadera. Atravesé la entrada y al instante me envolvió una oscuridad espesa. Mis ojos, acostumbrados a la luz del exterior, no podían adaptarse. Entrecerré los ojos como un relojero y distinguí una barra y unas pocas mesas. La sala estaba casi vacía. El restaurante no abría hasta las cinco y media. Vic Damone sonaba en la gramola, y un escuálido camarero solitario preparaba la barra.

–¿En qué puedo ayudarte? –preguntó el camarero.

–Busco a Ojo Chungo.

–En la pared del fondo.

Pasé entre las filas de mesas en la oscuridad, con el dinero entre los brazos. Mis ojos empezaron a acostumbrarse a la oscuridad, y la sala fue tomando forma. Al fondo del restaurante, había tres hombres sentados a una mesa. Cuando me acerqué, dos se levantaron y desaparecieron en la cocina. Di unos pasos y me quedé junto a la mesa. Lou me miró con su ojo derecho mientras el izquierdo se movía de un lado a otro.

–¿Qué diablos es eso? –preguntó, señalando mis brazos.

–Es el dinero. –Posé la carga sobre la mesa y se me cayó un sobre. Monedas de céntimo se desparramaron por la mesa. Willie estaría orgullosa.

Consiguió su efecto.

–¿Qué te piensas que soy, una máquina expendedora? –dijo Ojo Chungo.

–Lo tengo todo. Puedes contarlo.

–No pienso tocar esa guarrería. Vete a saber de qué agujero infecto lo habrás sacado. Lo contarás tú.

Me senté y conté el dinero. Él hacía marcas en una servilleta cada cien dólares, pero no tardó en impacientarse. Llamó a los otros dos de la cocina para que terminaran de contar.

—Tendrías que haber traído billetes grandes —dijo cuando acabamos de contar. Había dos dólares de más, idea de Willie.

—No pude conseguir billetes grandes. He estado muy ocupada mendigando para poder llegar a tiempo.

—¿Quién ha dicho que hayas llegado a tiempo? —respondió.

—He llegado a tiempo. Y estamos en paz.

Se apoyó en la mesa mientras su ojo izquierdo subía y bajaba furioso.

—No estamos en paz hasta que lo diga el hombrecito, ¿entendido? Más te vale que no encontremos a tu madre en California. Nadie se escapa con una deuda así, ¿sabes?

Me levanté.

—Eso lo tendrás que discutir con mi madre y Cincinnati. Aquí está todo. Has apuntado cinco mil dólares.

Un hombre apareció y dejó un plato frente a Ojo Chungo. Pollo frito al ajillo con vino blanco y aceite. Olía delicioso.

—¿La chica se queda a comer? —preguntó el hombre.

Ojo Chungo se puso la servilleta al cuello y me miró.

—¿Te quedas a comer?

54

«Mi prima Betty me escribió contándome unas historias de lo más absurdas sobre ti.»

Eso decía la carta de Charlotte.

Lo estoy pasando en grande. ¿Has recibido noticias de Smith? Echo de menos a Charlie. Te echo de menos a ti.

Eso era lo que decía la postal de Patrick.

Espero una respuesta favorable por su parte a lo largo de este mes.

Eso era lo que había puesto Lda. Mona Wright en su carta. Todavía no tenía ni idea de qué significaba ese «Lda.». Tendría que buscarlo en el diccionario práctico de correspondencia comercial. Resultaba evidente que se trataba de una clase de título.

Sadie me ayudó a preparar la bandeja del desayuno de Willie. Antes de acostarme, decidí que tenía que contarle lo del reloj de Forrest Hearne, y también que Madre me había robado el reloj de Adler's que ella me había regalado. Sabía que se enfurecería y me pondría de estúpida para arriba, pero tenía que hacerlo. Y luego tenía que contarle a Cokie lo del robo de su dinero. Iba a ser un día difícil, por decirlo suavemente.

Willie estaba despierta, envuelta en un quimono de satén rojo, observando la calle a través de las persianas de su ventana.

—¡De rojo! Eso es todo un cambio. ¿Es nuevo? —le pregunté.

—Increíble. No es ni la hora del desayuno, y ya tienen a un poli ahí fuera, esperando sentado en un coche. Me dan ganas de decirte que le bajes un café. Estos de la pasma son más tontos que Abundio, de verdad.

—¿Anoche se volvió a pasar el comisario? —pregunté.

—No, pero mandó a tres hombres a eso de la medianoche. Sadie tocó la alarma, y yo los entretuve en la puerta mientras todos salían por la puerta lateral. A un viejo abogado de Georgia no le dio tiempo. Me encontré al pobre tipo en pelota viva, tiritando detrás de una palmera en el jardín. Tuve que devolverle todo su dinero. Esto está acabando con mi negocio. —Se volvió hacia mí—. ¿Qué cuentan esta mañana los periódicos?

No quería dárselos. Los artículos decían que iban a aumentar la presión sobre el Barrio Francés y que cada día se producían más casos de asaltos y robos. Asaltos. Me vi a mí misma, arrinconando a Lockwell con mi pistola.

—No les hagas mucho caso a las noticias, Willie.

Agarró ella misma los periódicos de la bandeja. Vi cómo su rostro se iba acalorando.

—Willie, quería darte las gracias por ayudarme con lo de la deuda ayer. No te imaginas qué alivio ha supuesto para mí. Anoche dormí por primera vez en mucho tiempo.

—Me lo devolverás con tu trabajo. Hasta el último centavo. Por fortuna, no soy una ingrata como tu madre, aunque no te pongas el reloj que te regalé.

Empecé a contarle una mentira sobre el reloj. Así de fáciles se habían vuelto las mentiras. Pero me detuve. Tenía que contarle a Willie lo de su reloj, y también lo del reloj de Forrest Hearne. Estaba junto a la cama, todavía leyendo los titulares.

—No me pongo el reloj, Willie, porque Madre y Cincinnati me lo robaron.

Willie alzó lentamente la vista del periódico para mirarme.

Asentí con la cabeza.

—Entraron en mi casa y me robaron el reloj y la pistola. Y... no te lo había contado, pero Cokie me dio dos mil dólares que había ganado en apuestas, para que pudiera ir a la universidad. Eso también se lo llevaron.

Deseé no habérselo contado, poder tragarme todas mis palabras. Decir que estaba hecha una furia sería quedarse corto. El gesto de su cara desafiaba cualquier descripción. En su rostro ardían simultáneamente expresiones de ira y de dolor. Sus ojos pestañeaban muy rápido.

—¿Willie?

Buscó la cama con el brazo para no perder el equilibrio y se derrumbó, tirando un jarrón de la mesilla al caer. Sus rodillas chocaron contra el suelo.

—¡Willie!

Corrí a sujetarla. Sus ojos estaban dilatados, a punto de salirse de sus órbitas. Un tartamudeo brotó de su tráquea. Estiró el brazo y se agarró a mis hombros. Llamé a Sadie a gritos.

—Voy a llamar al doctor Sully. ¿Vale, Willie?

Señaló con un gesto la ventana cerrada con persianas. Comprendí.

—No dejaré que entre el poli, Willie. Te lo prometo. —Volví a llamar a Sadie, esta vez más alto. Llegó corriendo y se llevó las manos a la cara al ver a Willie.

—No sé qué ha pasado. Se ha caído. Vamos a subirla a la cama. Corre, Sadie, tengo que llamar al doctor Sully.

El cuerpo de Willie era muy pesado. No podíamos levantarlo solas. Evangeline se asomó a la puerta del dormitorio.

—Evangeline, ¡ayúdanos! —grité. Meneó la cabeza y retrocedió asustada.

Me entraron ganas de pegarle.

—¡Bruja egoísta! Ven aquí ahora mismo y ayúdanos, o te juro que te pegaré un tiro yo misma. ¡Vamos!

Evangeline me obedeció. Agarró a Willie de los pies, y entre las tres fuimos capaces de subirla hasta la cama.

—Levántale la cabeza —le dije a Sadie—. Casi no respira. —Corrí hasta el teléfono del salón. Sweety estaba en el rellano. Evangeline la apartó de un empujón, subió corriendo las escaleras y se encerró en su cuarto dando un portazo.

—Jo, ¿qué pasa? —preguntó Sweety.

—Es Willie. Voy a llamar al doctor Sully. Cierra todas las puertas. Hay un poli fuera en un coche negro.

Me senté junto a Willie, que estaba aupada sobre las almohadas. Sudaba y vomitó a un lado de la cama.

—Los buitres vendrán. No los dejes entrar —dijo entre jadeos.

—Ya vale, Willie. Te vas a poner bien. ¿Me oyes?

—No los dejes entrar. Nunca los dejes entrar —repitió en voz baja.

Willie era indestructible, dura como el acero. Verla así me llenaba de terror.

Me había ayudado, me había protegido durante gran parte de mi vida, y ahora yo resultaba inútil, incapaz de hacer nada por ella. La estreché entre mis brazos. Sus temblores disminuyeron. Descansó la cabeza en mi pecho. Tarareé «Buttons and Bows» mientras le acariciaba el pelo. Los periódicos esparcidos por el suelo y la bandeja del café intacta a los pies de la cama parecían mirarme, conminándome a hacer algo más.

Willie agarró con fuerza mi mano.

—Cacahuete salado —susurró.

Finalmente, llegó el doctor Sully y corrió hasta la habitación. Alcé la vista, con las lágrimas corriendo por mi rostro.

Ya era demasiado tarde.

55

Cokie estaba sentado en la sala, con el rostro enterrado en la gorra. Sus gemidos brotaban con un pesar tan profundo y afligido que me asustaron. Sadie se encontraba arrodillada a sus pies, con la mano apoyada sobre las rodillas de su amigo. Cokie alzó la vista cuando salí de la habitación de Willie junto al doctor Sully. Su cuerpo temblaba de tristeza al hablar:

—¿De verdad se nos ha ido, Jo?

Asentí en silencio.

—¿Quieres verla?

—No —protestó entre lágrimas—. No pienso ver un cuerpo muerto. Willie ya no está ahí dentro. Se ha puesto los zapatos de caminar. Se ha ido a ver al Señor.

—Deberíamos pasar a la cocina —dijo el doctor Sully—. Hay que hacer algunos preparativos.

Nos reunimos en la cocina, todas excepto Evangeline, que se negaba a hablar con nadie y a abrir su puerta. Dora estaba desconsolada, gimoteando con la cabeza hundida sobre la mesa mientras Sweety le masajeaba la espalda.

—Al final habrá que anunciarlo —dijo Sweety—. Creo que lo mejor es que estemos organizadas. Es lo que Willie hubiera querido.

—Es cierto —intervino el doctor Sully, cuyo rostro mostraba una profunda conmoción—. Jo, supongo que tienes los documentos de Willie.

—¿Documentos? No, nunca me comentó nada —respondí.

–Bueno, sé que tenía un abogado –dijo el doctor Sully–. Hablaré con él. Mientras tanto, lo mejor será que pongáis una esquela y empecéis con los preparativos del funeral.

Dora se enderezó en su silla, con el maquillaje de la víspera deshecho a lo largo de su cara mojada.

–Tiene que ser algo especial. Willie Woodley tiene que despedirse con estilo. Ella lo hubiera querido así. Si hace falta, haré la calle para pagarlo. –Sollozó, sacando un pañuelo tras otro de su escote.

–Dora, a Willie no le haría gracia verte haciendo la calle –la reprendió Cokie.

–Willie siempre decía que la funeraria Laudumiey estaba bien. Deberíamos celebrarlo allí –propuso Sweety.

Aunque era algo obvio, tenía que decirlo:

–A Willie no le gustaría que la gente venga a casa después del funeral –comenté en voz baja. Todos estuvieron de acuerdo.

–Vayámonos de fiesta después del funeral, a un sitio de lujo –dijo Dora–. Los muchachos del restaurante Galatoire adoraban a Willie. Y nuestros clientes podrán decir en sus casas que van a cenar al Galatoire, sin más explicaciones. ¡Ay, cómo le gustaba a Willie su *rémoulade* de gambas! –Este pequeño recuerdo provocó un nuevo ataque de llanto en Dora.

Dora tenía razón. Willie conocía a muchísima gente. Tenderos, dueños de restaurantes, distribuidores de bebidas, músicos, contables, empresarios y empleados del Gobierno. Había una gran variedad de personas que querrían darle su último adiós, pero no podían permitir que se les asociara abiertamente con la casa de Willie. Un acto en un restaurante de la ciudad serviría para homenajear a Willie como miembro de la comunidad, no solo como *madame* de un burdel.

–No os podéis imaginar lo triste que es este día para mí –dijo el doctor Sully, con la voz quebrada–. Conozco a Willie desde que éramos niños. El Barrio Francés no volverá a ser lo mismo sin ella. –Carraspeó, intentando contener la emoción–. Bueno, parece que tenemos un plan. Josie, ¿te encargarás de organizarlo todo?

—¿Yo? ¿Por qué yo?

—Vamos, cariño, sabes que es lo que Willie hubiera querido —dijo Dora—. Ah, y os aviso a todos, oficialmente estoy de luto.

—Yo te ayudaré, Josie bonita —se ofreció Cokie, sorbiéndose la nariz—. Lo mejor que pueda, claro está.

Sadie asintió con la cabeza. Sweety dijo que se encargaría de que Walter Sutherland pagase la celebración en el Galatoire.

Cokie consiguió un crespón negro para la puerta. La noticia corrió por el Barrio Francés como la pólvora. Sadie permaneció en la entrada principal y Sweety, en la lateral. Empezaron a llegar flores. Sal mandó comida de su restaurante.

Me senté junto a la cama de Willie a mirarla. Tenía las manos cruzadas sobre el pecho. En la habitación hacía calor y el ambiente estaba cargado, enigmático y espeso. Nos encontrábamos solas.

Había sido culpa mía. Contemplé los ojos vacíos de Willie, consciente de que mi egoísmo la había enfermado. Había visto sus manos y tobillos hinchados, me había fijado en su cansancio, pero estaba demasiado ocupada con mis planes como para ayudarla. O igual era un deseo de demostrarle que se equivocaba conmigo. Siempre me advertía de las cosas, predecía exactamente cómo iba a salirme todo, pero cada vez que la vida me mentía, yo intentaba racionalizar la situación, aferrándome a cualquier esperanza sin pies ni cabeza, como Forrest Hearne.

Me puse a contar a Willie todo sobre el señor Hearne: lo que me hacía sentir, y por qué me aferraba a su reloj.

—Así que lo enterré en Shady Grove —le dije—. Sé que no es mi padre, Willie, pero ¿por qué no puedo soñar que lo es? ¿No soy lo bastante buena para creer que la otra mitad de mí es algo bonito?, ¿que puedo ser como David Copperfield? Si la idea de que provengo de algo respetable me da esperanzas, ¿por qué no puedo aferrarme a ello? El señor Hearne pensó que yo iba a la universidad, Willie. Un hombre como él, sofisticado e inteligente, suponía que yo estudiaba en la universidad. Y ¿sabes qué? Aquello me dio ganas de vivir la imagen que se había formado de mí. Me dio esperanzas. El sueño sigue vivo en ese reloj.

Quería que me insultase, que me llamara idiota, algo. Pero no hacía falta que le pidiera que hablase. Podía oír su voz, sabía exactamente lo que diría y cómo lo diría.

—Sí, Willie, pero ¿qué clase de capricho cruel del destino es este? ¿Cómo puede ser que el hombre con el que sueño como padre acabe siendo asesinado por mi madre? Es casi shakespeariano.

El empleado de la funeraria llegó. Parecía que mi tranquila conversación con el cadáver de Willie le inquietaba.

—Sí, Willie, sí. Ya lo sé. —Me dirigí al hombre de la funeraria—. Dice que prefiere que le pongamos el quimono negro. Y un pintalabios vivo.

Sadie y yo nos aseguramos de que todo estaba en la caja fuerte. Metimos los objetos de valor en la habitación de Willie y cerramos la puerta con llave.

—Las demás no me preocupan —le dije a Sadie—. Solo Evangeline. Parece que está fuera de sí. —Sadie asintió con la cabeza.

Bajé por Conti Street hacia Royal, sin estar segura de que mis pies se moviesen de verdad. Mi vida estaba guardada en una caja y alguien la había agarrado, sacudido con violencia y arrojado de nuevo al suelo. Todo estaba hecho trizas, fuera de lugar, y nunca volvería a encajar. Ya no volvería a dar mi paseo matutino hasta casa de Willie todos los días, cruzar su puerta con la bandeja del desayuno, contarle lo que había encontrado en las habitaciones mientras limpiaba. Ya no volveríamos a ir a Shady Grove juntas, nunca volveríamos a disparar a las latas sobre la valla, o a reírnos de Ray y Frieda en su coche, huyendo de sus demonios por la noche. No volvería a oír su voz almizclada, llena de alquitrán y gasolina, abroncándome por llegar demasiado pronto o demasiado tarde. Willie se había ido, y el hueco que dejaba su partida era tan grande que estaba segura de que me hundiría en él.

Cuando llegué a la librería, estaba llorando. Tenía la cara abotargada, inundada de lágrimas. La luz de la farola brillaba, iluminando a Jesse, sentado con la espalda en la puerta de la tienda y una rodilla recogida contra el pecho. Llegué a la puerta. Sin decir nada, me tomó en su regazo y me envolvió entre sus brazos.

56

Cokie vino a recogerme con su taxi para llevarme al funeral.

—Cada vez que pienso que ya he llorado hasta quedarme sin lágrimas, empieza todo de nuevo —dijo Cokie—. Nadie me trató con tanto respeto como Willie, solo tú y mi mami. Y eso me asusta, Jo. Willie era más dura que un tejado de zinc. Si se nos ha ido tan fácil, ¿qué nos espera al resto? No consigo metérmelo en la cabeza. Un día ella está aquí, y nosotros andamos preocupados porque el señor Charlie se ha cortado con unas tijeras, por la muerte de un ricachón de Tennessee en el Barrio Francés, preocupados por tu mami y ese mal bicho de Cincinnati. Al día siguiente, todo se termina. Todo tranquilo. ¿Qué vamos a hacer sin Willie? Nunca será lo mismo. —Cokie se secó los ojos con la mano—. A esta ciudad la llaman «La Gran Diversión», ¡jolín! pues no tiene nada de divertido.

La asistencia al funeral fue enorme. Banqueros sentados junto a contrabandistas. Policías charlando con prostitutas. Frankie, Mazorca, Sal, Elmo, Randolph y Sonny, todos aportaron sus retales para tejer la colcha que fue el funeral de Willie. Walter Sutherland llevaba un traje de gabardina cubierto de caspa que le quedaba fatal. Evangeline se había hecho dos coletas con grandes lazos negros y una falda inapropiadamente corta. Jesse me observaba desde el otro lado de la sala, sonriendo cada vez que nuestros ojos se encontraban. Nunca lo había visto de traje. Estaba guapísimo.

Willie quería que la incineraran, pero Dora se empeñó en que antes la expusieran en un ataúd negro forrado de satén rojo, a juego con *Mariah*. El director de la funeraria nos aseguró que era el Cadillac de los féretros. Dora, y su par de melones, le convencieron para que nos lo alquilara por un día. Las coronas de flores eran enormes, y había una de Carlos Marcello. Sweety cantó una versión a capela de «Amazing Grace» que nos dejó hechos polvo. Cokie lloraba abiertamente y sin avergonzarse, manifestando el mismo afecto y respeto que Willie siempre mostró por él.

El encargado de la funeraria leyó unos pasajes estériles que no pegaban con Willie. La llamó «Señora Woodley», provocando el enojo de todos los presentes. Cokie empezó a menear la cabeza.

—¡Alto! —Dora se levantó y avanzó hasta el frente de la sala con su vestido verde oliva y blandiendo un guante a juego en el aire—. Escuchad todos, el Señor me ha pedido que haga esto, y tengo que hablar. Primero, una vez le robé veinte dólares a Willie y los escondí en mi retrete. Ahí ya pequé una vez contra Willie, y tuve que expiarlo. Ahora, a Willie no le haría gracia que leyesen esos salmos o pasajes deprimentes. No había una «Señora Woodley», había una Willie. Lo que le iba a Willie era la vida, y sabía agarrarla por las pelotas. Todos lo sabéis. Adoraba una buena copa, un buen billete de cien dólares, y amaba su negocio. Y no juzgaba a nadie. Amaba a todos por igual: contables, maricas, músicos... Nos aceptaba a todos, decía que éramos todos igual de idiotas.

Todos se rieron. Pero Dora empezó a llorar. Las lágrimas corrían por su rostro.

—Era una buena mujer, y muchos de nosotros nos sentiremos perdidos sin ella. Por favor, no dejéis que le hagamos una despedida tranquila y aburrida. Willie no era así. Mazorca, ven aquí y cuenta lo de aquella vez que Willie te pasó por encima de la pierna con su coche. Elmo, cuenta cómo probaba Willie los colchones para ver si servían para el negocio. Venid, todos, por favor.

La tensión contenida en la sala reventó. La gente se levantó y contó anécdotas sobre Willie, sobre su generosidad, su corazón ardiente y su apariencia gélida. Yo tenía muchas cosas que contar, pero no pude hacerlo. Por último, Sadie se levantó. Miró a la concurrencia y, en silencio, posó ambas manos sobre su corazón.

Perdí toda la compostura. Aquella mujer que jamás había pronunciado una palabra en su vida, dijo más de lo que cualquiera de nosotros sería capaz de decir.

El Galatoire vibraba como si fuera Nochevieja. Había una gran foto enmarcada de Willie sobre un caballete al fondo del restaurante. Había tanto ruido, tanta gente, y yo estaba tan cansada... Patrick mandó un telegrama. Sus condolencias me dejaron vacía y triste. Evangeline avanzó entre la multitud sorbiendo un Shirley Temple con una pajita. Se detuvo delante de mí.

—Entonces, ¿qué? ¿Te atreves a hacerlo? —me preguntó.

Sacudí la cabeza.

—No puedo seguir los pasos de mi madre.

—No me refiero a vender tu cuerpo. Me refiero a si aceptas sustituir a Willie. Ser nuestra *madame*.

Miré a Evangeline. Tenía que estar de broma.

—¿Qué? No, no podría. No me parezco en nada a Willie.

Soltó un gruñido de disgusto.

—Te pareces un montón a Willie. Ella hubiera querido que tú ocuparas su lugar. —Evangeline me sostuvo la mirada desafiante—. Eras su preferida, y lo sabes. —Devolvió los labios a la pajita y se alejó en dirección a las carcajadas de Dora, arrastrando un trozo de papel higiénico con el tacón.

—Eh, Motor City.

Me volví.

—Hola, Jesse. ¿Llevas todo el rato aquí? —le pregunté.

—No, solo he venido a ver si necesitabas que te rescaten. —Sonrió. Su camisa blanca estaba salida por fuera del pantalón. Sus vaqueros arremangados y las botas habían reemplazado a su traje del funeral.

—Han sido un par de días muy largos —dije.

—Venga, salgamos de aquí.

57

Paseamos, en silencio. Me sentí aliviada de escapar del alboroto del restaurante. Jesse me ofreció una barra de chicle. La acepté agradecida.

Se detuvo y dijo:

—Eh, ¿puedo enseñarte una cosa?

—Claro.

—Cierra los ojos. No los abras.

Me quedé con los ojos cerrados en la acera. Oí el sonido de una puerta chirriando y luego Jesse me agarró de la mano.

—No abras los ojos hasta que yo te lo diga. Déjalos cerrados.

Anduvimos un poco, yo intentando no tropezar. Finalmente, nos detuvimos, y oí un ruido metálico.

—Venga, ábrelos.

Delante de mí tenía el coche más bonito que había visto nunca. Era de color grana oscuro, como las uñas de Willie, con un acabado tan reluciente que podía ver mi reflejo en el chasis.

—Jesse, es increíble.

—¿Te gusta?

—Me encanta. Es precioso.

Se dirigió veloz al costado del copiloto y abrió la puerta.

—Monta.

El interior era de cuero color canela, suave e inmaculado. Jesse se puso al volante.

—Ha tardado, pero ya casi está listo para conducir. —Me miró, alzando la mitad de su boca en una sonrisa—. Voy a llevarte fuera de la ciudad, ¿sabes?

—¿En serio?

—Sí, será una cita. Cuando esté acabado y funcione.

—¿A quién le importa que funcione? Podemos ser como Ray y Frieda e imaginarnos que estamos conduciendo. —Me recosté en el asiento—. ¿Adónde vamos en nuestra cita?

—A Swindell Hollow —contestó sin dudarlo.

—¿Dónde está eso?

—Es donde nací, en Alabama.

Así que condujimos hasta Swindell Hollow. El silencio era maravilloso junto a Jesse. Eché hacia atrás la cabeza y cerré los ojos. Me imaginé la autopista de dos carriles rodando bajo las ruedas y la brisa colándose por la ventanilla abierta, agitando las puntas de mi pelo. Sentí que dejábamos atrás Nueva Orleans, que se levantaba la red gris y el cielo se volvía más brillante, los árboles más verdes.

—Te debo una disculpa —dije finalmente.

—¿Sí?

—Sí.

Me puse a contarle lo de la deuda con Carlos Marcello. Jesse apartó las manos del volante y se giró para mirarme.

—Se puede decir que ya lo sabía —dijo—. Willie me lo contó cuando fui a arreglar su coche. Estaba esperando que acudieras a ella. Pero no lo hiciste.

—Así que lo sabías todo. Me siento una idiota.

—No te sientas idiota. Cuéntame algo que yo no sepa.

—Mmm, a ver. ¿Sabías que el día que te vi con tus amigos yo iba de camino a ganar mil quinientos dólares con ese cerdo de Lockwell? Bueno, al final me rajé y, en vez de eso, le tiré mis zapatos y le apunté con una pistola.

—No me gustaban esos zapatos —dijo Jesse.

—Oh, ¿y sabías que conocí a ese turista de Memphis el día que murió en el Barrio Francés? Estuvo en la librería y compró dos libros. Era tan simpático y amable que lo adopté como mi padre-héroe imaginario. ¿Lo sabías?

Jesse sacudió la cabeza.

—¿Qué más...? Oh, y luego encontré su reloj bajo la cama de mi madre y, por alguna extraña razón, me sentí totalmente unida a él. La noche que me viste en el río no iba a quedar con Patrick. Estaba allí para tirar el reloj al agua. Pero no fui capaz, me derrumbé y me eché a llorar. Así que lo enterré en Shady Grove, aunque sabía que la Policía lo estaba buscando.

Eché un vistazo a Jesse, esperando encontrar una expresión de disgusto o sorpresa. Se limitó a asentir con la cabeza.

—Más. Apuesto a que no sabías que recibí una gran notificación de Smith rechazando mi solicitud. En lugar de invitarme a formar parte de su alumnado, incluían una carta de una escritora solterona que me ofrece ir a limpiar su casa en Northampton.

Jesse dio un respingo.

—Eso es humillante, pero no tanto como que mi nueva amiga Charlotte haya descubierto por medio de su prima de Nueva Orleans que ha invitado a la hija de una prostituta a su casa de veraneo en los Berkshires.

Respiré hondo y miré a Jesse.

—Dios, qué bien me he quedado.

Se deslizó hacia mí.

—¿Sí? ¿Te está gustando Alabama?

—Me encanta Alabama. —Miles de kilos se soltaron de mis espaldas y salieron volando por la ventanilla del coche de Jesse.

—¿Eso es todo lo que tienes? —preguntó Jesse.

—No. Ahí va algo más para añadir a la pila de humillaciones: no solo soy la hija de una prostituta, también llevo el nombre de otra. Josie Arlington, *madame* de burdel, propietaria de una casa de citas a cinco dólares en Basin Street. Por un dinero extra, ofrecía una especie de circo sexual francés. Y me pusieron el nombre por ella.

—¡Tilín! —Jesse hizo sonar una campanilla inexistente delante de nosotros—. ¡Damas y caballeros, preparados para el combate! Los dos muchachos han heredado nombres de mala reputación. —Jesse se volvió hacia mí—. Pero la verdad es que yo gano. Tú

306

llevas el nombre de una *madame*. A mí me pusieron el mío por un asesino. Así que lo mío es peor.

Me quedé boquiabierta.

—Sí, el criminal de mi padre me puso Jesse por Jesse James. Me decía que creciera como un buen forajido para estar a la altura de mi nombre. Te digo una cosa, espero que mi padre nunca conozca a tu madre.

—¿Alguna vez has pensado en cambiarte el nombre?

—No, Jesse Thierry es quien soy.

—Yo quiero cambiarme el mío. Willie decía que debería cambiarme el apellido.

—El apellido puede ser una buena idea, pero no te quites Josie.

—¿No?

—No. —Jugueteó con un botón del salpicadero—. Me gusta cómo suena cuando lo pronuncio.

El puño de la camisa blanca de Jesse estaba abierto por la muñeca. Acerqué mi mano y empecé a doblarlo lentamente. Él observó mis manos mientras tocaban su antebrazo. Mis dedos no se cerraron en un puño, solo subían y bajaban suavemente sobre su piel. Me miró. Le devolví la mirada.

—Está bien —dije—. Es tu turno. ¿Qué es lo que no sé de Jesse Thierry?

—¿Lo que no sabes? —Jesse pasó su mano sobre mi hombro y me acercó a él—. Probablemente no sepas que quiero besarte ahora mismo.

58

–No tenemos elección. El abogado de Willie nos ha citado. Tiene unas cuestiones que tratar con nosotros –dije.

–Bueno, me pone nervioso –dijo Cokie–. No me apetece quedar con ningún abogado para cotorrear sobre Willie. A ella no le hacía gracia que nadie hablara de sus negocios, y no pienso empezar a hacerlo ahora, aunque ella ya no esté. Así que no pienso decir nada. Dejaremos que Sadie se encargue de hablar.

Sadie estiró la mano desde el asiento trasero del taxi y soltó un coscorrón a Cokie. Sadie también estaba nerviosa. Cokie y ella se habían puesto su ropa de misa y llevaban discutiendo desde que nos montamos en el taxi. Yo estaba más que nerviosa, pero no por lo del abogado. El despacho legal estaba en el edificio del Banco Hibernia, justo debajo de las oficinas de John Lockwell. Solo de pensar en él la bilis me subía hasta la garganta. Llevaba dos semanas posponiendo la reunión con el abogado, pero ya no podía retrasarla más.

Entramos en la recepción y rebusqué la carta en mi bolso. Cokie la leyó por encima de mi hombro.

–Lic. Edward Rosenblatt. Suena a tipo con pasta. Willie no haría tratos con un abogado lujoso.

Le chisté y nos montamos todos en el ascensor.

Una vez dentro, sentí lo mismo que Cokie. Willie no hacía tratos con bancos, así que seguramente no haría negocios con un abogado rico. Había hecho una promesa. No iba a revelar nada sobre Willie. Ya podían torturarme o amenazarme, que no lo haría. No te preocupes, Willie, no dejaré entrar a los buitres.

Llegamos a la séptima planta. Cokie se quitó la gorra y empezó a sobarla con las manos. Sadie y él permanecieron detrás, cerca del ascensor. Yo me acerqué al mostrador y le dije a la recepcionista que teníamos una cita. Al cabo de unos minutos, se presentó una mujer.

—El señor Rosenblatt los recibirá dentro de poco.

Hice un gesto a Cokie y Sadie para que se acercaran. Recorrimos un laberinto de mecanógrafos. Los ojos de Sadie estaban abiertos como platos, asimilando el ambiente de trabajo de la clase alta. La mujer nos condujo a un despacho. Había tres sillas dispuestas frente a una gran mesa de escritorio.

—El señor Rosenblatt estará con ustedes ahora mismo. Por favor, pónganse cómodos.

Cokie no quiso sentarse. Lo fulminé con la mirada, indicándole la silla con un gesto. La oficina era encantadora, revestida de paneles de roble y con una pared repleta de estanterías con colecciones impresionantes de tomos de leyes. Sadie me dio un codazo y señaló dos fotos en marcos de plata, una de una mujer mayor, la otra de una gran familia.

—Siento haberles hecho esperar.

Un elegante caballero de pelo canoso entró en la sala y cerró la puerta tras él. Llevaba unas lentes redondeadas y parecía del tipo que fumaba en pipa mientras veía partidos de polo. Me pareció reconocerlo del funeral.

—Soy Ed Rosenblatt. Usted debe de ser el señor Coquard. —Ofreció la mano a Cokie para que se la estrechara—. Y ustedes deben de ser la señorita Moraine y la señorita Vibert. Es un placer conocerlas. —Se situó tras su mesa y se sentó en la silla de cuero con copete. Colocó una carpeta delante de él—. Empecemos entonces, ¿les parece?

Alzó la vista para mirarnos y sonrió. Parecía sincero, cercano.

—En primer lugar, señorita Vibert, soy consciente de su incapacidad verbal, por lo que intentaré que nuestros diálogos sean lo más directos posible. Me gustaría expresar mis condolencias a todos ustedes. Estoy seguro de que se encontrarán muy afligidos por la pérdida de Willie.

—Sí, señor, lo estoy —dijo Cokie—. Por eso, no quiero faltarle al respeto, pero no me apetece que me hagan preguntas sobre la vida privada de Willie. A ella no le haría gracia. —Sadie movió la cabeza con énfasis.

El señor Rosenblatt miró a Cokie y a Sadie, y finalmente, a mí.

—Willie era una persona muy reservada, y nos gustaría respetar eso —expliqué.

—Creo que su lealtad es exactamente el motivo por el cual están ustedes aquí hoy. Dejen que les cuente algo. Conozco a Willie desde que tenía cuatro años. Crecimos juntos en el Barrio Francés, junto al doctor Sully y otros cuantos. De hecho, con solo cinco años, decidí que quería casarme con Willie, pero ella no estaba por la labor. Me llamaba Rosie y decía que yo era un fanfarrón. Me dijo que en vez de casarse, prefería hacer negocios conmigo porque le parecía que yo era listo. Pueden imaginársela a los cinco años, con una mano en la cadera y apuntándome con el dedo mientras hacía este trato comercial, ¿se lo imaginan?

Sonreí. Claro que podía imaginármelo, la niñita pícara que vi en la foto escondida en Shady Grove.

—Así éramos. Willie, Sully y Rosie, una versión de los tres mosqueteros en el Barrio Francés. —El abogado posó las manos sobre su mesa—. Pero algo sucedió cuando teníamos alrededor de doce años. Willie cambió. Procuraba por todos los medios no tener que volver a casa. Sully y yo sospechábamos de su padre.

Recordé a Willie diciéndome que los padres estaban sobrevalorados, que el mío probablemente sería algún lameculos cualquiera.

El señor Rosenblatt continuó:

—Empezó a salir con malas compañías. Nos fuimos alejando a medida que nos hacíamos mayores. Sully se fue a estudiar Medicina, yo a estudiar Derecho, y Willie se lanzó a hacer negocios. Perdimos el contacto durante una temporada, principalmente porque a Sully y a mí nos asustaba el camino que estaba tomando Willie. Luego, hace veinticinco años, una Nochevieja,

Sully y yo estábamos cenando con nuestras esposas. Willie se presentó a la mesa y preguntó a Sully si todavía conservaba su tirachinas. Dijo que lo necesitaba para disparar a un idiota en el restaurante. Fue como si todos volviéramos a tener diez años. –El señor Rosenblatt sonrió, pensativo–. Hay algo en los vínculos de la niñez, supongo. Desde entonces, he trabajado para Willie.

Todos lo miramos sorprendidos.

–Soy el administrador de sus bienes –añadió a modo de explicación–. Comprendo que esto es mucha información para asimilar.

–Supongo... que no me puedo imaginar a Willie de niña –dijo Cokie.

El señor Rosenblatt sacó un archivador del cajón inferior de su escritorio. Nos entregó una foto descolorida de tres niños posando en Jackson Square. Willie estaba en el medio, sacando músculo con su brazo derecho.

Cokie soltó un silbido entre sus dientes.

–¡Vaya, mira esto! Parece que pudiera meteros una buena somanta de palos a los dos.

–Lo hacía –afirmó el abogado–. Conservo cicatrices que lo demuestran. –Guardó la foto–. Como bien sabrán, Willie era una mujer inteligente y organizada. Disfrutó de su dinero en vida y gastó gran parte de lo que ganó. No era ahorradora y no confiaba en los bancos, así que su herencia no es muy grande. No voy a hacerles perder el tiempo leyendo páginas de jerga legal. Es bastante sencillo. Willie designó a la señorita Moraine su albacea, y los bienes se repartirán del siguiente modo: la casa de Conti Street se convertirá en propiedad conjunta del señor Coquard y la señorita Vibert...

Sadie soltó un gemido y agarró el brazo de Cokie.

–¿Disculpe? –dijo Cokie.

El señor Rosenblatt asintió con la cabeza y añadió:

–Primero leeré la lista y luego contestaré a las preguntas que tengan. Como les he dicho, la casa de Conti Street y el mobiliario que contiene serán propiedad conjunta del señor Coquard y la señorita Vibert. La hipoteca ya está pagada. La vivienda y los terrenos conocidos como Shady Grove se convertirán en propiedad exclusiva de la señorita Moraine. Esta propiedad también está libre de toda deuda. El vehículo, conocido familiarmente como *Mariah,* así como todas las armas de fuego, se convertirán en propiedad exclusiva de la señorita Moraine. Todas las joyas y efectos personales de Willie pasarán a ser propiedad compartida de las señoritas Moraine y Vibert. Todas las sobrinas y los informadores que trabajaban para Willie recibirán cien dólares por cada año de servicio. Una vez que se paguen todas las deudas pendientes, el dinero que quede se dividirá equitativamente en cinco partes, entre ustedes tres y los dos mosqueteros que quedamos con vida, el doctor Sully y yo.

Se hizo el silencio en el despacho. Sadie estaba sentada con la espalda muy recta y la boca abierta. Cokie se echó a llorar.

—Señor Coquard —comenzó a decir el abogado.

—Cokie —le corrigió.

—Cokie, usted trabajó para Willie durante más de veinte años. Ella valoraba mucho su amistad y su lealtad. Esto es lo que ella quería —explicó el señor Rosenblatt.

Cokie habló muy bajito entre lágrimas.

—Pero nada de esto sirve para nada. ¿No lo entiende? Nada va a compensar que Willie ya no esté.

Los ojos del señor Rosenblatt se inundaron de lágrimas.

—Tiene razón. Nada conseguirá devolvernos a Willie.

Nos explicó los siguientes pasos y el proceso a seguir. Nos recomendó presupuestos y servicios de administración de finanzas. Insistió en que no contáramos absolutamente a nadie lo de la herencia de Willie, pues a ella le preocupaba que nos convirtiéramos en el blanco de estafadores y gorrones.

—Pues mira, eso está bien dicho —dijo Cokie—. Esta Josie nuestra tiene el corazón como una alcachofa. Una hojita para todos. Así que no se lo cuentes a nadie, Jo. Además, tienes tus planes. —Cokie asintió con la cabeza y sonrió al abogado—. Josie va a ir a la universidad.

Todos se giraron para mirarme, esperando que les contara que me habían aceptado en Smith y que me largaba de Nueva Orleans. Pero no era así.

Willie. La universidad. Madre. Buitres. Un ruidoso ventilador zumbaba en lo alto de mi cabeza. En un momento dado, alcé la vista y me fijé en que todos se estaban levantando.

—¿Hay algo más que desee saber, señorita Moraine? —El abogado, Cokie y Sadie se quedaron mirándome.

—Sí —dije, todavía aturdida—. Willie quería que me cambiara el apellido.

59

El sol caía a plomo desde el mediodía. Estiré las piernas y me masajeé la nuca.

—Tienes un bonito coche —dijo un hombre que fumaba un cigarrillo en la acera.

—Gracias.

El hombre dio una vuelta al vehículo, admirándolo. Pensé en Cokie y en cómo lloró cuando insistí en regalarle a *Mariah*.

—Debe de tirar como la seda. ¿Lo conduces mucho? —preguntó el hombre.

Sacudí la cabeza.

—Es de mi novio. Está todo el día con él.

Jesse salió de la oficina de correos, sonriendo.

—Déjame adivinar —dijo el hombre del cigarrillo a Jesse—. Tú eres el novio.

—Es un poco duro, pero alguien tenía que llevársela, ¿no? —Jesse me miró y sonrió.

—¿Vais muy lejos? —preguntó el hombre.

—Sí, señor. Me llevo a mi chica de viaje.

La esposa del hombre salió de la oficina de correos. Nos deseó un buen viaje.

—¿Y bien? —pregunté.

Jesse me envolvió entre sus brazos y me susurró al oído:

—Un reloj Lord Elgin va de camino hacia la señora Marion Hearne en Memphis. Con matasellos de Alabama.

—Gracias. —Lo abracé.

Dio una palmadita.

—Bueno, déjame el mapa de Cokie. Le prometí que seguiría la ruta de Mazorca por Georgia.

Jesse extendió el mapa sobre el capó del coche. Su coche. El coche que había construido con sus propias manos partiendo de nada más que un montón de chatarra para el desguace. No sé muy bien cómo, pero había conseguido juntar todas las piezas, sacarles brillo y convertirlas en algo hermoso, totalmente irreconocible de su anterior ser.

Miré la caja de cartón que llevábamos en el asiento trasero. Contenía la caja de San Valentín de Charlie con las bellotas gemelas, la página de su máquina de escribir, una postal de Cuba y tres fotos con marcos de plata: la de Willie de niña que encontré en Shady Grove, una de Jesse y su coche, y otra de Cokie y Sadie delante de su casa en Conti. La tristeza volvió a filtrarse por mi cuerpo. Nos montamos en el coche.

—¿Qué pasa? —preguntó Jesse.

Me encogí de hombros.

—Quería escapar desesperadamente de todo, pero en cierto modo me preocupa que se evapore todo, que pierda a Cokie, la librería, a ti.

—Es un comienzo, Jo. Un comienzo seguro.

Asentí, deseando aferrarme al plan.

—La parte más dura es salir. La señora Paulsen te consiguió una entrevista en Smith. Tienes un lugar seguro donde quedarte en Northampton, en casa de tu amiga. Un sitio donde jamás te encontrarán tu madre y Cincinnati. Cuando estés allí, sacarás algo rápido. Entrarás en Smith, estoy seguro. Nada va a cambiar en Nueva Orleans. Si alguna vez vuelves, encontrarás el mismo bullicio y las mismas broncas. Todo igual que como lo dejaste. Y a mí no vas a perderme.

Se arrimó a mí. Lo miré.

—Voy a terminar mis estudios y luego, ¿sabes qué? Volveré por ti, Josie Coquard. —Jesse sonrió—. Josie Mae West de Motor City Moraine Coquard. Todavía me debes una ventana. Apúntaselo en la carta a tu amiguita.

315

Estaba escribiendo una postal para Charlotte desde Alabama. Ante la insistencia de Jesse, le había enviado una carta de doce folios a un solo espacio. Le solté toda mi historia, hasta el último detalle desagradable, incluyendo que era la tocaya de una *madame* y que la señora Paulsen había movido los hilos para conseguirme una entrevista en Smith. Me costó meter todos los folios en el sobre y tuve que cerrarlo con celo. El empleado de correos me dijo que hacían falta más sellos.

Y me puse a esperar, segura de que no recibir respuesta sería la respuesta. Pero entonces llegó una carta, un único folio de color rosa con una breve contestación:

«No hay belleza perfecta que no tenga alguna rareza en sus proporciones».

—*Sir* Francis Bacon

¡Me muero de ganas de verte!

Tu amiga fiel, Charlotte

La decisión estaba tomada.

Josie se va a Northampton, así que no te burles de mí. Di un trago del termo de Cokie, y salimos a la carretera.

Agradecimientos

El color de los sueños ha sido una labor de equipo. Este libro no habría sido posible sin los capitanes del equipo: mi agente Ken Wright y mi editora Tamra Tuller. Ken me animó a ponerme con esta historia y Tamra guio cada paso de mi proceso de escritura. Su paciencia, conocimiento y experiencia transformaron esta novela. Estoy agradecida por haber tenido unos mentores y amigos tan maravillosos.

Estaré eternamente en deuda con la escritora Christine Wiltz. Su libro *La última madame: Una vida en los bajos fondos de Nueva Orleans* no solo inspiró esta historia, sino también mi deseo de dedicarme a la escritura. Earl y Lorraine Scramuzza me introdujeron en el vientre histórico del Barrio Francés, que jamás habría sido capaz de descubrir por mí misma. Sean Powell me recibió en la casa de Conti Street que en el pasado fue el burdel de Norma Wallace y el estudio de E. J. Bellocq. El historiador de Nueva Orleans John Magill compartió sus increíbles conocimientos y señaló mis errores.

Los escritores de novela histórica estaríamos perdidos sin bibliotecas y archivos. Doy las gracias al Williams Research Center de Nueva Orleans, a la Historic New Orleans Collection, a la Biblioteca Pública de Nueva Orleans, a la Biblioteca Pública de Nashville, a la Biblioteca Brentwood, al *The Times-Picayune*, al *The Tennessean,* a Nanci A. Young del archivo del Smith College, a Lori E. Schexnayder del archivo de la Universidad de Tulane, a Trish Nugent del archivo de la Universidad de Loyola, al archivo de la Universidad de Vanderbilt, a la librería Librairie de Chartres Street y a la librería Garden District. Los escritores Lyle Saxon, Robert Tallant, Ellen Gilchrist, Anne Rice y Truman Capote me transmitieron una viva imagen de Luisiana a través de su maravillosa prosa. Gracias a los profesores, bibliotecarios, libreros y promotores de la literatura que me dieron la oportunidad de contactar con estudiantes y lectores.

Los miembros de mi grupo de lectura fueron los que primero lo vieron todo: Sharon Cameron, Amy Eytchison, Rachel Griffith, Linda Ragsdale, Howard Shirley y Angelika Stegmann. Gracias por vuestra entrega y amistad. ¡No podría haberlo hecho sin vosotros! Kristy King, Lindsay Davis y Kristina Sepetys forman parte integral en el desarrollo del personaje de Josie Moraine. Genetta Adair, Courtney Stevens Potter, Rae Ann Parker y los 7 Originales fueron maravillosamente generosos con sus críticas y ánimos. Fred Wilhem y Lindsay Kee pergeñaron el título. Y SCBWI convirtió mis sueños en realidad.

Michael Green, de Philomel, gracias por creer en mí. La familia Philomel: Semadar Megged, Jill Santopolo, Kiffin Steurer y Julia Johnson. La familia Penguin: Don Weisberg, Jennifer Loja, Eileen Kreit, Ashley Fedor, Scottie Bowditch, Shanta Newlin, Kristina Aven, Liz Moraz, Helen Boomer, Felicia Frazier, Emily Romero, Jackie Engel, Erin Dempsey, Anna Jarzab, Marie Kent, Linda McCarthy, Vanessa Han y todos los representantes de Penguin.

Yvonne Seivertson, Niels Bye Nielsen, Gavin Mikhail, Jeroen Noordhuis, Mike Cortese, The Rockets, Steve Vai, J.W. Scott, Steve Malk, Carla Schooler, Jenna Shaw, Amanda Accius Williams, la comunidad lituana, los Reid, los Frost, los Tucker, los Smith, los Peale y los Sepetys, todos colaboraron o me animaron en mis esfuerzos con este libro.

Mamá y papá, vosotros me enseñasteis a soñar alto y a amar más alto todavía. John y Kristina, sois mi inspiración y los mejores amigos que una hermana pequeña podría desear.

Y Michael, tu amor me proporciona la fuerza y las alas. Eres mi todo.

También puedes leer

«Una narrativa sencilla, contenida, que embriaga al lector y le impide dejar la lectura. El mérito de esta novela es su capacidad de narrar, de contarnos vivencias tan inhumanas sin que la calidez de la prosa se resienta, y aquí estriba la dificultad y el mérito de la autora. Uno de esos libros que tienen alma.» —*La Nueva España*

«Sorprende la fuerza y voluntad de la protagonista para no derrumbarse. Su determinación de ser ella misma, a pesar de las circunstancias, nos arrastra y nos conquista.» —*Alfa y Omega*

«Un libro estremecedor, que nos hace revivir ese infierno, a la vez que una obra llena de humanidad y amor.» —*Delibros*

«Conmovedora historia de amor y supervivencia en la que la voz de una joven lituana rompe el silencio de la historia.» —*Mia*

«Ruta Sepetys rinde homenaje a su padre, un refugiado lituano, y a las miles de víctimas que acabaron sus vidas en el Gulag estalinista.» —*Mujer Hoy*

«Emocionante e inspiradora novela.» —*La Razón*

«A través de una voz sobria y poderosa, Lina relata su largo y arduo viaje hasta los campos de trabajo de Siberia.» —*Diario de Pontevedra*